타로카드의 상징:

핍 카드

임상훈

타로카드의
상징:
핍 카드

2021년 1월 11일 초판 1쇄 인쇄
2021년 1월 21일 초판 1쇄 발행

지은이 임상훈

편집 김동석
펴낸이 임상훈

펴낸곳 서로빛나는숲 **출판등록** 2013년 1월 21일 제2015-000045호
주소 경기도 고양시 덕양구 화중로 130번길 16, 314-3호
전화번호 010-2667-9841 **팩스번호** 0504-075-9841
전자우편 radiating.forest@gmail.com **홈페이지** http://www.radiatingforest.com

디자인 김동석 **종이** 한솔PNS
인쇄 및 제본 상지사P&B **물류** 해피데이

ISBN 978-89-98866-16-7 04180

책값은 뒤표지에 있습니다.

타로카드의 상징:

핍 카드

임상훈

The Diagram of Tarot: Pip Card

서로
빛나는
숲

머리말

이 책은 78장 중 마지막 40장의 상징을 다룬다. 그동안 이 40장의 카드는 쉽고 간편한 묘사로 타로카드의 접근성을 높였다고 평가받았다. 하지만 너무 쉽게 접근할 수 있게 된 나머지 제대로 된 분석이 이루어지지 못했다.

그래서 이 책을 통해 황금새벽회를 비롯한 제작자들이 기존 타로카드를 개편·개량하고자 어떤 시도를 했는지 조명하려 한다.

연금술의 특성상 어려운 표현을 사용할 수밖에 없었다. 최대한 쉽게 쓰려 노력했지만, 이 책이 독자 여러분께 그 의도를 잘 표현했을지 걱정될 뿐이다. 탈고한 지금도 더 쉽게 쓰지 못한 것에 대한 아쉬움이 남는다.

타로카드 제작이 어려운 것도 핍 카드에 대한 체계적 분석이 없기 때문이다. 이는 덱 제작자들이 비교적 명확히 의미를 설명한 메이저 아르카나와 달리, 각자의 주제와 맞는 일상 풍경과 상황을 균형 있게 배정하고 설득력을 갖추도록 배정하기 어렵다는 점도 한몫한다.

이제 좀 더 명확한 근거로 타로카드를 분석할 수 있도록 핍 카드에 숨은 상징들을 하나하나 풀어내려 한다. 핍 카드의 그림에 숨은 의미들을 발견해 더욱 발전한 해석을 할 수 있길 바란다.

아울러 이 글을 쓰는 데 음양으로 많은 도움을 주신 분들에게 감사의 인사를 전한다. 아직 큰 산 하나가 남아 있기에, 이를 다 넘어서고 난 뒤 더 세세한 감사의 말을 전하려 한다.

타로카드 78장에 관한 이야기를 이어가는 데 도움을 주신 모든 독자분께도 감사 말씀을 드린다. 부디 이 작은 시도를 통해 큰 발걸음으로 나아갈 수 있기를 기원하며, 더욱 최선을 다하고자 한다.

2021년 1월, 임상훈.

차 례

일러두기

1. 인명, 지명, 작품명 등은 국립국어원 외래어표기법 규정을 따랐으나, 타로카드의 용어나 상품명 등이 관례로 굳어진 경우는 예외로 두었다.
2. 기독교 용어와 성경 인용구는 한국천주교주교회의에서 펴낸 『성경』을 따랐다. 다만 「욥기」 8장 7절의 인용은 널리 알려진 개역개정판의 번역을 따랐다.
3. 타로카드 총서의 제목들은 다음과 같이 약칭한다.

   『타로카드 올바른 안내서』 → 안내서

   『타로카드의 상징: 메이저 아르카나』 → 메이저 상징편

   『타로카드의 해석: 메이저 아르카나』 → 메이저 해석편

   『타로카드의 상징: 코트 카드』 → 코트 상징편

   『타로카드의 해석: 코트 카드』 → 코트 해석편

   『타로카드의 상징: 핍 카드』 → 핍 상징편

   『타로카드의 해석: 핍 카드』 → 핍 해석편

핍 카드의 설명에 앞서

코트 카드와 핍 카드는 같은 원소를 공유하나 그 적용/연계 방식은 다르다. 이는 메이저 아르카나가 거대한 흐름Stream이자 피할 수 없는 과정을 의미하고, 코트 카드가 각 원소를 어떤 방식/유형으로 활용하는 존재/상황을 표현하는 것과 달리, 핍 카드는 단순한 상황, 순간Action을 묘사하는 데 그치거나 원소마다 있는 몇몇 요소 또는 평범한 일상의 내용을 다루는 것에 국한하기 때문이다.

따라서 핍 카드 40장을 공부할 때는 어디까지나 핍 카드들이 의미하는 것이 '어떤 순간Action'이고, 삶을 살아갈 때 선택/회피할 수 있는 부분이라는 점을 명심해야 한다.

이는 타로카드 연계 해석의 중요성을 강조하며, 더 세부적인 내용을 탐색할 수 있도록 보조하는 역할이라는 것을 알 수 있다.

점성술에 대해

코트 상징편에서 언급했듯, 제작자는 마이너 아르카나 56장에 '다른 점술'을 의도적으로 삽입하지 않았다고 밝혔다. 이 결과 아서 에드워드 웨이트Arthur Edward Waite의 라이더-웨이트 덱Rider-Waite Deck과 알리스터 크롤리Aleister Crowley의 토트Thoth 덱은 구성에 적용된 철학이나 개념에 차이가 있다.

크롤리가 제작한 토트 덱에서는 점성술 요소를 78장 모두에 넣고 이에 따른 의미를 키워드로 배치했으나, 이는 (오컬트주의자들이 신봉한) 헤르메스주의와 맞아떨어지는 배치다. 이 책에서 다루는 라이더-웨이트 덱과는 연결할 수 없거나, 연결하더라도 제한적으로만 연결해야 한다는 점을 미리 밝힌다.*

그렇기에 이 책에서는 **독자의 혼란을 막고 라이더-웨이트 덱의 핍 카드를 쉽게 공부할 수 있도록 점성술과 관련한 내용을 다루지 않으려 한다.** 나중에 점성술 요소를 본격적으로 삽입한 덱이나 연구서에서 이 문제를 자세히 언급하도록 하겠다.

* 크롤리는 마이너 아르카나 56장과 연관된 점성술 내용을 데칸Decan 개념과 연계해 묘사했다. 이는 특히 토트 덱의 핍 카드마다 삽입된 점성술 기호를 통해 이해할 수 있다. 데칸은 12 별자리마다 30도를 배정해 별자리마다 10도로 나눈 세 구간에 별도로 지배성의 개념이 있다고 여기는 체계를 말한다(예: 양자리에서 데칸의 지배성은 첫 번째 화성, 두 번째 태양, 세 번째 목성이다).
Aleister Crowley, *Book of Thoth*, Weiser Books, 1944.
윌리엄 릴리, 『크리스천 점성술』, 좋은글방, 2007.

카발라에 대해

마이너 아르카나 56장 중 이 책에서 다룰 핍 카드 40장은 카발라에서 언급하는 생명의 나무(세피로트Sefirot)를 구성하는 10개의 세피라에 배정됐다. 각 세피라는 다음과 같이 설명할 수 있다.

1. 케텔Keter/Kethel – 네 장의 Ace

모든 '근원Source'을 의미하며, 나아가 신의 계획이 모두 담겨 있다고 여겨진 곳이다. 무한자無限者인 아인 소프Ayin-sof의 충동이자 최초의 의지로 표현된다. 별칭은 왕관Crown이며, 지혜의 32경로 중 첫 번째 길로써 최고의 지성이자 놀라운Wonder/감춰진 지성이라 일컫는다.

그렇기에 모든 피조물은 이곳에 닿을 수 없다고 여겼다. 닿거나, 마주 보면 그 즉시 신과 합일이 이루어지거나 소멸에 가까운 체험을 하게 된다고 전해진다. 또한, 이곳에서 모든 상반된 존재는 상대방의 존재를 인지하지 못하거나, 인지하더라도 이를 분별하지 못하는 상태로 묘사된다.*

2. 호크마Chokhmah/Chokmah – 네 장의 2

케텔은 창조의 계획이 예정돼 있다고 여겨지나, 호크마는 이에 더해 이 계획들을 실현하려는 욕망/충동이 있다고 여겨진다. 이는 단순한 욕망이라기보다 케텔이 품은 계획을 표현하거나 충동을 발산하려는 의지다.

케텔을 아인 소프가 암시한 계획을 실현하려는 '자신의 의지'로 이해한다면, 호크마는 그런 자신의 의지를 '대내외(외부 세계 또는 하위 세피라)에 알리려는 의지'로 이해할 수 있다.

또한, 32경로의 2번째 위치에 배정돼 '빛을 주는 지성'으로 일컬어진다. 모든 존재 위에 놓인 왕관(케텔)과 가장 가까이 있기 때문이다.

* 이를 성경 내용으로 묘사한다면 인간이 에덴에 있었던 시절, 선악과를 먹기 전의 아담과 하와에 대한 묘사를 예로 들 수 있다.

3. 비나Binah - 네 장의 3

이해를 의미하며, 천상의 어머니로 표현된다. 나아가 나머지 세피라 7개를 잉태하는 존재로 여겨지며, 곧 창조의 7일과도 연결된다. 또, 호크마와 결합을 통해 이성/지식을 뜻하는 다트/다스Da'at/Da'ath를 탄생시킨다(그러나 다트/다스를 생명의 나무에 공식적으로 포함하지는 않는다).

32경로의 3번째 길로 '신성하게 하는 지성'이라 부르며 하위 세피라들에게 근원적 지혜의 기초/믿음을 발출한다고 여겨진다.

비나를 마지막으로, 순수한 에너지의 세계라 알려진 제1계, 발출계(아트질루트/앗칠루트Atsilut)가 구성된다.

4. 헤세드Chesed/Hesed - 네 장의 4

신의 자비/사랑이라 표현된다. 지혜(호크마)와 이해(비나)의 결합으로 태어났다고 설명하며, 창조의 첫째 날로 인식된다.

또한, 「창세기」 1장의 '빛이 있으라'라는 말 속의 빛이 헤세드에 속하며, 해와 달이 창조된 넷째 날과는 다른 계통의 빛이라는 점을 강조하고 있다.

32경로의 4번째 길에 속하며 '받아들이고 담아내는 지성'이고, 이곳에서 케텔이 발출한 내용이 더 정밀한 형태로 갖춰져 재발출된다.

5. 게부라Gevurah/Geburah - 네 장의 5

신의 심판/힘을 의미하며 형벌의 양을 조절해 헤세드가 받아들일 양을 억제/통제한다. 다만 헤세드의 확장이 과해지면 안 되듯 게부라의 억제/조절도 과하면 안 되는데, 이는 둘의 역할이 균형을 갖출 때 아름다움이 태어나기 때문이다.

카발라주의자들은 이 세피라가 창조의 둘째 날에 속하며, 하늘과 물을 갈라 팽창과 수축을 진행시킨 것이라 설명한다.

32경로의 5번째 길을 담당하며, '본질적인 지성/지성의 근원'으로 일컬어진다. 이는 호크마의 심연에서 방출된 지성이 비나와 융합하며 하나로 합쳐지기 시작하는 과정에서 케텔의 의지(최초의 순수했던 창조 의지)를 따르기 위해 그 밖의 것들을 적극적으로 잊거나 배제하려 하기 때문이다.

6. 티페레트Tifaret/Tifereth/Tyfereth/Tiphereth - 네 장의 6

아름다움을 주관한다고 여겨지는 이곳은 '큰 얼굴(매크로프로소푸스Macroprosopus)'인 케텔과 달리 '작은 얼굴(마이크로프로소푸스Micropro-sopus)'로도 부른다. 케텔의 얼굴은 볼 수 없는 형태이나, 작은 얼굴은 보이거나/보이지 않는 상태가 혼재混在한다.

창조의 셋째 날로 묘사되며, 이날은 하늘과 땅과 바람과 물이 나뉘면서 생명(식물)이 태동했다. 또한, 제2계인 브리아를 완성시키는 중요한 존재이기도 하다.

32경로 중 6번째인 이곳은 '중재하는 작용의 지성'으로 일컬어지며, 이름과 걸맞게 세피로트 전체 구조의 중앙에 있고 가장 많은 세피라와 영향을 주고받으며 그 힘을 증폭/융합한다고 여겨졌다.

7. 네자흐Netzach/Netzah/Nezah - 네 장의 7

(신의) 승리/인내를 의미하는 세피라로, 해와 달이 창조된 넷째 날에 대응한다. 또한, 호크마, 헤세드와 함께 자비의 기둥Pillar of Mercy을 완성한다. 32경로의 7번째에 배정돼 있고, '감춰진/오컬트적 지성'으로 일컬어진다. 지성과 신앙적 관조 등의 영적 체험을 통해 상위 세피라에서 발출된 것들을 받아들일 수 있다고 여겨졌다.

8. 호드Hod/Howd - 네 장의 8

(신의) 위엄/영광을 의미하고, 게부라를 보조하며, 비나 및 게부라와 함께 심판/공의의 기둥Pillar of Severity을 완성한다.

바다와 하늘의 생명을 만든 창조의 다섯째 날에 대응하며, 32경로 중 8번째인 '완벽한/절대적 지성'에 배치된다. 이는 게부라에서 은밀한 심연의 뿌리/본질적 요소들이 서로 연결돼 창조 및 심판의 원리들을 조합하는 곳이라 여겼기 때문이다.

9. 이소드Yesod/Yessod – 네 장의 9

기초를 의미하며 천사들이 거주한다고 알려진 마지막 트리아드, 제3계 예트지라/예치라Yetsirah를 완성하는 존재다. 아담과 하와가 창조된 여섯째 날에 해당하며, '작은 얼굴'을 구성하는 마지막 세피라다.* 또한, 각 트리아드는 순서대로 다음과 같이 구분된다.

1. 아인 소프의 상념想念/의념疑念이 지니는 힘(케텔-호크마-비나)
2. 아인 소프의 도덕적 힘(헤세드-게부라-티페레트)
3. 서로 극성인 것對對物들의 안정(네자흐-호드-이소드)

이소드는 32경로 중 9번째며, '정화하는/순수한 지성'으로 일컬어진다. 이는 각자가 표현한 것들을 검증/제한/조정하며, 이 과정에서 서로 다른 존재들이 분해/파괴당하지 않도록 상위 세피라들에서 설계된 대로 통일성을 부여한다고 여겼기 때문이다.

10. 말쿠트Malkuth/Malchut/Malchus – 네 장의 10

왕국으로 묘사되며, 신성의 여성적 측면인 셰키나Shekhina,הניכש(메이저 상징편 23, 148, 193쪽 참고)를 의미하기도 한다. 카발라에서 논하는 태초의 인간, 아담 카드몬Adam Kadmon의 발이 놓인 곳으로 묘사된다.

마지막 세피라의 완성은 곧 케텔의 남성 원리가 말쿠트의 여성 원리를 인식하기 시작해 그 힘을 방출하는 것이라 여겨졌으며, 이는 곧 생명의 나무의 완성이자, 새로운 세계의 창조와 함께 구태舊態의 죽음/심판이 이루어지는 것을 암시한다.

32경로 중 10번째인 '찬란한/눈부신 지성'에 해당하며, 형상화 이전에 나타나는 의복/외피外皮로 묘사된다. 이는 곧 '위와 같이 아래에서도as Above, so Below' 벌어지는 일들의 원인/질서이자 이치에 해당하는 비나의 권좌 위에 앉을 수 있는 적법한 존재(셰키나)이기 때문

* 작은 얼굴은 헤세드, 게부라, 티페레트, 네자흐, 호드, 이소드로 구성되며, 이를 대표하는 존재로서 티페레트가 강조되는 것이다.

이다.

말쿠트는 나아가 새로이 케텔*로 변화하며, 이 또한 '위와 같이 아래에서도' 이루어지는 신성/자연원리/개념 들을 포괄한다.

이처럼 덱 제작자들은 각 세피라와 4개의 속성을 결합해 카드의 의미를 부여한 것으로 보인다. 각각의 핍 카드가 지시/표현하는 행동/의미를 통해 더 상위/하위의 격으로 상승/하강하거나, 특정 상황을 회피/직면할 수 있도록 암시한 것이다.

명칭	수, 경로	의미	별칭	지성
케텔	Ace, 1	근원, 발출	왕관, 큰 얼굴	놀라운, 감춰진
호크마	2	지혜	천상의 아버지	빛을 주는
비나	3	지성, 이해	천상의 어머니	신성하게 하는
헤세드	4	자비, 사랑		수용하고 담아내는
게부라	5	심판, 힘		본질적인, 지성의 근원
티페레트	6	아름다움	작은 얼굴	중재하는 작용의
네자흐	7	승리, 인내		감춰진, 오컬트적
호드	8	위엄, 영광		완벽한, 절대적
이소드	9	기초		정화하는, 순수한
말쿠트	10	왕국	셰키나, 신부	찬란한, 눈부신

이 책에서는 각 핍 카드에 카발라 요소가 어떻게 적용돼 있는지 설명하고, 이에 따른 묘사의 변경이나 파생 의미들을 설명하려 한다는 점을 밝힌다. 참고 도서로는 메이저 상징편에서 언급했던 여러 책과 함께 조지프 댄의 『유대교 신비주의 카발라』가 있다.

* 말쿠트가 케텔로 변화할 경우, 코트 상징편과 이 책에서 묘사한 4개의 세피라를 연결하는 방식 말고도, 말쿠트의 변화가 케텔이 아닌 다트/다스로 배치돼 연결되는 구조로 설명하는 견해가 있다. 이때 말쿠트의 변화로 창조된 새로운 생명의 나무는 케텔이 생략되고 다트/다스에서 시작한다.

네 개의 수트는 넷으로 구성된 세계수/생명의 나무와 연결되는데, 이를 책날개 안쪽에 도안으로 실었다(앞표지와 연결된 책날개를 펼쳐 안쪽을 보라). 각 카드에서 언급될 때 참고한다면 도움이 될 것이다.

그러나 모든 핍 카드가 엄연히 '마이너 아르카나 — 그중에서도 핍 카드'에 속하며, 이로 인해 그 의미에 여러 제한이나 결여된 요소가 있다는 점을 독자들이 잊지 않도록 다시금 강조하고자 한다.

연금술에 대해

코트 상징편에서 썼듯, 마이너 아르카나 56장은 연금술의 영향을 강하게 받았다. 이는 다른 '점술'을 배제하려 한 제작자의 의도와 맞물려 각 4원소의 의미를 연결한 것으로 추론할 수 있다.

뒤표지와 연결된 책날개의 뒷면에 첨부한 삼각형/역삼각형 도안은 연금술에서 쓰이는 4원소 기호다. 이로써 핍 카드 40장을 간단히 이해할 수 있으며, 핍 카드를 제작할 때 연금술이 어떤 영향을 끼쳤는지 파악할 수 있을 것이다.

불/공기 – 순수한/응용된 영Spirit

영Spirit인 불/공기는 완드/검에 대응하며, 이에 해당하는 20장의 핍 카드는 비슷한 흐름으로 묘사되는 것을 확인할 수 있다.

이는 곧 영Spirit에서 혼Soul으로 향할 때, 자신의 완성이나 성장을 위해 다른 존재, 개념, 규칙 등과 충돌/마찰을 빚을 수밖에 없고, 이 과정에서 더 높은 수준으로 도약하려면 자신의 격格을 넘어설 만한 결과물/업적을 달성해야 자신의 방식/의지가 옳다는 것을 증명할 수 있기 때문이다. 반대로 이를 달성하지 못하는 한 자신의 방식이 틀렸을 수 있다는 것을 인정하지 못하며 오만하거나 고집 또는 집착을 버리지 못한 채 원하는 바를 달성하지 못하고 서서히 소멸하거나 하위 개념으로 추락하는 경향이 있다.

물/땅 – 순수한/응용된 혼Soul

혼Soul인 물/땅은 컵/오망성에 대응하며, 이에 해당하는 20장의 핍

카드는 비슷한 흐름으로 묘사된다.

이는 혼Soul에서 영Spirit으로 향할 때 스스로 품고 있는 감정 또는 자신이 공감/공유하려는 바를 퍼뜨리려 하고, 이 과정에서 자신의 의도나 목적과 다른 것들을 여과/배제하는 등의 마음을 가라앉혀서 깊이 생각하거나 몰입하는 과정을 거쳐 끝내 자신이 공유하려던 것을 받아들여주거나 동조해줄 이들을 찾아서 안주하기 때문이다.

이 과정에서 더 광범위한 개념이나 자원을 널리 퍼트리거나 세상에 안착시키는 데 성공한다면 그 격을 달리할 수 있으며, 반대로 공유되지 않거나 옳지 않은 것을 공유하려 하거나 잠시 동안의 안정을 취하는 데 그친다면 더 확장하지 못하고 폐쇄적인 채로 변화의 물결에 휩쓸릴 수 있다는 점을 경고한다.

이런 흐름 속에서도 더 순수하거나 원론에 해당하는 요소라면 격의 추락/상승 과정에서 충격이 덜하거나 자연스럽게 진행될 수 있다는 점을 확인할 수 있다.

이를 통해 핍 카드 40장은 각 영/혼의 요소들이 현실을 살아가는 이들에게 어떤 모습으로 발현되는지 그 장면Action을 보여주는 역할을 한다는 점을 알 수 있다.

수트	다른 이름	키워드	계절	원소
(마법) 지팡이 Wands	바톤Baton 몽둥이Club 장대Staves/막대Rod 창Spear	활력, 생명력, 여행, 기획, 직관, 불, 정열, 창조, 의지, 농업	봄	불
검 Sword		지성, 분별, 판단, 이성, 법, 투쟁, 무력, 변형, 증오, 전쟁	가을	공기
잔 Cup	성배Chalice	사랑, 우정, 욕구, 감정, 상상, 정치, 보존, 교육	여름	물
오망성 Pentacle	동전Coin/원반Disk 반지Ring	감각, 실질적, 물질적, 부동산, 동산, 발전, 돈, 무역	겨울	땅

자세한 내용은 코트 상징편 18-37쪽을 참고하라.

이에 더해 **완드와 컵은 더 본질/본능적이고 순수한 영/혼을 의미하며, 검과 오망성은 이런 영/혼이 각각 응용/현실화해 유통/사용되는 모습을 묘사**한다는 점을 미리 밝힌다.

또한, 이런 순환 구조를 이용/초월하는 데 성공하거나 이 방법들을 체화해 현실에 구현한 이들이 곧 코트 카드, 나아가 메이저 아르카나의 인물들로 묘사된 것이다.

아울러 이 책에서는 연금술과 관련해 각 원소의 변화에 따른 이야기들도 언급했다는 점을 미리 알린다.

또한, 연금술 관련 묘사가 본래 그림으로 비유하거나 모호한 표현을 쓴다는 한계를 인지해야 하며, 이 책에서도 최대한 쉬운 비유로 이를 설명하려 했으나 근본적인 문제를 극복하기 어려웠다는 점을 미리 밝힌다. 연금술 관련 서술을 읽을 때는 앞서 언급한 뒤표지 책날개 뒷면의 기호들을 참고해가며 탐독할 것을 당부하고자 한다.

수비학에 대해

코트 상징편에서도 언급했듯 수비학을 인류 전반에 걸쳐 거대하게 자리 잡고 있는 원형상징으로 여기는 이들이 많으나, 실제로는 특정 문화/단체/집단에서만 제한적으로 쓰이는 문화 상징이다.

그동안 수비학 개념을 통해 타로카드 78장을 분석하려던 시도가 많았으나 그리 효율적이지도 않았고 효과적이지도 않았다. 메이저 상징편에서도 수비학에 대해 가급적 언급하지 않았던 까닭은, 실제로 타로카드에 기존의 수비학을 적용하기에 이론적 근거가 부족했기 때문이었다.

이 책에서 다루는 라이더-웨이트 덱은 기독교적 카발라에 기반해 덱을 구성한 것으로 널리 알려져 있다. 그러나 덱 제작자들이 삽입한 수비학 체계와 핍 카드의 관계는 그리 밀접하지 않으며, 이를 연계해 설명하려 해도 맥락이 맞아떨어지지 않을 때가 많다.

예를 들어, 『창조의 서*Sefer Yetzirah*』나 다이온 포춘의 『미스티컬 카발라』에서 호크마는 2에 해당하나, 이를 토대로 2 *of* SWORDS.가 왜 회복된 평화를 의미하는지 설명하려면 많은 부연 설명이 필요하다. 오히려 토트 덱과 수비학의 연계성이 더 높다고 할 수 있다.

그렇다면 '기독교'적 관점에서는 어떠한가?

애석하지만, 기독교 상징 속 숫자의 의미들을 철저하게 대응하면 모든 핍 카드는 Ace~7까지만 구성해야 할 것이다. 기독교 상징에서 8, 9, 10의 의미는 현실을 살아가는 이들에게 적용하기가 힘들기 때문이다.* 덱 제작자들은 이러한 문제를 그림을 통해 극복하고자 했던 듯하다.

* 기독교에서 8은 독생자 예수 그리스도와 자연의 순환/반복을 의미하고, 9는 천상의 완전함, 성인들 또는 삼위일체의 현현顯顯과 관계있다. 10은 삼위일체와 일곱 피조물 또는 세 가지 덕목(믿음, 소망, 사랑)과 성령의 일곱 선물을 뜻하며, 신실한 자들로 인해 천국이 완성되는 모습을 의미한다. 이는 모두 삶을 살아가는 인간과 동떨어진 개념이며, 실제 카드의 구도를 살펴봐도 이러한 기독교적 상징 수와 관련이 없다는 것을 알 수 있다.

핍 카드는 단순한 의미와 직관적인 묘사 덕분에 배우기 쉽다고 알려져 있다. 이는 명확하게 제작 의도를 밝히지 않았던 라이더-웨이트 덱의 단점을 덮고도 남을 업적이라 할 수 있다. 비록 솔라-부스카 Sola-Busca 덱을 참고했다는 점을 명확히 밝히지 않았지만, 숫자의 의미를 활용해 Ace부터 10까지의 수에 4원소의 성질을 결합하는 과정을 거쳐 카드마다 개성을 확립하고 핵심 키워드를 골고루 분배하는 데 성공했기 때문이다.

일반적으로 핍 카드의 숫자에 배정된 의미는 다음과 같다.

Ace 근원Source, 절대적, 단자單子, Monad, 신
2 대립하는 것, 분열, 의심
3 (처음 이루어진) 조화, 균형
4 질서, 공간, 폐쇄
5 재분열, 불화, 충돌, 누수
6 (인간의 기준, 노력으로 달성할 수 있는) 완전, 질서
7 (신의 선택을 받은 자의) 완성, 보편성, 주기週期, Period
8 완벽, 정화, 확장
9 신성, (신이 조율하신) 조화, 성인聖人
10 완성, 천국, 순환의 끝과 시작, 결혼
(1, 2, 3은 원형상징에 준하며, 4~10은 특정 문화에 국한된 문화 상징이다)

이는 어디까지나 수에 대한 의미이며, 여기에 4원소의 성질이 조합된 뒤에야 각 카드의 핵심 의미를 파악할 수 있다. 나아가, 핍 카드의 근본적 한계*를 감안해 이해할 수 있어야만 더 넓고 명확한 의미 탐색과 연계 해석을 할 수 있다.

* 메이저 아르카나와 마이너 아르카나의 가장 큰 차이는 삶에서 이 요소들이 수동/능동적인지를 확인했을 때 쉽게 파악할 수 있다. 사람이 태어나고 살아가는 동안 메이저 아르카나가 의미하는 순간은 절대로 피할 수 없으나, 마이너 아르카나가 의미하는 순간은 각 카드가 의미하는 인물/상황을 선택/회피하는 '선택과 집중'이 가능하되 삶에 큰 영향을 미치지 못하는 경향이 있다.

핍 카드 수준에 걸맞지 않은 영향력을 발산한다. 개인적으로는 메이저 아르카나와 코트 카드 사이에 있어야 한다고 볼 만큼 강력하다. 이는 카드의 이름이 '1'이 아니라 'Ace'이기 때문이다. 왜 숫자를 기입한 다른 핍 카드와 달리 'Ace'인지 생각해 보라. 필수 불가결하고, 어디에나 반드시 있되, 그러면서도 절대적 권위/입지/영향력을 뿜어낼 수 있다는 점을 강조하려는 것으로 해석할 수밖에 없다.

Ace는 라틴어 'AS'에서 왔으며, 본래는 'a Unit'이라는 의미였고, 시간이 흐르며 점차 '집단에서 절대적이지만 작은/소수의/하나뿐인 것'을 일컬을 때 쓰이는 말로 정착됐다. 그렇기에 오늘날에는 각 분야에서 별 볼 일 없어 보이기 쉬우나* 판도를 뒤집을 수 있는 절대적 요소 또는 그만한 비중을 차지하고 집단 전체를 구원할 존재를 일컫는 말로 흔히 쓰인다.

Ace라는 표현은 스포츠, 특히 야구에서 최고의 투수를 일컬을 때 자주 쓰인다. 야구계에서 이 표현은 자주 볼 수 있고, 포수, 타자, 야수, 감독, 코치 등 다른 포지션들과 달리 투수에게만 Ace라는 호칭을 부여한다. 이는 뛰어난 능력을 평가하려는 의도도 있겠으나, 야구의 특성상 투수의 역량이 승패를 크게 좌우하기 때문이다.

이론상으로 야구는 투수가 잘 던지면 절대 질 수 없고, 이를 보조/가속해주는 다른 선수들과 조율하며 승리를 얻어가는 분야다. 물론 완벽한 투수는 없고 다른 선수들과 협업이나 투수/타자 및 공격/수비의 균형을 갖춰야겠지만, 투수의 중요성은 야구에서 크게 강조된다.**

* 직접민주주의 사회에서 시민의 투표권을 예로 들 수 있다. 중우정치 및 군중심리, 사표 방지 심리 등으로 표 1장의 가치가 떨어져 보이나, 한 표로 당락을 좌우할 힘이 있으며 해당 집단의 향후 몇 년 동안의 운명을 좌우한다.

** 야구에서 퍼펙트게임Perpect Game은 투수(들)가 타자를 단 한 번도 1루로 출루시키지 않고 경기에서 승리한 경우를 말한다. 본래는 선발 투수 홀로 경기를 담당했을 때만 적용하는 용어였으나, 기준이 너무 높아 투수들로 바뀌었다. 퍼펙트 게임을 달성한 투수는 곧바로 스포츠 신문에서 대서특필된다. 2021년 1월 기준으로 퍼펙트게임 기록은 한국 프로야구 1군 리그에서 단 한

이러한 이유를 확인하면 네 장의 Ace 카드를 더 쉽게 이해할 수 있을 것이다.

① 흔하디흔해 누구도 주목하기 힘들다고 여기는 것
② (①임에도) 각 분야에서 가장 원초적이고 원론적인 핵심 요소
③ (①임에도) 확실히 확보/활용하면 모든 난관을 돌파할 수 있는 자원/수단/사람

위와 같은 내용을 통해 천우신조나 대오각성 또는 대체 불가능한 자원으로 묘사/해석되며, 가장 원시적이거나 원론적 형태를 띠기에 그림 묘사가 강렬하되 복잡하지 않다는 점을 여러 완성도 높은 덱에서 확인할 수 있다. 그렇기에 각 분야에서 가장 사소하지만, 완전히 이해/흡수하면 절대 지지 않거나 그 분야의 판도를 좌우할 만한 것/상황/인물/요소로 이해할 수 있다.

그러나 Ace의 중요성을 놓친다면 중요한 것을 당연하게 생각하거나,* 단순한 부품 수준으로 생각해 좋은 기회를 놓치거나,** 설령 이를 포착하더라도 소화하지 못할 수 있다***는 것을 경고해야 한다. 최

번도 달성되지 못했다.

* 대부분의 거품 경제가 실물 경제를 넘어 확신/전망만으로 양적 완화에 가까운 행위를 하다가 경제 침체 등의 문제로 거품이 꺼지며 공황을 맞는 사례를 들 수 있다(예: 1980년대 일본의 거품 경제, 2008년 서브프라임 모기지 사태 등).

** 고객의 항의/불편 사항을 한 사람의 불평으로 치부하며 무시하다가 더 큰 손해를 본 기업을 예로 들 수 있다. 유나이티드항공은 한 밴드의 기타를 배송 실수로 파손했으나 1년 넘게 사과/배상하지 않았다. 이후 이 밴드는 〈유나이티드항공이 내 기타를 부쉈다〉라는 노래를 유튜브에 올려 엄청난 시선을 끌었고, 이 소식이 전해지자 항공사 주식은 10퍼센트 넘게 급락했다.
〈이제는 이슈 매니지먼트 시대〉, 《매일경제》, 2010년 4월 16일 자.

*** 현대의 제일 중요한 자원인 석유는 고대에도 이미 있었다. 그러나 고대인들에게 석유란 정체 모를 검은 물질일 뿐이었고, '죽은 고래의 피', '유황이 농축된 이슬', '악마의 배설물'로 여기며 역청 또는 아스팔트를 만들거나 원유를 의약품으로 만들어 활용하는 데 그쳤다.
〈연료에서 약품까지 석유가 주는 만 갈래의 직업〉, 《MODU》, 2014년 6월호.

악의 경우 자신이 이런 부정적인 Ace의 모습으로 쇠락/소진돼 무력하게 방치당할 수 있다.

2

최초의 분열이자 서로 다름을 인지하는 수로 알려져 있다. 그렇기에 모든 핍 카드에서 2는 각 분야에서 같은 수준(이라 인지하는)의 상대 또는 그에 준하는 경쟁자/대응물/논리의 존재를 확인했을 때 어떤 대응/현상이 벌어지는지 묘사한다.

이를 4원소의 특성과 같이 이해하려 노력한다면 더 다양한 의미가 파생한다는 것을 알 수 있다.

보통 2는 아래와 같은 구성을 띤다.

① 서로 다른 것의 융합이 불가능한/어려운 요소: 영Spirit- 완드/검
② 서로 다른 것의 융합이 가능한/쉬운 요소: 혼Soul-컵/오망성

이로써 각 분야에서 벌어지는 모습을 더 자세히 그림을 통해 묘사했다.

그렇기에 각 분야에서 대립하는 모습이 어떻게 드러나는지 파악하고 갈등/조율/화해하는 순간을 어떻게 극복/발전시켜야 하는지 궁리해야 한다는 것을 알 수 있다. 반대로 이를 방치/심화하면 문제가 생길 수 있고, 돌아오지 못할 강을 건너 대립하게 될 수 있다는 것을 경고한다.

3

첫 균형과 조화를 의미한다. 1, 2를 이어 원형상징급 지위를 지닌다. 수많은 종교와 문화권에서 3은 신성한 숫자로 여겨지며, 경전이나 설화에서뿐 아니라 실생활에서도 계속 그 의미를 발현한다.*

그렇기에 균형을 긍정적으로 받아들일 수 있거나 받아들여야 하

* 기독교의 삼위일체, 유교의 천지인을 일컫는 삼재三才, 불교의 삼생三生(전생, 현생, 후생) 등 굳이 예를 들 필요가 없을 만큼 널리 퍼져 있다.

는 완드, 컵, 오망성 수트는 그림 속 묘사와 카드의 의미가 긍정적이지만, 반대로 이를 용납하기 어렵거나 오히려 더 큰 분쟁과 갈등을 일으키기 쉬운 검 수트는 그림에서 부정적인 의미를 보여준다. 나아가 1+1+1의 구도를 이용해 각 카드의 의미를 부각하기도 했다.

이는 곧 수비학에서 보편적으로 1, 2, 3의 비중이 그만큼 거대하며, 단순히 문화 상징에 그치지 않고 인류 공통의 원형상징에 가까운 수준이기에 큰 변용이 필요하지 않았다는 것을 추론할 수 있다.

그렇기에 실제 숫자의 의미보다 카드의 의미에 초점을 맞춰 변용했는데, 각 카드의 핵심 의미가 가지는 긍정/부정적인 면모를 관찰해보면 더 명확해진다.

이를 통해 각 분야에서 처음으로 이루어지거나 작은 단위/개인에 국한한 조화/균형/갈등을 어떻게 더 지속시키거나 멈출 수 있는지 고려해야 한다는 것을 알 수 있다. 만약 이에 만족하고 발전을 멈추거나 갈등을 해소하지 못한다면 상황이 점차 악화할 수 있다는 것을 경고한다.

4

보편적으로 처음 구현된 안정 상태를 의미한다. 방위(동남서북) 같은 널리 통용되는 요소들 덕분에 익숙하게 쓰인다.

다만 4는 원형상징으로 두기에 부적절한데, 이는 동서양의 문화 차이 때문이다. 특히 한자 문화권에서 4는 금기로 여긴다.* 그러나 마이너 아르카나의 네 수트는 한계가 명확하며, 각자가 만들어낸/만들어내려는 것에 국한하기에 의미가 편협해진다. 이는 모든 핍 카드의 공통된 문제이며, 이 때문에 의미가 분화해 더 세밀한 해석을 할 수 있게 된다.

이런 까닭에 네 장의 4는 각 분야가 처음으로 안정을 이룰 때 어떤 모습을 취하는지 묘사하며, 나아가 작은 성공이나 안정을 어떻게 붙잡으려 하는지 묘사한다.

* 이는 숫자 4의 발음이 (서민의) 죽음을 의미하는 사死와 발음이 같았기 때문이다. 황제의 죽음은 붕崩, 제후의 죽음은 훙薨, 양반의 죽음은 졸卒로 칭했다.

이 묘사에서 그림의 구도는 다음과 같이 두 가지 방식으로 나뉘어 있다.

① 2:2 - 완드
② 3:1 - 컵, 검, 오망성

①은 각각 분열(2)된 것이 서로 다시 견제/경계해 이상적인 안정을 취하는 것으로 묘사된다.

②는 반대로 이미 잘 이뤄진 조화(3)를 각 수트의 성향에 따라 자신이나 다른 사람의 의지/의도(1)로 변화/변질하는 모습을 묘사해 더 세밀한 내용을 언급한다.

이로써 처음 이룬 작은 성공이나 안정을 유지하려면 어떤 요소들을 고려해야 하는지 알 수 있고, 한편으로는 이러한 고려를 간과할 때 애써 부여잡으려던 평온과 행운이 거품처럼 사라질 수 있다는 것을 경고한다.

5

동양의 오행五行 사상과 달리, 서양에서는 조화(3)를 깨는 분열(2)을 의미한다. 특히 기독교 문화권에서 부정적 평가를 받는다. 이를 긍정적으로 받아들이는 경우는 세상 속(4)에서 불변하는 신의 의지(1)로 이해하는 경우에 국한한다. 이런 문제 때문에 대부분의 타로카드 속 핍 카드에서 5는 모두 부정적인 의미로 표현된다.

또한, 5는 재분열의 의미에 걸맞게 각자 다른 묘사와 구도를 취하고 있다.

① 1:1:1:1:1 - 완드
② 3:2 - 컵
③ 3:2(1:1) - 검
④ 4+1 - 오망성

앞에서 언급했듯 네 수트 모두 제각각의 구도를 채택해 재분열의 의미를 더 부각시키며, 각 핍 카드 5의 그림 속 묘사를 부정적으로 표현하고 있다.

이로써 각 분야에서 초심을 지키기가 왜 어려운지 통찰하고, 나아가 충돌 속에서 돌파구를 찾아 무엇을 택해야 하는지 고려해야 한다는 것을 알 수 있다. 되레 상황이 악화해 적절한 조치와 결단을 내리지 못하면, 그동안 해왔던 노력과 정성이 헛수고가 될 수 있다는 점을 주의해야 할 것이다.

6

최초의 완전수로, (인간이 노력한다면 누구나 닿을 수 있는) 완전성을 의미한다. 이는 6이 자신을 구성하는 요소들(1, 2, 3)을 모두 내포하고 있기 때문이다.

이 때문에 타로카드에서 네 장의 6은 대부분 긍정적인 의미를 띤다. 그러나 이는 어디까지나 누구나 '노력'하면 닿을 수 있는 수준이라는 점을 놓치지 않도록 묘사하며, 노력의 가치를 되새기지 않거나 방종하면 어렵게 달성한 것들을 쉬이 잃을 수 있다는 점을 경고한다.

6의 구도는 아래와 같이 나뉘어 표현돼 있다.

① 1:5 - 완드
② 2:4 - 컵, 검
③ 3:1:2 - 오망성

이런 구도로써 각 핍 카드의 의미를 더 뚜렷하게 드러내려 했으며, 나아가 각 영Spirit/혼Soul이 서서히 자신의 위기/갈등을 봉합해 더 높은 수준으로 향하거나 더 폭넓은 이들과 교류/공유하는 과정으로 나아갈 수 있다는 것을 그림에서 묘사했다.

①은 재분열(5)을 자신의 의지(1)로 수습/통합해 그 영광을 누리며, ②는 분열(2)을 안정(4)시킬 다양한 수단이나 방법을 논한다. ③은 조화(3)의 재분열(2)을 막기 위해 현실에서 무엇을 해야 하는지

(1)를 묘사하고 있다.

이로써 개인의 노력이 절정에 달하고, 이로 인한 성공/좌절을 겪으며 점차 결말을 향해 나아감을 알 수 있다.

덧붙여, 만약 여기서 더 나아가려는 노력을 멈추거나 현재에 안주한다면 신의 선택/천운을 읽지 못하거나 좋은 시기를 놓쳐 점차 도태될 수 있다는 것을 경고한다. 이는 곧 인간이 스스로 교만해 신을 부정하고, 자신만으로 모든 조화를 완전히 이룰 수 있다는 교만에 빠질 수 있다는 것을 암시한다.*

7

동서양 모두 길한 수로 여기며, 특히 서양 문화권에서는 행운을 의미한다. 본래는 다음과 같은 의미로 긍정적인 해석이 이루어진다.

① 열심히 노력한 인간이 신에게 선택받다. (6+1) - 완드, 오망성
② 조화를 세상에 구현하는 데 성공하다. (3+4) - 컵
③ 재분열을 거듭하는 혼란 상태에서 원하는 바를 이루다. (5+2) - 검

그러나 동양에서는 서양과 달리 단순히 세상을 구성하는 요소이거나 자연물에 신격을 부여한 경우가 대부분이다(예: 음양오행〔2+5〕, 칠성신七星神).

이런 구도들은 일상적이고 작은 범주의 내용을 다루는 핍 카드의 특성상 각 분야에서 남보다 특별해지는 방법 또는 그 특별함을 달성하고자 취하는 행동들을 묘사하는 데 쓰였다.

①은 개인의 완성(6)을 초월하기 위해 자신에게 부여되는 과업들을 극복함으로써 자신의 의지와 목표를 계속 추구하는 것을 의미하며, ②는 세상(4)에서 자신이 생각하는 조화로움(3)을 구현해 발전

* 「요한 묵시록」에 언급된 짐승의 숫자 666은 기독교 세계관에서 신의 은총이 존재하지 않거나 이를 거부하는 존재를 은유하며, 인간이 자신의 힘으로 세상의 조화를 이루었다고 여기는 오만을 경계하도록 강조하고자 언급한 것으로 이해할 수 있다.

하는 상황으로 이해할 수 있다. ③은 이미 혼란스러운 상태를 거꾸로 분리/분열시켜 대치 상태를 만들거나 혼란의 근원을 격리/배제해 목적을 달성하는 것을 그림으로 묘사하고 있다.

이로써 일반적인 노력이 아니라 차별화된 면모를 자신에게 부여하려 하며, 자신이 추구/공유하려던 바를 계속 간직하거나 발전시킬 수 있다는 것을 논한다. 그러나 그렇지 못한 상황에서는 교만의 대가를 치르거나 나아가지 못한 채 주저앉을 수 있다는 것을 경고한다.

다만 모든 핍 카드는 이 시점에서 각각의 단점이 드러난다. 아무리 좋은 의미를 담은 숫자여도 자신이 소화하기 버겁거나 짧은 순간의 상황에서는 완벽한 대안을 찾지 못하는 한계가 있기 때문이다.

8

4의 의미가 강화된 것으로 볼 수 있다. 안정 이상의 완벽을 의미한다. 특히 8과 관련한 내용 중 독생자 예수 그리스도의 상징 수로 유명한 888*은 666과 대비되는 사례로 유명하다.

이 의미는 다음과 같은 내용들로 파생된다.

① 신의 선택을 받고(7) 자신의 의지(1)를 합치시켜 유혹에 흔들리지 않는다. (7+1)

② 분열(2)을 더 강력한 조화(3)로 중첩시켜 완벽히 만들다. (2^3 또는 2+6) - 오망성**

③ 재분열(5)된 요소들을 다시 조화롭게 하다. (3+5) - 검, 컵

④ 내부의 안정을 완성하면서 외부의 안정도 완성하다.(4+4, 4+〔2+2〕) - 완드

⑤ 완전(6)을 통해 분열(2)을 통제한다. - 오망성**

* 8의 완벽이 3의 조화를 갖춘 위대한 수로 여겨진다. 예수의 그리스식 표기인 ΙΗΣΟΥΣ를 숫자로써 합산하면 10+8+200+70+400+200=888이 되기 때문이다.

** 오망성은 양쪽 모두로 이해할 수 있기에 함께 적었다는 점을 미리 밝힌다.

①은 펍 카드에서 이루기 어렵거나 편향돼 있다고 여기기에, 네 장 모두 적용돼 있지 않았다는 것을 그림에서 쉽게 확인할 수 있다. 8이 아무리 긍정적인 의미를 지닌다고 해도 의미 적용의 한계가 명백하다는 점을 보여준다. 기독교에서는 소수素數인 7보다 하나가 더 많기에 넉넉한 복, 살림, 구원을 의미하고, 삶에 다양한 혜택을 주는 복음과 같다고 여기며, 무한히 반복돼 생명을 풍성하고 풍요롭게 만드는 수로 인식한다.

②, ⑤는 마이너 아르카나의 의미가 복잡하지 않으며, 각 펍 카드가 담을 수 있는 수준을 넘어서는 문제가 있기에 쉬이 긍정적인 의미가 적용되지 않았고 긍정적이라 하더라도 자신의 노력(6)으로 완성한 것을 이용/사용해 분열(2)된 것을 봉합/흡수하는 수준에 그치는 등, 그 한계가 명확하다는 점을 핵심 의미를 통해 확인할 수 있다.

③은 재분열(5)된 요소들을 다시 조화(3)롭게 만들어가는 과정을 묘사했으나, 이에 해당하는 수트들이 자신을 어떻게 견고히 만들 수 있는지, 또는 이 견고함을 완성할 때 어떤 일들이 벌어지게 되는지 표현하고 있다.

④는 자신의 기량으로 문제/과업을 해결하는 구도를 취하며, 카드의 의미를 더 명확히 표현해야 하나 이 구도는 쓰이지 않았거나 쓰였더라도 펍 카드의 역량으로는 완벽한 해결책Solution을 내놓을 수 없다는 점을 핵심 의미로 알 수 있다.

위와 같은 구도들을 통해 8은 각 분야에서 완벽을 추구/달성할 때 어떤 모습/상황이 연출되는지 보여주고, 이를 유지/극복하는 데 성공해 더 높은 경지로 나아가거나 완성에 더 가까이 다가가 안락함을 느낄 수 있다는 것을 표현한다. 그러나 그러한 지점에 다다르지 못했을 때는 자신의 모순을 극복하지 못한 채 역량, 명예, 입지, 기반 등이 실추될 수 있다는 것을 지적한다.

동양 문화에서 8은 주역의 팔괘八卦가 가장 유명할 것이다. 팔괘가 두 번 중첩돼 생긴 64개의 괘는 우주 만물의 변화를 모두 포용/표현한다고 여겼다. 이를 통해 괘마다 자연의 변화, 인간의 심성, 역사의 변화가 모두 상응하며 공명한다는 우주관을 주장한다.

9

인간이 닿을 수 있는 한계로 여겨졌으며, 이 때문에 성인聖人의 수로 인식됐다. 나아가 아홉 위계의 천사와 악마를 상징하며, 이에 신의 전능(1)이 더해져 천국(10)을 이룬다고 여겼다.

그렇기에 완성에 다다른 각 분야의 모습을 그림을 통해 표현했으나, 핍 카드라는 한계를 명확히 하는 것에 더욱 비중을 두고 있다.

이로 인해 거대한 흐름이 아니라 작은 움직임, 분야, 개인이 자신을 완성시키려 어떤 과정을 겪었으며, 자신의 수준이나 관철하려던 바를 유지하고자 어떤 태도/행동을 취해야 하는지 그림을 통해 구체적으로 묘사했다.

9를 묘사할 때 쓰인 구도들은 다음과 같다.

① 완벽한 합치(8)를 이루는 데 성공한 의지(1)를 표현하며, 이를 통해 자신이 관철하려던 바를 이룬 상황을 묘사한다. (8+1) - 완드
② 개인의 노력으로 이룩한 완전(6)을 조화(3)롭게 유지하는 것을 표현하며, 이를 통해 취한 안정을 묘사한다. (6+3) - 오망성*
③ 안정(4)된 것이 다시 균열(5)을 일으키는 모습으로 묘사되며, 이 때문에 생길 충격/내분을 어떻게 극복/인내해야 하는지 표현한다. (4+5) - 검
④ 조화(3)의 중첩을 통해 극도로 안정된 모습을 표현하며, 이와 비슷한 상황과 상태가 어떻게 찾아오고 유지될 수 있는지 묘사한다. (3^2) - 컵, 오망성*

이런 배치를 통해 각 분야/요소가 최대한의 완성을 취하거나 종막에 다다랐을 때 어떤 모습 또는 태도를 보여주는지 그림으로 확인해야 하며, 이 내용이 어떻게 카드의 핵심 의미와 연결되는지 생각해야 한다. 만약 이 상태에 안주하거나 좌절한다면 끝내 목표에 닿지 못하거나, 변질할 수 있다는 것을 경고한다.

* 오망성은 양쪽 모두로 이해할 수 있기에 함께 적었다는 점을 미리 밝힌다.

10

지고한 천국의 수, 만물을 아우르는 어머니로 인식된다. 최초의 네 정수로 구성된다(1+2+3+4). 이런 인식은 아브라함 계통의 종교에서 공통으로 강조한다.

나아가 각 핍 카드의 처음이자 마지막*을 장식하기에, 완성과 그에 따른 영광을 유지하려는 과업이 해당 분야에서 어떻게 제시되는지 묘사한다.

각 분야에서 이루어지는 완성을 묘사하고자, 네 장의 10은 숫자에 따른 구도를 강조하지 않는 편이다. 다만 각각의 입장과 성향에 따라 긴 여정의 끝에 무엇이 기다리고 있으며, 이 순간을 단순한 끝이 아니라 새로운 시작으로 이끌어가려면 어떤 방법, 태도, 준비를 취해야 하는지 그림을 통해 묘사한다.

이로써 고난 속의 완성과 그에 따른 발전/승급이 이루어질 수 있다는 것을 의미하며, 반대로 끝내 완성에 닿지 못하거나 추락해 하위 개념으로 퇴보/강등될 수도 있다는 것을 경고한다.

다시 강조하거니와 모든 마이너 아르카나, 그중에서도 **핍 카드는 어디까지나 작은 분야와 단순한 순간/장면을 묘사하며, 그에 따른 의미 변용도 제한적일 수밖에 없다**는 점에 주의해야 한다. 이 책에서는 위와 같이 각 숫자의 의미를 개략적으로 설명 및 정의했으며, 덧붙여 다음과 같은 책을 참고했다는 것을 밝힌다.

* 라이더-웨이트 덱 제작자들은 자신들의 기독교적 카발라 개념을 끌어들여 일반적인 Ace→10 순서가 아니라 10→Ace 구조로 덱을 제작했다. 이는 『타로의 그림열쇠*Pictorial key to the Tarot*』 차례에서 확인할 수 있다.

프란츠 칼 엔드레스, 안네마리 쉼멜, 『수의 신비와 마법』, 고려원미디어, 1996.
존 킹, 『수와 신비주의』, 열린책들, 2001.
진 쿠퍼, 『그림으로 보는 세계 문화 상징 사전』, 1994.
Aleister Crowley, *777 REVISED*, Celephaïs Press, 2003.

타로카드 약어 설명

타로카드 여러 장을 쓰는 켈틱 크로스 배열을 설명할 때 빠르고 편리하게 기록하고자, 아래와 같은 규칙을 적용해 약어로 표기한다. 카드들을 한눈에 살피는 데 도움이 될 것이다.

메이저 아르카나 약어

0. THE FOOL. → 0
1. THE MAGICIAN. → 1
… …
21. THE WORLD. → 21

역방향 (r) / 마르세유 (m)

마이너 아르카나 약어

ACE *of* WANDS. → Aw
2 *of* WANDS. → 2w
… …
10 *of* WANDS. → 10w
PAGE *of* WANDS. → Pw
KNIGHT *of* WANDS. → Nw
QUEEN *of* WANDS. → Qw
KING *of* WANDS → Kw

ACE *of* CUPS. → Ac
2 *of* CUPS. → 2c
… …
10 *of* CUPS. → 10c
PAGE *of* CUPS. → Pc
KNIGHT *of* CUPS. → Nc
QUEEN *of* CUPS. → Qc
KING *of* CUPS. → Kc

ACE *of* SWORDS. → As
2 *of* SWORDS. → 2p
… …
PAGE *of* SWORDS. → Ps
KNIGHT *of* SWORDS. → Ns
QUEEN *of* SWORDS. → Qs
KING *of* SWORDS. → Ks

ACE *of* PENTACLES. → Ap
2 *of* PENTACLES. → 2p
… …
PAGE *of* PENTACLES. → Pp
KNIGHT *of* PENTACLES. → Np
QUEEN *of* PENTACLES → Qp
KING *of* PENTACLES. → Kp

WAND

△

완드Wand는 창조, 이상, 철학, 노동, 활력 등을 주관한다.

이는 순수한 영Spirit의 발현이 이처럼 이루어지기 때문이다.

영은 특히 자신만의 독창성과 자립, 자존에 무게추를 두며, 이에 더해 '순수한' 영이라는 표현이 강조돼 더 원초적인 충동과 발전 욕구로 묘사된다.

이러한 완드 요소는 결국 철학, 형이상학, 의지, 창조, 노동, 활력, (남성적) 충동, 윤리, (삶의 지표나 자아를 형성하는 데 영향을 끼친) 경험이나 의지 그 자체로 정리할 수 있다.

(이하 '순수한 영/완드 요소')

이런 요소들이 강하게 개입되거나 긍정적인 영향을 미친다면, 자신만의 독보적 영역/학설/관점 등을 통해 세상을 선도하거나 삶의 방향/행위의 정당성을 올곧게 세우는 모습으로 자리매김해 이윽고 새로운 영역/분야를 창조하는 위업을 달성한다.

그러나 순수한 영/완드 요소가 필요함에도 이를 무시하거나 부족한 상태를 극복하지 못하면, 자신(또는 자신이 속한 분야나 기반)의 존재 의의가 없어지거나 스스로 내건 기치를 저버린 나머지 지탄받아 소멸할 수 있다는 것을 의미한다.

반대로 순수한 영/완드 요소가 오남용되거나 정리되지 않은 채로 난립한다면 발전 기회를 놓치거나 실질적인 행동을 취하지 않고/못하고 주저앉으며 내분이 일어나 분리되는 등, 원동력을 소진해 지리멸렬해지고, 너무 많은 (할 필요 없는) 고민을 떠안은 나머지 현실을 바꾸지 못하고 좌절하게 된다.

뒤이은 글에서는 각 완드 카드의 발전/쇠퇴에 따른 순수한 영/완드 요소들의 시작과 끝을 조명함으로써 이해를 돕고자 한다.

ACE *of* WANDS.

(어떤 아이디어의) 발견, 창조, (영적Spirit 또는 (남)성적) 충동

(Unprocessed) New Idea/Inspiration, Wild Spirit

어떤 발상과 관념은 대개 단순한 불만이나 의문 또는 분노에서 시작할 때가 많다. 이는 기존 논리/세상에 대한 정당한 반박/반항이며, 이런 문제 제기를 통해 자신이 옳았다는 것을 증명하는 여정이 시작되곤 한다.

그러나 보통 단순한 구호나 욕설에 자신의 오갈 데 없는 충동을 담아 해소하는 사례가 대부분이며, 찰나의 영감을 부여잡지 못한 채 흐지부지되고 뇌리를 스쳐 가는 불장난으로 전락하기 쉽다는 점을 주의해야 한다.

'왕후장상의 씨가 어찌 따로 있겠느냐王侯將相 寧有種乎'라는 말은 진승, 오광의 난*부터 만적의 난 등으로 명맥을 이어왔으나, 이 말의 내용과 현대의 천부인권 사상에 따라 성립된 평등 사회가 말하고자 한 것이 비록 비슷해 보일지라도 각 사건이 현실에 영향을 끼친 수준이 다르다는 것을 주목해야 할 것이다.

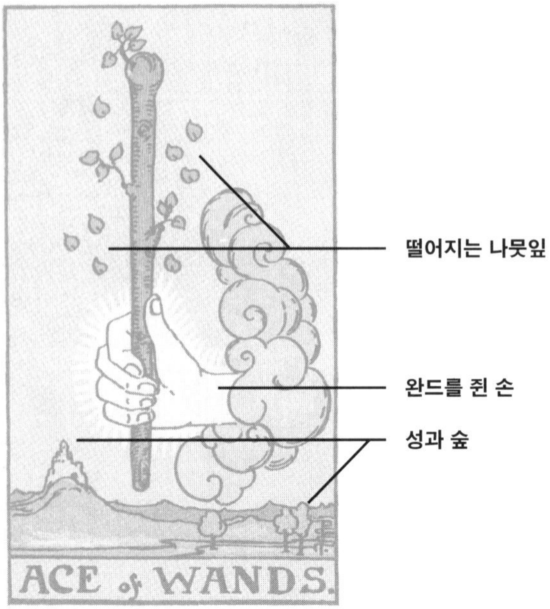

* 이 난과 구호는 첫 중화 통일을 이룬 진시황의 폭정에 대응하거나 새로운 세상을 연다는 의미와는 거리가 있으며, 단순히 자신이 왕이 되고자 난을 일으킬 때 쓴 자극적 선동에 가깝다.

떨어지는 나뭇잎* 이 형태는 16과 유사한 방식으로 쉰Shin, ש을 묘사하며, 이 수트가 불의 속성을 띠고 있다는 것을 드러낸다.

완드를 쥔 손 모든 Ace에 등장하는 구름은 신성의 드러남을 의미하며, 완드를 쥔 손은 이 원소와 관련한 요소들을 적극/능동적 방법으로 구현하거나 명백히 세상에 드러내려 한다는 것을 의미한다.

성과 숲 이 수트가 숲(영)에서 성(혼)을 향해 나아가려는 모습을 묘사한다. 성의 존재를 높은 곳(산)에 둠으로써 완드의 여정이 자신의 의지(영)를 현실과 이상 양쪽으로 구현해 더 높이 나아가려는 것이며, 이 과정을 통해 자신을 따르고 우러러보는 사람들을 만들려 하거나 자신이 속한 분야의 수준을 상승시키려는 데 목적이 있다는 것을 묘사했다(코트 상징편 20-21쪽 참고).

* 모든 완드 카드에 등장하는 나뭇잎은 성경의 '샤론의 꽃'과 연관된다는 설이 있으나 근거를 찾지 못했다. 다른 그림 속의 푸른 나뭇잎은 대부분 약동하는 생명력이 내재한다는 것을 의미한다.

ACE *of* WANDS.(이하 Aw)는 긍정적인 영향을 받는다면 어떠한 순수한 영/완드 요소의 발명, 창조, 발견을 의미하며, 부정적인 영향을 받는다면 (남성적인/영적인) 충동을 뜻한다. 더 비약하자면 남근 또는 남성의 발기勃起, 사정射精도 해당한다.

이는 어떤 절대적인 개념/이상이 발생하는 것을 그림을 통해 묘사해야 하나, 라이더-웨이트 덱은 신성을 인정하기에 이런 절대적인 개념/이상이 사람 이상의 어떤 존재(신)가 내려준 것으로 묘사한 것이다.*

Aw는 위업에 가까운 발상/개념이 시작은 단순한 문제 해결을 위해 창조된 것이거나 엉뚱한 도전 욕구의 결과물일 수 있다는 것을 시사한다. 이는 기존에 당연하듯 공유되던 것에 의문/반감을 느끼고 새로운 개념/사상을 주장하며, 스스로 다른 존재들과 다르다는 것을 강렬히 발산하는 순간을 뜻하기 때문이다.**

나아가 이렇게 창조된 순수한 영/완드 요소들은 세상의 각 분야 곳곳에 내재하게 됨으로써 해당 분야가 존재하고 발전해야 하는 이유가 돼주며, 순수한 영/완드 요소 스스로 다른 분야, 요소들과 차별화된 특색을 보존해 자신의 존재감을 세상에 남기려면 끊임없이 연구, 탐구, 공유, 토론, 비교 등을 거쳐야 한다는 점을 강조한다.

그러나 이 영적 발전이 이루어지지 못하거나 가능성을 발견하고도 무의미하게 방치/소모한다면, 단순 충동에 지나지 않게 되거나 정제되지 못한 채 폭력적으로 발산되며 끝내 욕망이나 욕정을 해소하는 데 그치고 잠재력을 무의미하게 만들 수 있다는 점을 경고한다.

* 그렇기에 덱의 핵심 주제가 신성과 관련되지 않았거나 신성의 개입 여부에 중점을 두지 않는 덱은 모든 Ace 카드의 구름 상징이 변경 또는 삭제된다. 나아가 이 경우 타로카드 78장 전체에서 구름의 의미가 바뀔 수 있다.

** 불의 발견도 번개로 인해 나무가 불타는 것을 발견한 것으로 추정되며, 화식火食 또한 자연 발생한 화재로 죽은 고기의 맛이 더 좋다는 것을 '우연히' 알게 되면서 인류 문화에 거대한 변화가 시작된 것이다.

연금술 본래 어떤 아이디어나 개념/관념/철학/사상/활력/경험(이하 순수한 영/완드 요소)은 평범한 발상에서 시작한다. 단순한 것일수록 가장 순수하고 그 에너지도 강렬하기 때문이다. 이렇게 탄생한 순수한 영/완드 요소는 한곳에 머무르지 않고 다른 분야/영역/문화에 발산된다.

Aw는 이렇게 형성된 순수한 영Spirit의 정수가 세상에 갓 발현됐다는 것을 알린다. 순수하기에 잠재력이 무궁하다는 것을 그림으로 보여주고 있으나, 생성되기만 한 채 방향성을 제시하지 못한 발상들은 결국 한때의 충동으로 격하되고 그 의미가 어떤 것인지도 제대로 찾지 못하거나 남이 알아보기도 전에 사그라진다.

결국 잠깐의 긴장감과 함께 흩어지거나 모두 소진돼 흔적조차 찾지 못할 수 있다는 것을 강조한다.

그렇기에 갓 태동한 순수한 영/완드 요소는 자신만이 절대적 존재라고 주장하기에 앞서 자신과 다른 요소들을 비교해야 할 필요가 있으며, 이 과정에서 자신의 개성이나 (자신이 지닌 순수한 영/완드 요소의 상승하려는) 욕구, 의지를 더 명확히 할 수 있다는 것을 깨닫는다.

카발라 Aw는 제1계(발출계Atsiluth, 이하 제1계)의 케텔에 대응한다.

이 세피라는 순수한 에너지의 응집체이자 모호한 상태로 모순되는 개념들을 혼재시키는 곳으로, 사람이 이에 인위적인 방식으로 다가가면 흔적도 없이 사라진다고 여겨진다. 그런 신성의 집합체이자 정수精髓가 담긴 곳이다.

이는 곧 강력하고 거대한 원질료Source의 발출이 시작되는 순간을 의미하며, 이 수트/세계에 해당하는 요소 전반에 영향을 끼친다. 나아가 하위 세계들에도 Aw의 강렬한 의지와 창조력의 힘이 한 조각으로라도 남게 될 수 있다는 것을 시사한다.

또한, 32경로 중 '놀라운/감춰진 지성'의 의미도 카드의 핵심 의미와 연결된다. 이로써 순수한 영/완드 요소에 담긴 의지의 발현이 놀랍고 신비로운 방식으로 드러난다는 것을 강조한다.

그러나 그에 준하는 강렬함이나 내실이 부족하면 그만큼 발출되지 못하고 내부에서 고갈되며, 최악의 경우 한순간의 빛에 그칠 수 있다는 것을 지적한다.

이는 Aw의 중추 의미인 (어떤 개념/아이디어의) 발명, 창조, (성적) 충동이라는 의미로 이어진다.

2 *of* WANDS.

(완드 요소와 관련된) 관망, 사색, 고민

Contemplation

주어진 환경을 초월하거나 외부 요소들과 다른 자신만의 개성을 확립하려면, 자신이 가진 것을 파악하고 다른 이들 또는 자신을 둘러싼 환경을 관찰한 뒤 빈틈을 노리거나 자신의 장점을 부각할 궁리를 하기 마련이다.

그리고 이런 생각이 정리된 뒤 자신이 생각한/추구하는 것을 외부/다른 이들에게 제시하기 시작하며, 서서히 자신의 불꽃을 피운다.

물론 그 과정이 늘 순조롭지는 않다. 견고한 세상은 개인/객체의 주장을 쉽게 받아들이지 않기 때문이다. 멀리는 제자백가와 그리스의 소피스트들부터 가깝게는 마르크스와 히틀러도 모두 자신의 사상/주장을 외부에 어떻게든 설파하려 했던 과정을 거쳤다.* 이렇듯 수많은 위인, 명사, 문제적 인물도 의도와 무관하게 자신이 원하는 것을 얻으려 생각을 정리하고 세상에 의견을 개진한 순간이 있었다는 것을 고려해야 한다.

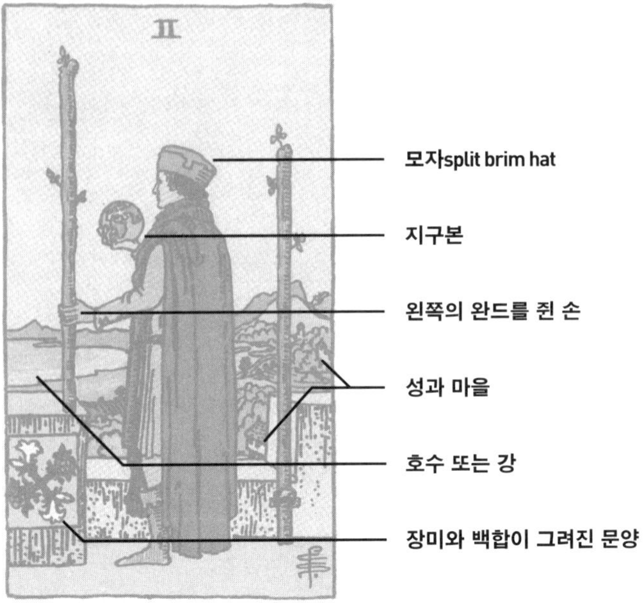

* 제자백가를 구성한 이들은 대부분 유세객이었으며, 논변으로 군주를 설득해 자신의 정책을 현실에 구현하려 했다. 그리스의 소피스트들도 자기 사상의 우위를 쟁취/유지함으로써 입지를 확보하려 한 이들이다.

카를 마르크스는 자신의 사상을 본격적으로 저술하기에 앞서 《뉴욕 데일리 트리뷴》에 기고했고, 아돌프 히틀러는 뮌헨 폭동(1923)을 통해 공식적인 자리에서 자신의 주장을 개진해 정치적 자산을 얻었다.

모자split brim hat 그림의 인물이 서 있는 성을 지배 또는 통솔/조율할 수 있는 입지/지위를 가지고 있다는 것을 드러낸다. 『타로의 그림열쇠』도 이를 묘사하고 있다.

지구본 그림 속 인물이 스스로 투영하거나 관찰하는 외부 세계/대상을 의미하며, 이 인물의 시야가 넓지 못하거나 자신의 순수한 영/완드 요소를 통해서만 외부 세계/대상을 재단할 수 있다는 것을 부각한다.

왼쪽의 완드를 쥔 손 그림 속 인물이 자신의 목표, 이상, 목적 등을 명확히 인식하고 있으며, 내세우려는 기준들이 이미 내정된 상태라는 점을 강조한다. 또한, 왼손의 의미를 통해 이를 더 적극적으로 행사하거나 (편향되더라도) 보완/보충할 수 있는 요소들을 취해 자신의 독자적인 개성을 확립하려 하고 있다는 것을 강조한다.

성과 마을 자신의 기반/지지층이 형성돼 있다는 것을 의미한다.* 이에 더해 다른 순수한 영/완드 요소들이 자기 자신이나 좁은 분야, 소소한 방식 안에서는 자신과 비슷하거나 공감대를 형성한 집단이 (자신이 비록 완벽하게 장악하지 않았더라도) 어느 정도 형성된 상태라는 것을 보여주려는 장치다.

호수 또는 강 해당 인물이 자신의 의지를 펼치려는 곳을 의미하며, 이로써 다른 사람/세상에 인정받거나 더 널리 공유되기를 원하고 있다는 것을 암시한다.

장미와 백합이 그려진 문양 완드 수트의 의미 중 하나인 영적 의지Spirit의 발출/발현과 연계해 그림 속 인물이 단순히 관망, 관조하는 것이 아니라 제 나름의 비밀스러움과 의지를 간직, 추구하고 있다는 것을 드러내는 장치다 (메이저 상징편 17쪽 참고).

* 서양 문화에서 성안과 성 밖의 관념/개념은 극명하게 달랐고, 이에 따른 대우와 호칭이 구분돼 있었다. 이런 관념이나 문화의 차이는 프랑스혁명-산업혁명 시기까지 남아 있었다.

2 *of* WANDS.(이하 2w)는 (어떤 기준/자신의 의지를 지닌 상태에서) 외부 상황이나 반응 들을 관망/전망하거나 순수한 영/완드 요소로 인해 고민하는 모습을 의미하며, 이것이 올바르지 않거나 제약돼 부정적 영향을 받는다면 편협 또는 편향된 사고방식이나 예측, 좁은 시야를 뜻하는 카드다.

네 장의 2 카드는 Ace와 이에 대립하는 또 하나의 Ace가 등장했을 때 어떤 모습/상황을 보이는지 묘사하고 있다. 이 중에 2w는 자신의 완드 요소와 대치하는 (그러나 누가 옳은지 진위를 모르는 상태인) 다른 존재/외부 세계와 자신을 비교 분석하는 모습으로 묘사했는데, 이는 어떤 (영적Spiritual) 상승 욕구나 본능이 완성에 다가가기 위해 가장 먼저 취하는 행동이기 때문이다.

이 과정을 거쳐 자신의 확고한 신념 또는 옳다고 여기는 발상을 밖으로 꺼내기 전에, 다른 사람들이나 외부 세계에서 이를 어떻게 받아들일지 살피거나 자신의 제안을 세상에 펼쳐보는 모습으로 2w를 이해할 수 있을 것이다.

그러나 이는 어디까지나 가정/가설에 지나지 않거나 확신이 없는 상황이기에 조심스럽게 접근해야 하며, 이때 자신의 논리/의지가 침범당하지 않도록 자연스레 자기방어를 하리라는 암시도 표현한다. 이런 태도에 따른 부작용은 2w의 관망, 전망 등이 결국 개인이나 소규모 집단의 정론을 정리/가공하는 데 참조되는 용도로 쓰일 뿐, 실질적인 영향력이나 확장력을 가지는 것은 어렵다는 단점을 띤다.*

이는 그림 속 성의 의미와 연결되며, 자신의 영역 분야에서 외부를 향해 (취사 선택해) 이루어지는 관망, 전망이라는 카드의 핵심 의미로 이어진다.

그러나 자신이 가진 완드를 맹신하거나, 다른 완드에 대해 악의적 태도/관점을 계속 강요하거나, 자신이 옳다고 주장할 때마다 계속

* 이런 예로 가정/가설을 예로 들 수 있다. 최고의 가설/가정이더라도 어느 정도 인식/공감되지 않는다면 틀릴 수 있다는 점을 늘 명시하며, 이를 규명/확정하고자 끊임없이 노력해야 한다. 나아가 가설/가정의 진위가 가려지면 신속히 폐기/정립된다.

강경한 태도만 내세운다면, 자신의 순수한 영/완드 요소의 옳은지 그른지와 무관하게 매몰당할 수 있다는 것을 경고하며, 최악의 경우 원래 의도와 달리 엉뚱한 방향으로 치달아 스스로를 갉아먹을 수 있다는 것을 암시한다.

2w와 3w 비교

타로카드 연구자 대부분이 2w와 3w를 비교해 이해하도록 권하는 편인데, 이는 어떠한 작용(2w)이 반작용(3w)으로 돌아오는 과정으로 비치기 때문이다.

그러나 엄밀히 따지면 둘의 관점은 다르다. 2w(지배자)는 자신이 좌지우지할 수 있는 역량/기반 안에서 내보내는 것을 결정할 수 있는 능동적인 상황이지만, 3w는 외부에서 오는 반응들을 받아들여야 하는 수동적인 상황이라는 차이가 있기 때문이다.

따라서 2w를 이해하기에 앞서 관망, 전망 등의 핵심 의미는 어디까지나 자신이 가진 순수한 영/완드 요소들을 우선시하는 상황에 국한해 이루어진다는 점을 주의해야 한다.

그래서 2w는 판단, 통찰을 발휘할 때 '다른 것'과 '틀린 것'을 인지하고, 이를 겸허히 받아들여 더 유리한 상황을 맞이하려 하거나 불리한 상황을 헤쳐나갈 수 있다는 것을 시사하며, 만약 그렇지 못하다면 외부 반발로 제 뜻을 펼치지 못하거나 잘못된 부분들을 스스로 고치기 어렵다는 점을 논하는 카드다.

이런 부정적인 영향들은 곧 (자신이 왜 잘못됐는지 모르는 채 겪는) 우울, 슬픔, 억울함, 편협함 등의 의미를 파생한다.

연금술 새로 생긴 지 얼마 되지 않은 순수한 영/완드 요소들은 자기 확신에 차거나 절대적인 입지를 확보했다고 여기지만, 실제로 다른 요소(사람, 분야, 세상 등)들에게 어느 정도 영향/역량을 끼칠 수 있는지 모른다.

그렇기에 순수한 영/완드 요소는 자신을 둘러싼 다른 요소, 환경들로 하여금 자신의 가치를 인정하게 만들어 자신이 지닌 특성이나 개성 등을 계속 발전시킬 가능성이 있는지 가늠하려는 욕구를 느끼기에 이른다.

지금보다 더 높은 수준으로 발돋움하려면, 순수한 영/완드 요소는 가장 먼저 자신과 다른 의지/영 들의 모습/내용과 자신을 비교하고 세상 속에서 자신만의 특징이나 개성, 장점 들을 어떻게 내세워야 하는지 깨달아야 할 것이다.

이렇게 2w는 (자신이 목표로 하는) 높은 단계로 나아가고자 할 때에 가장 먼저 취해야 하는 과정을 보여준다. 각각의 의지가 다를 수 있다는 사실을 인지하고, 왜 다른지에 대해 먼저 관찰해야 한다는 점을 강조하는 것이다.

이는 카드의 핵심 의미인 관망, 전망 등의 의미와 연결되며, 자연스레 다음 카드를 통해 2w가 발전을 이룰 수 있는 방법이 무엇인지 소개한다.

카발라 2w는 제1계의 호크마에 대응된다.

이곳은 신성한 발출(케텔, Aw)을 처음으로 받아들이며, 이에 담긴 창조의 계획들을 하부 세피라/세계들에게 분출해내는 곳으로 알려져 있다.

그렇기에 2w는 자신이 속한 분야의 원론적인 정수를 담아내야 하나, 마이너 아르카나라는 한계상 이를 조율/통제하지 못한다. 또한, 내려받은 정수를 단순히 외부로 표현하는 데 그치고 있는 것이라고 이해할 수 있다.

32경로 중 '빛을 주는 지성'의 의미와 2w의 접점은 케텔(성/쥐고 있는 지팡이)에 의지하려는 모습에서 엿볼 수 있다. 가장 왕관에 가깝고(장미/백합 문장) 순수한 영적 상승 욕구가 활성화(지구본을 바라봄)된 모습으로 2w의 핵심 의미인 사색과 관망이 발현된다는 것을 보여주기 때문이다.

이는 케텔에서 내려받은 정수 중 핵심 내용들을 세상에 구현하는 데 성공한 Kw와 달리(코트 상징편 81쪽 참고), 자신의 자리(세피라 내부)에 고정된 채 하위 세피라로 발출하는 행위만을 반복하는 상황으로 이해할 수 있다.

그렇기에 2w는 Kw가 지닌 통찰의 의미와 달리 고정된 상태로 외부에 발출만을 시도하는 모습으로 표현됐으며, 그 의미도 실제적인 행동과는 거리가 있는 관망, 전망 등으로 조정되는 것을 알 수 있다.

3 *of* WANDS.

피드백, (어떠한 생각/행위에 대한) 반응을 받다

Feedback, Export(trade)

어떤 주장을 처음 내세울 때, 대부분은 기존 체제의 변화를 두려워해 반대하거나 부정적인 시각으로 본다. 이는 절대왕정, 자유주의, 진화론, 사회주의* 등 모든 사상, 관념, 개념이 모두 지나쳐야 했던 관문이었다.

어떤 주장 또는 의견이 아무리 좋다고 해도 반향을 일으키지 못하면 무용지물이다. '비난과 비방도 관심의 표현'이며, 일단 세간의 관심을 끌 수 있어야 그다음 단계를 고려할 수 있다. 아무런 기약 없이 기다리기만 한다면 수많은 이가 청사靑史에 이름 한 줄 남기지 못한 채 명멸했던 것처럼 잊힐 수 있다는 점을 명심해야 한다. 찬성/반대에 관한 내용을 모으면서 같은 뜻을 품은 이들과 의기투합해 의지를 관철하고, 더 정리된 내용으로 다른 이들을 설득하거나 수긍할 수 있도록 설명하면, 제 뜻을 펼칠 기회를 얻을 수 있다.

* 봉건제에서 절대왕정으로 이행하는 과정에서 왕과 성직자/영주/귀족은 정치적·군사적 각축전이 빈발했으며, 이때 다른 나라의 군대를 끌어오는 일도 있었다. 프랑스와 영국 사이에 벌어진 백년전쟁을 대표적 사례로 들 수 있으며, 아래의 역사적 사건들도 이해에 도움이 될 것이다.

자유주의에 대한 기존 체제의 저항과 극복을 보여주는 대표 사례로 프랑스혁명이 있다.

찰스 다윈의 『종의 기원』이 당대 사회에 일으킨 논쟁은 엄청났고, 사회 변화에 큰 영향을 끼쳤다.

프랑스혁명 시기 자코뱅당에서부터 시작된 사회주의 논담은 꾸준히 기득권층의 비판과 탄압을 받아야만 했다. 이는 수정주의가 가미된 사회민주주의의 형태로 지금까지 영향을 미치고 있다.

머리띠 얇은(혹은 꼬아서 고정시킨) 머리띠는 1(마법사)과 같은 상징으로 차용됐다. 이는 자신의 의지를 실현하려 한다는 것을 드러낸다.

손 2w와 같은 의미이며 자신이 추구/선택한 방식, 기준이 이미 존재한다는 것을 드러낸다.

갑옷 4(황제)의 상징을 차용했다. 다만 4와 달리 해당 인물이 자신이 내세우려 한 순수한 영/완드 요소를 점검하고 재무장해 외부 반발/반대에 대응할 준비가 된 상태라는 것을 강조한다. 동시에 그림 속 인물이 신분의 한계를 뛰어넘을 정도의 성공을 거둔 사람이라는 것을 드러낸다.

체크 무늬 5(교황)의 체스판과 비슷한 의미를 지닌다. 이 인물이 제 나름의 선악 판단을 하고 있거나 그에 준하는 기준이 있다는 것을 암시한다.

1:1:1 구도 이전 과정(2w)에서 발산/발출한 내용에 따른 새로운 반응들이 도달해 조화를 이루게 되는 것을 의미한다. 이는 곧 자신이 추구하려는 바(정正, These)와 이에 대한 반대 논리 또는 외부의 다른 개념들(반反, Antithese)이 외부 반응을 통해 대안(합合, Synthese)을 마련함으로써 조화를 이룬 상황을 드러내는 장치다.

강 또는 바다 2w와 같은 의미이지만 그 규모를 더욱 크고 넓게 묘사했는데, 이는 곧 더 넓은 외부 인물/세력/문화/지지층 등을 의미한다.

배 13(죽음) 및 연금술 상징에서의 의미와 비슷한 방식으로 쓰였다. 자신과 다른 완드 요소들이 바다를 유영하는 모습으로 이해할 수 있으며, 이에 더해 자신이 이전(2w)에 발출했던 주장 또는 의지가 그 나름의 성과/반응/결과를 가져오고 있다는 것을 의미한다(메이저 상징편 117쪽, 코트 상징편 21쪽 참고).

절벽 0(바보)의 상징을 차용했다. 이로써 자신이 내세우려 했던 순수한 영/완드 요소들에 대한 반응을 살피고, 그에 따른 대안을 마련하여 본격적으로 자신의 의지Spirit를 외부로 진출시키게 되리라는 것을 암시한다.

3 *of* WANDS.(이하 3w)는 (어떠한 행위/생각에 대한) 반응이나 답을 받는 상황을 의미하며, 더 나아가 수출/판매 대금을 받는 상황을 뜻한다. 부정적인 영향을 받는다면 기대 이하의 반응/답이나 대가/보수를 받게 되는 상황을 암시한다.

2w에 일어난 전망/관망에 따른 응답을 얻는 모습을 묘사해 개인/작은 집단의 의지가 완성/조화를 이루는 것이라 표현했으며, 이런 의도는 카드의 핵심 의미에서부터 확연히 드러나고 있다.

그러나 2w와 달리 3w는 자신이 내세웠던 순수한 영/완드 요소들을 통해 다른 요소/환경/분야 전반에 확고한 신뢰나 믿음을 받지 못한 상태라는 한계점을 절벽과 성의 대비를 통해 극명히 보여준다.

2w 와 3w 의 그림 배치

이는 배경에 묘사된 강/바다로도 유추할 수 있다. 멀리 떨어져 있어 그 실체가 대략적으로만 묘사된 2w와 바로 앞에서 넓은 강/바다를 바라보고 있는 3w의 차이는 (영적) 성장과 발전을 위해 순수한 영/완드 요소들이 얼마나 다른 존재/입장을 알고자 갈구(해야)하는지 여실히 드러내주기 때문이다.

두 카드의 차이는 그림의 인물이 머리에 착용한 것으로도 구분할 수 있다. 이미 자신의 입지가 있다고 여기거나 지배 중이라는 것을 드러내는 2w의 모자와 달리, 3w는 모자의 형태가 아니라 머리띠를 통해 '지배'보다 '의지의 실현'에 중점을 두고 목표를 달성하려 전면에 의연하게 나선 모습을 묘사하고 있다.

이 과정이 순탄하지 않지만, 자신이 알거나/내세우거나/추구하는 바가 큰 틀에서 어긋나지 않는 한, 그 나름의 결론을 내리고 자신의 지향점을 정립하기에 이른다는 것을 그림을 통해 보여주고 있다.

3w는 이 과정을 거쳐 옳고 그름의 편협함이 없어야 하며, 자신이 추구하려는 의지를 통해 어떤 뛰어난/위대한 완성에 다다르려 하는지에 대한 비전Vision을 제시하게 된다. 그러나 자신의 편협한 시야에 갇히거나, 추구하려는 욕구/의지 자체가 터부시되거나, 확증편향*에 치우치면, 자신이 바라는 바를 달성하지 못하거나 남들의 질시 또는 무시를 받게 될 수 있다는 것을 경고한다.

한편으로는 (어떤 행위나 결과물에 따른) 보상, 수출/수입 등의 의미도 있는데, 이는 그림 속 인물이 입항/선적을 기다리는 성공한 상인과 비슷하게 묘사되기 때문이다.** 그러나 엄밀히 따지면 이는 어떤 행위나 결과물의 발출/창조가 우선돼야만 발생하는 의미들이라는 점에 주의해야 한다.

* 확증편향確證偏向, Confirmation bias: 자신의 가치관, 신념, 판단 등과 부합하는 정보에만 주목하고 그 밖의 정보는 무시하며 '듣고 싶은 것만 듣고, 보고 싶은 것만 보는', 더 나아가 '보여주고 싶은 것만 보여주는' 상태/태도를 의미한다.

** 『타로의 그림열쇠』에서 이 인물을 설명하는 데 쓴 표현은 'Merchant Prince'인데, 이는 '상업을 통해 부자가 되어 그 나름의 권위 및 권력을 소유하는 데 성공한 상인'을 표현하는 숙어다. 비슷한 상황으로 조선 후기 공명첩을 구매해 양반이 된 만석꾼을 들 수 있다.
A. E. Waite, *The Pictorial Key to the Tarot*, Part III: The Outer Method of the Oracles, Three of Wands 참고.

연금술 순수한 영/완드 요소들은 자신의 의지를 외부로 드러낸 뒤, 이에 따른 반응들을 기다린다. 이렇게 돌아온 반응들이 자신이 원했던 것과 다르더라도 대응과 보완을 계속해 자신의 의지를 더욱 견고하게 완성해갈 것이다.

그 과정에서 자신의 장단점을 인식하고, 자신이 취해야 할 태도 또는 살피지 못한 문제들을 배려해 개선해간다.

손뼉도 마주쳐야 소리가 나듯 혼자서는 이룰 수 없으며, 끊임없이 외부와 교류해야 하기 때문이다.

이런 내용은 카드의 핵심 의미인 피드백, (어떠한 생각/행위에 대한) 반응을 받는 것 등으로 연결된다.

이런 노력 끝에 서서히 상승 기류를 타는 데 성공한 순수한 영/완드 요소는 자신이 추구하는 것이 어떻게 실현될지 상상하며 청사진을 그려간다.

카발라 3w는 제1계의 비나에 대응된다.

보통 상위 세피라에서 발출된 순수한 에너지/기운을 수용하고 이에 대한 '이해'를 거쳐 하부 세피라들에게 내보내는 역할을 하는 곳으로 설명한다.

그러나 Qw가 비나의 성격/성향을 외부로 내보이며 왕성히 활동해 특정 완드 요소를 추종하고 이를 전파하는 것과 달리, 3w는 단독 세피라/핍 카드라는 한계가 있기에 새로운 행동/발출에 대한 부분이 대거 생략/축소됐으며, 수용에 대한 내용이 강화됐다는 것을 알 수 있다.

32경로 중 '신성하게 하는 지성'의 의미는 곧 순수한 영/완드 요소에서 모두(하위 세피라들)에게 가장 중요한 것이 의견을 수용하는 것과 이에 따른 대응/보완이라는 것을 강조하며, 이를 통해야만 지혜를 쌓을 수 있는 토대를 구축할 수 있다는 것을 강조한다.

이렇게 케텔(Aw), 호크마(2w)에 이어 첫 트리아드Triad가 완성되며, 모든 순수한 영/완드 요소가 가져야 할 초심과 그 속에 있는 원론의 창조 과정이 세 세피라의 상호작용과 같다는 것을 암시한다.

4 *of* WANDS.

이상의 완성, (일/생각의) 종료, 이상론

(Confined to Ideals) Paradise, Wedding

모든 개념/사상/철학은 이상이 구현된 순간에 어떤 장밋빛 미래가 펼쳐질지에 대한 전망을 내놓는다. 대부분의 사상(가)이 저마다 낙원을 이야기했다.

그러나 작은 곳에서 이루어진 것이 큰 것에서 이루어질 수 없고,* 큰 그릇을 가진 것이라도 담겨져 있는 양이 적으면 그 한계가 명백하다.** 각자 모두 자신의 의지가 구현되길 바랐기에 속내에 담긴 이상향을 제시하며 '언제고 이와 같은 낙원이 오길' 바랄 뿐이기 때문이다.

그러나 모든 이가 각자의 눈으로 서로 다른 곳을 바라보는 걸 넘어 각자가 요구하는 이상향이 다르기에 이런 탁상공론들은 영원히 반복될 것이다.

하지만 가슴에 이상향 하나를 품지 않는 이가 세상에 있을까?

* 유가 사상에서 이상향으로 여기는 요순시대가 실제로 있었던 적은 단 한 번도 없다. 또한, 아나키즘이 대동사회를 지향한다고 하나 이를 현실에 옮기기 위해 모두의 이상을 각자 자유롭게 구현할 수 있는 곳은 실존한 적 없다. 그 자체가 권위와 체제를 인정하지 않는 사상이기에 결집이 불가능하기 때문이다.

** 수성守城의 달인이자 반전反戰과 겸애를 주장했던 묵가 사상은 대규모 국방력이 각국에게 집중되길 강요하고 총력전을 실행하던 전국시대에 이르러 사멸됐고, 『묵자』조차 도교 경전으로 명맥을 유지하고 있다.

추파/후파Chuppa/Chuppah 네 기둥과 화환으로 구성된 추파는 유대의 전통 혼례에 쓰이는 장치*다. 유대인들은 이곳에서 이루어진 혼례에 신의 가호와 행복이 함께한다고 여겼다. 이 공간은 이 인물들에게 신의 축복이 함께하는 순간이라는 것을 표현한다.

성 자신들의 이상이나 추구하려는 바에 동의하는 이들이 그 나름의 거점/기반을 형성했고, 2w의 성과 달리 (완드 요소 간의) 통합이 이루어지는 데 성공했다는 의미를 드러낸다. 이는 그 전의 산발적·개별적 주장들이 공감 또는 타협하는 데 성공해 일관적인 형태로 모습을 갖춘 것이라 이해할 수 있다.

한 쌍의 부부 서로 다른 존재의 결합/통합을 의미하며, 이로써 완드 요소가 다른 (유사한) 완드 요소와 결합/통합하며 의지/의도를 구현하려는 모습을 묘사한다.

장식된 다리 다른 존재/요소와의 교류를 의미하며, 이에 따른 성과/효과를 이미 누리는 상황이라는 것을 암시한다.

하객들 이 결합을 지지하는 이들을 의미하며, 이 카드의 수준에 다다를 때 모호한 지지를 표하던 요소들도 서서히 응집/통합되는 모습을 보여주는 장치다.

* 안내서 138쪽 및 아래 문서 참고.
https://www.brides.com/jewish-wedding-traditions-4783360
https://forward.com/life/402798/a-chuppah-is-worth-a-thousand-words/

4 *of* WANDS.(이하 4w)는 이상의 완성, (일/생각의) 종료, 이상론을 의미하며, 각자 추구하려는 비전Vision이나 청사진을 완성한 모습을 묘사했다. 나아가 그림의 직접적인 묘사로 인해 결혼식이 추가된다.

그러나 이렇게 완성된 이상(비전, 청사진 등)이 실제 구현될 수 있는지는 미지수이고, 누구나 원하는 이상향에 4w가 실제 닿을 수 있을지는 모르기에, 부정적인 영향을 받는다면 영원한 (부정적인/의도와 다른) 종결을 의미하거나 자신의 작고 좁은 기반/관점/역량에 만족하는 모습으로 해석된다.

이는 분열하던 순수한 영/완드 요소들이(2:2 구도) 분열을 멈추고 안정을 취하며(2+2 구도) 하나의 목적(영적 상승)을 향해 나아가고자 통합하는 모습을 묘사했기 때문이다.

이런 일치됨이 강조됐기에 『타로의 그림열쇠』도 긍정/부정적인 영향과 무관하게 매우 좋은 의미를 배치한 것으로 여겨진다.*

그러나 부정적인 의미가 없을 수는 없다. 이는 핍 카드라는 한계에 더해 작은 완성과 안정이 가져다주는 문제점을 외면하는 것이기 때문이다.

특히 휴식과 관련한 키워드는 국내에서 많은 오해를 일으켜왔다. 이는 같은 키워드를 지닌 4s와 혼선을 빚었기 때문이다(안내서 136쪽 참고).

4w의 휴식은 모든 것이 뜻대로 이루어지거나 이상적으로 완결/종료된 뒤의 휴식을 의미한다. 이는 그림 속 묘사를 통해 영원히 계속되리라 믿는 방식으로 결합/결혼한다는 의미를 유추할 수 있기 때문이다. 이에 더해 4w에는 이 행복한 순간이 계속되길 바라는 (또는 계속되리라 일방적으로 믿는) 희망의 의미를 포함한다.

이런 순수한 영/완드 요소들의 통합은 배경 묘사에서도 유추할 수 있다.

* A. E. Waite, *The Pictorial Key to the Tarot,* Part III: The Outer Method of the Oracles, Four of Wands 참고.

2w와 4w 비교

그림에서 확인할 수 있듯, 성 바깥의 건물이 난립한 모습을 묘사한 2w의 배경과 다른 존재와의 소통을 완료해 더 거대해진 4w의 배경은 순수한 영/완드 요소의 성장을 여실히 드러낸다.*

이런 묘사를 통해 덱 제작자들은 어떤 이상을 구현하기 위한 목표가 제시되고 이것이 달성되는 순간 4w에 소속되거나 이를 지지하는 모두가 행복해지는/행복해지리라 믿는 모습을 그림으로 표현한 것이다.

그러나 이런 이상에 기댄 행복이 실제로 달성될 수 있는지 확답할 수 없다는 점이 이 카드의 한계점이다. 자신들의 의지가 아무리 옳아도 이와 다른 입장과 발전을 겪은 이들에게 4w가 제시하는 비전은 생소하거나 반감을 살 수 있으며, 이를 인지하지 못하면 부정적 의미들이 강조될 수 있다는 점을 주의해야 한다.

* 중세 시대 성의 확장은 전초기지 역할에서 점차 지배 영역을 확장하고 수비력/수용력을 높이려 점점 거대화하거나 내성-외성 구조를 구축하는 식으로 발전했다.
https://www.english-heritage.org.uk/learn/histories/medieval-castles
필리페 브로샤르·파트리스 펠르랭, 『컬러 일러스트레이션 세계 생활사 12, 중세의 성과 기사』, 동아출판사, 1987.

연금술 외부 반응에 대한 대응을 마치고 자신의 가능성을 확신하는데 이른 순수한 영/완드 요소는 자신이 일궈낸 안정에 도취하며 자신을 지지하는 요소나 기반을 형성하고 그 안에서라도 역량을 발휘해 이상을 펼치기 시작한다.

이를 공유/지지해주는 이들도 열정적으로 나서며, 서서히 내부에서부터 순수한 영/완드 요소가 내세우려는 의지의 내용/방식들이 옳다고 여기는 걸 넘어 누구나 추구해야 하는 것이라 생각하기 시작한다. 이런 생각은 점차 강화되며, 이윽고 자신이 추종하는 것이 다른 요소들보다 모자람 없다는 것을 증명해 만족하려는 욕구, 의지로 변화하기에 이른다.

이렇게 자신의 이상향을 만드는 데 성공한 순수한 영/완드 요소는 자신과 비슷한/다른 영들과 역량/수준을 비교하며, 자신의 우월성 또는 스스로 틀리지 않았다는 것을 증명하기 위한 본격적인 여정을 시작한다.

그러나 이는 어디까지나 자신들만의 이상일 뿐, 다른 요소들과 본격적인 비교가 이루어지지 않았거나 현실에 직접 적용하지 못한 상황에서 스스로 옳다고 인식하고만 있는 수준에 그친다는 사실을 모르고 있다. 이는 카드의 핵심 의미인 이상의 완성, 이상론 등의 의미로 파생된다.

카발라 4w는 제1계(발출계)의 헤세드에 대응된다.

두 번째 트리아드(헤세드-게부라-티페레트)를 구성하며, 발출계 내에서의 창조(제2계)를 시작하는 위치다.

이곳은 신의 사랑과 자비를 의미하고, 그에 걸맞게 상위 트리아드(케텔-호크마-비나)의 의지를 수용/확장하는 역할을 하며, 그렇기에 하부 세계(현실계, 말쿠트)에 닿기 전에 제 나름의 의지를 천명한 이 완드 요소들의 이상과 비전Vision이 모두 이루어질 때 다가올 기쁨과 희망찬 미래를 그림을 통해 표현한 것을 알 수 있다.

또한 헤세드는 32경로 중 '수용하고 담아내는 지성'에 해당하며, 이로써 상위 세피라에서 발출된 모든 것을 수용하고 이를 세피라 내부에서 확장하는 데 전념한다. 나아가 기존(Aw~3w)의 산발적/소극적이었던 순수한 영/완드 요소들이 이 세피라를 통해 자신의 이상이 실현되거나 현실에 구현될 때 어떤 수준의 기쁨과 축복을 누리게 되는지 목도한다.

그러나 이런 무한하고 편중된 자비와 사랑은 필연적으로 비대함을 불러일으키며, 현실 속에 완전히 펼쳐지지 않은 이상론·낙관론에 젖어 활력을 잃거나 본래 의도가 희석/왜곡될 수 있다는 점을 경계할 것을 이 다음의 세피라를 통해 부각시킨다.

이로써 내부의 불필요하고 비현실적인 요소들을 배제하거나 외부의 다른 완드 요소들과 경쟁 또는 충돌하는 상황이 필연적으로 예정돼 있다는 것을 다음 세피라를 통해 확인할 수 있다.

추파/후파Chuppah

추파/후파는 본래 '화환으로 덮다'라는 뜻으로, 유대 전통 결혼식에서 신부/신랑을 덮는 장막 또는 신방을 가리킨다.* 유대 결혼식에서 매우 강조되는 장치로, 명확한 기준은 없어 네 개의 기둥을 고정하거나 사람들이 네 기둥을 잡고 있는 형태를 띤다.

탈무드 시대(70-640년)에는 추파/후파가 곧장 결혼식의 대명사로 자리 잡았으며, 이 시기에는 아들을 출산했을 때 삼나무를 심고 딸을 출산했을 때 소나무를 심어 이들이 자라 결혼을 하게 될 때 심었던 나무를 기둥으로 사용하던 풍습이 있었다고 한다.

이는 추파/후파 안에서 예식을 진행함으로써 영원히 생을 함께하는 이에게 깃들기를 바라는 의식이라 여긴 것이다.

이 안에서 진행하는 의식을 일곱 축복Sheva Brachot,תוכרב עבש이라 부르는데, 이는 성경을 기반으로 탈무드에 기록된 것이다. 이때 이 축복은 결혼식 하객과 함께 노래하거나 외치며, 하나의 축복을 진행한 뒤 술 한 잔을 기울이거나, 모두 끝난 뒤 술 일곱 잔을 한 번에 마신다.

* 16세기 초반 독일에 정착한 유대인(아슈케나짐)들의 휴대용 결혼 천막이 신방을 대체해 널리 쓰였다는 기록이 남아 있다.
Alfred J. Kolatch, *The Jewish Book of Why*, Jonathan David Publishers, 2007, p. 35.

5 *of* WANDS.

노동, 토론, 투쟁

Training, Debate, Work, Strike

많은 사상가가 자신의 주장을 설파하고자 세상을 주유하거나 기존 체제를 비판하고 대안을 제시하며 사람들을 설득하려 했던 것은 투쟁심 때문이 아니다. 자신의 주장을 전파하고 관철하려면 다른 주장들이나 기존 관념들과 충돌할 수밖에 없었기 때문이다.

그 과정에서 서로의 주장에 우열을 가리거나 각자 추구하는 바가 비슷해 이합집산을 거듭하며 발전하면, 처음에는 애매모호했던 부분들이 서서히 정리되고 스스로 나아가야 할 발전 방향이 더욱 선명하게 보이기 시작한다.

이때 일어나는 모든 충돌은 발전을 위해 필수 불가결한 과정이며, 더 나은 세상을 만들어가는 데 필요한 기본적이고 핵심적인 순간이라 할 수 있다.

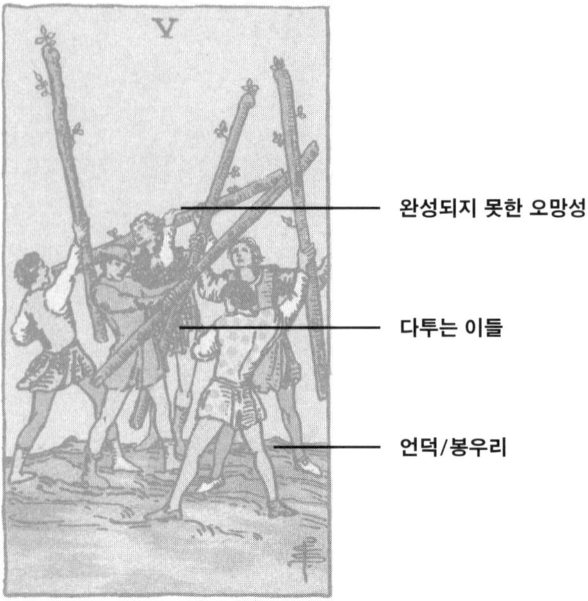
V
완성되지 못한 오망성
다투는 이들
언덕/봉우리

완성되지 못한 오망성 오망성이 의미하는 소우주의 완성, 통합 등을 이루려 노력하는 모습을 그렸다. 이는 각자의 의지로 모든 과정/결과를 얻으려다가 일이 성사되지 못하는 상황을 묘사함으로써 난립, 분열, 손발이 맞지 않은 상황, 투쟁 상태 등의 의미를 파생한다.*

다투는 이들 실제 전투가 아닌 훈련 상황을 표현한다. 나아가 각자의 옷을 다르게 묘사함으로써 이 상황이 순수한 영/완드 요소 간의 투쟁/경쟁이라는 점을 보여준다.

언덕/봉우리 각 인물들이 각자의 수준을 향상했거나 절정에 달한 수준이라는 것을 묘사하는 장치다.

* 진 쿠퍼, 『그림으로 보는 세계 문화 상징 사전』, 까치, 1994, 268쪽.

5 *of* WANDS.(이하 5w)는 노동, 투쟁, 토론 등을 의미하며, 더 나아가 자신이나 자신이 당면한/속한 상황/조직/공동체 등을 위해 노력/훈련하는 모습을 뜻한다. 그러나 부정적인 영향을 받는다면 이런 노력은 내분이나 내부 잡음으로 변질되고 격화된 나머지 서로에게 스트레스를 주며 핵심 의미들의 격을 낮추게 된다.

그림에서는 훈련 또는 모의 전투를 하는 모습이 묘사돼 있는데, 이로써 5w의 의미를 적용할 때 격이 높을수록 물리적/신체적인 것과 거리가 있다는 점을 알 수 있다. 이때 어떤 순수한 영/완드 요소들로 대변되는 의지 간의 투쟁으로 이해할 수 있다.*

이런 투쟁들은 각자의 의지 중 무엇이 더 뛰어나고 특출난 것인지 가늠하는 데 반드시 필요하며, 그렇기에 각 완드는 자신의 이상향을 주장해 상대방을 굴복/수긍하도록 만들어야 한다는 점을 강조한다.

그림은 투기장에서 벌어지는 난투와 비슷한데, 이는 현실에서 수많은 의지가 부딪히는 모습으로 이해할 수 있다. 나아가 이런 의지들의 충돌이 외부가 아닌 내부에서 일어날 때 모두 각자 생각하는 최선의 방식을 실행하는 모습으로 이어지는데, 이는 카드의 핵심 의미 중 하나인 토론과 결부돼 브레인스토밍**이라는 키워드를 파생한다.

그러나 이런 5w의 의미가 격하하면, 각자의 의지도 수준이 낮아지며 아귀다툼과 같은 잡음과 내분으로 직결될 수 있다는 점을 주의해야 한다. 다양한 언로와 사상의 자유는 보장해야 하나, 충돌이나 반목으로 타인 또는 공동체 자체가 무너지는 상황***이 올 수 있다는 것을 경고하며, 이 투쟁의 승리자가 혼란을 잠재우고 완전함에 닿을 수 있다는 것을 그림에서 강조하고 있다.

* 사상이나 명분의 우위를 점해 승리를 얻는 것을 예로 들 수 있다. 일례로 민족자결주의가 각 식민지의 독립운동에 사상적 영향을 끼쳐 독립을 시도/쟁취했던 역사를 들 수 있다.

** 브레인스토밍Brainstorming은 일정한 주제에 관해 회의하면서 구성원의 자유 발언을 통한 아이디어 제시를 요구해 발상을 찾아내는 방법이다.

*** 대한민국 광복 직후 또는 4·19 혁명 후의 국내 상황이나 제1차 세계대전 후 독일 바이마르공화국이 겪은 부침을 예로 들 수 있다.

연금술 자신의 이상향을 완성하고 스스로 틀리지 않았다고 자부하는 순수한 영/완드 요소는 다른 요소들 또는 내외부의 모순과 부조리들을 마주한다. 이 과정에서 벌어지는 경쟁과 투쟁 속에서 5w는 최선을 위한 노력이자 최고를 향한 의지를 모두에게 증명한다.

이는 세상이나 다른 요소들의 시선과 상관 없이 자신의 뜻을 확고히 세우려는 성전聖戰과도 같으며, 자기완성을 통해 분열과 혼란에 빠진 세상을 통합하고자 수행하는 과정들이다. 이런 모습/장면들은 카드의 핵심 의미인 노동, 투쟁, 토론으로 이어진다.

이렇게 자신이 추구하는 바와 맞지 않는 요소들에 대한 투쟁과 숙청을 통해 군더더기를 지우고 털어내는 데 성공한 순수한 영/완드 요소들은 자신의 이상과 논리를 세상에 제시함으로써 더욱 특출한 존재로 발돋움한다.

나아가 이렇게 투쟁에서 승리한 자는 자신의 우월함을 드러내며, 절정의 기량과 완성도를 뽐내는 순간을 즐기게 될 것이다.

카발라 5w는 제1계의 게부라에 대응한다.

신의 정의를 의미하는 이곳은 헤세드에서 팽창된 의지들을 정리하고 하나로 재통합·재정비하는 곳으로 인지된다.

이는 곧 순수한 영/완드 요소가 스스로 자신의 옳음 또는 뛰어남을 증명하지 못했을 때 소거/정리당할 수 있다는 점을 암시한다.

그렇기에 이 투쟁의 장은 거꾸로 치열한 생존의 장으로 이해할 수 있으며, 아울러 각자가 이를 이겨내지 못할 때의 결과를 두려워하기에 더욱 경쟁/투쟁이 격화될 수밖에 없다는 점을 강조한다.

또한, 지혜의 32경로의 5번째는 '본질적인 지성the Radical Inteligence' 또는 '지성의 근원'이라 일컫는데, 이는 이 과정을 통해 게부라가 호크마와 비나의 합일에 점차 다가서기 때문이다. 이는 5w의 핵심 의미에 '토의'가 아닌 '토론'이 배정된 것과 연관 있다.

이런 자비(헤세드)와 엄혹嚴酷(게부라)을 견뎌낸 순수한 영/완드 요소들은 가장 효율적이고도 아름다운 모습으로 가공되며, 이 과정을 통과하는 데 성공한 존재로 모두의 부러움을 사거나, 성공하지 못한 채 성공한 다른 존재를 추앙하고 좇는 단계로 나아간다.

6 *of* WANDS.

(정신) 승리, 성공(에 따른 질투), 자랑(을 빙자한 잘난 척)
Victory, Success

승리를 거둔 의지는 환호하며 자신이 뜻한 바를 널리 알리고자 하나, 이는 알림에만 국한될 뿐 펼치는 데는 이르지 못한다. 패배한 자들도 아직 스스로 쥔 의지들이 꺾인 것은 아니기 때문이다. 승리는 승리이기에 이 순간을 누리고 기뻐할 수 있으나, 자만하거나 만용을 부리면 패배자들의 공격이 이어져 그 위세를 채 표현할 수 없다는 것에 주의해야 한다.*

자신이 일궈내고 지키려 했던 의지의 승리를 통해 자신의 완전함을 확신했다면, 그에 따른 후처리도 빠르고 정확하게 진행해야 할 것이다.**

* 율리우스 카이사르는 폼페이우스와 벌인 내전에서 승리한 뒤 원로원 정원 확대를 통해 자신의 지지자를 채우는 과정에서 개혁을 빠르게 진행하려 했으며, 그 결과 술라에 이어 종신독재관에 취임했다. 그러나 카이사르의 반대파들은 그의 행보를 과거 왕정의 부활이라 여겼으며, 끝내 그를 견제할 수단이 없다고 판단해 암살이라는 수단을 동원했다. 이로 인해 카이사르의 후임자인 아우구스투스는 명확한 독재, 군주정으로 나아가지 못했으며, 기형적인 원수정의 형태로 제정을 시작하게 됐다. 이는 뒷날 꾸준히 발생하는 내란의 근본적인 원인이 된다. 반면, 송 태조 조광윤은 쿠데타를 일으켜 황제에 올랐으나 이전 왕조의 사람들에게 온정을 베풀었으며, 멸망 전까지 300년에 걸쳐 보호해줬다. 공신에 대한 정리 및 숙청도 무혈로 끝내 혼란한 정국을 빠르게 수습하는 데 성공했다.

** 1993년 소련 해체 후의 미국은 후처리를 제대로 하지 못해 문제를 키웠고, 이로 인해 발생한 테러들은 당시 빌 클린턴 대통령 당시에도 주목됐으나 소련 붕괴 후 찾아온 호황을 마냥 누리다 문제 해결을 할 수 있었던 황금 같은 시간을 놓쳤다. 이는 끝내 9·11 테러로 이어진다.

1:5 구도 재분열(5)을 딛고 우위에 서는 데 성공한 의지(1)를 표현했다.

월계관 월계수는 본래 아폴론Apollon의 상징으로 정결, 휴전, 평화, 불사, 영원, 승리를 의미하며, 기독교에서는 순교자의 관을 뜻한다.*

군중 이 사람들은 두 가지 의미로 해석할 수 있다.

1. 승자의 부하/부대원들, 추종자
2. 승자를 시기하거나 패배한 자들

1은 승자로 올라선 원인/이유가 내부 갈등을 자신의 의지로 통합하는 데 성공한 것임을 강조하기 위한 장치로 이해할 수 있다.

2는 경계, 부러움, 질시의 의미가 생성되며, 승자의 승리에 따른 견제나 음모의 획책이 시작되고 있음을 암시한다.

말의 성장盛粧, Caparison 말의 녹색 성장은 이 인물의 개선식이 품은 의미를 상기시킨다. 이는 두 가지로 해석할 수 있다. 첫째는 승리의 여파로 찾아온 평온, 둘째는 승리를 거둠으로써 발생하는 긴장과 중압감으로 해석할 수 있다.

* 진 쿠퍼, 『그림으로 보는 세계 문화 상징 사전』, 까치, 1994, 28, 192-193쪽.

6 *of* WANDS.(이하 6w)는 승리, 성공, 자랑 등의 긍정적 의미를 다수 포함하지만, 반대로 자신이 완전히 승리했다고 자위하거나 남의 성공을 질투/질시하는 등 부정적인 의미도 강렬한 존재감을 내뿜는다.

이는 그림의 구도로 쉽게 알 수 있다. 승자와 패자의 태도 차이를 확연하게 구분해주고 있어서 쉽게 그 뜻을 해석할 수 있다.

다만 승자도 긴장을 늦출 수 없다는 점을 말의 성장Caparison으로 암시했는데, 이는 녹색 성장과 관련한 전설 속 인물 '녹색 기사Green Knight' 이야기에서 기원한다.* 덱 제작자는 녹색 기사를 6w에 묘사함으로써 강적과 만났을 때 생기는 두려움의 의미를 추가한 것으로 보인다.**

이런 묘사는 6이라는 숫자의 한계를 자각할 것을 주문한다. 다시 말해, 사람이 해낼 수 있는 완벽함에는 의외의 변수가 늘 있기 마련이고, 어떤 의지라도 부단한 노력을 기울여 자신의 목적/목표를 달성할 수 있으나, 이 또한 한 순간Action에 지나지 않을 수 있다는 점을 경고한다.

7과 6w 비교

* 자세한 내용은 14세기경의 작품이자 J. R. R. 톨킨과 E. V. 고든이 1925년 재출간한 영국의 서사시 『가윈 경과 녹색기사*Sir Gawain and the Green Knight*』를 참고.

** A. E. Waite, *The Pictorial Key to the Tarot,* Part III: The Outer Method of the Oracles, Six of Wands 참고.

이는 7(전차)의 묘사와 일부분 비슷하다. 그렇지만 적어도 자신 내부의 갈등을 인지하며 서로 다른 것을 충돌/조화시키면서도 아주 빠르게 달리는 7과 다르게, 자신의 의지만으로 달려가는 6w는 상대적으로 불완전하거나 그 의지가 옳더라도 어디까지나 인지할 수 있는 영역에 국한되는 데 그친다는 것을 보여준다.

사라지지 않은 분열 요소(군중으로 표현된 5개의 완드들)들도 이를 인지하고 있기에, 승자는 자신의 우위나 완벽함(실제 완벽하지 않더라도)을 유지하기 위해 긴장을 늦추지 못하리라는 것을 암시하며, 이는 곧 핵심 의미의 하나인 승리/성공에 따른 질투, 질시 또는 내부의 적이라는 의미와 이어진다.

그러나 다른 한편으로 이 카드의 긍정적인 의미도 강렬하게 발현된다. 승리에 따른 영광이나 자신이 달성한 위업으로 세간의 관심, 응원, 추앙을 받는 모습은 마치 과거에 급제한 유생처럼 위풍당당하기 때문이다.

부정적인 의미를 경계·회피하려면 내부 문제들을 불식하고 외부에서 문제 삼을 만한 언행을 피하도록 해야겠지만, 이 완드 카드들이 순수한 영과 관계있듯 자신이 특별하거나 우위에 있다는 점을 인지하는 한 이런 조언이 잘 이행될지는 미지수이다. 그렇기에 완성을 향할 때 (자신의 관점에서) 시련이 찾아오리라는 것을 다음 카드를 통해 확인할 수 있다.

마지막으로, 영Spirit적 요소로 대변되는 것들(완드, 검)의 단점은 남의 의견이나 감정보다 자신이 가지고 있거나 품고자 하는 욕구/의지가 최우선시된다는 점이다. 이에 따라 과정/결과도 자신의 방식을 고수하려는 태도를 보인다. 이런 단점은 완드 카드의 후반부에서 점차 강하게 묘사된다.

연금술 절정에 달한 순수한 영/완드 요소는 자신의 승리/성취를 다른 영/존재들에게 뽐내며, 자신이 성공한 모습을 감추지 않고 드러낸다.

이러한 모습을 본 다른 존재들은 이에 긍정적인 의견을 내보이며 서서히 6w를 인정하고 이에 편입되길 원하나, 반대로 비판적인 의견을 고수해 자신들의 역량을 강화한 뒤 산발적으로 6w에 대항하려는 움직임도 보인다.

나아가 자신의 절정에 달한 역량을 인지한 순수한 영/완드 요소는 이에 안주하지 않고 더 높은 수준으로 올라서려 하나, 서서히 다른 요소들의 도전을 승자의 위치에서 맞이하게 되며, 이를 이겨내지 못하면 주저앉을 수밖에 없다는 것을 알기에 계속 불편한 상태로 정체되리라는 것을 다음 카드를 통해 묘사한다. 이런 변수들을 해결해야 비로소 한 객체로서의 완성을 넘어설 수 있는 시험대에 오를 자격이 주어지기 때문이다.

이와 같은 분쟁을 끝내지 못했거나 제 나름의 의지를 제대로 내세우지 못해 승리에 다가가지 못한 이들은 그저 승자의 행진을 지켜보며 푸념하는 데 그치게 된다.

카발라 6w는 제1계의 티페레트에 대응된다.

아름다움을 의미하는 세피라답게, 완드 요소에서 가장 찬란한 순간을 묘사했다는 것을 쉽게 간파할 수 있다.

'작은 얼굴Microprosopus, Zeir Anpin'이라 부르는 이 세피라는 자웅양성의 기질을 모두 지닌다고 알려져 있다. 이런 기질은 헤세드-게부라(나아가 호크마-비나)의 성향이 혼재한다는 점으로 유추할 수 있다. 이는 32경로에서 '중재하는 작용의 지성'으로 표현돼 발출된 의지들의 유입이 증폭되고, 이를 합일시키는 과정을 거친 끝에 나오는 힘의 결과들이 이 세피라에 머무르기 때문이다.

또한, 티페레트는 두 번째 트리아드를 완성하는 존재다. 이 트리아드는 신의 도덕적 힘을 상징하며, 이 힘이 완전히 완성돼 세상에 드러날 때의 모습을 묘사한 것으로 이해할 수 있다. 즉 '(발출된) 신의 도덕적 힘(미덕)의 승리'다.

위에 언급한 묘사를 통해 6w는 자신의 양성적 성질을 다음 트리아드를 구성하는 세피라들에 나누어 발출하는 등, 순수한 영/완드 요소가 강한 영향력을 발휘할 수 있을 때나 성공/승리를 거둘 때의 모습이 어떻게 비치는지 그림을 통해 보여준다.

다만 이렇게 얻어낸 승리를 만방에 알리고 더 나은 것을 찾아 해매는 적극적인 Nw와 달리, 6w는 자신의 승리를 내부에 투사하거나 만끽하는 모습을 묘사함으로써 단일 세피라/핍 카드의 한계점을 드러낸다.

개선식

안드레아 만테냐Andrea Mantegna, 〈카이사르의 승리〉, 1485-1505 전령과 포로 부분

일반적으로 그리스-로마 시대의 개선식을 일컫는다. 참전자들에게 승리를 기념하는 개선식은 영광스러운 자리였으며, 고대 그리스에서는 올림피아 제전 우승자에게도 각 도시국가가 개선식을 열어주었다.

로마공화정 시기의 개선식은 선전의 성향이 강했고, 보통 개선장군이 집정관 취임을 하기 위한 민심 장악의 목적으로 연출됐다. 이를 극적으로 활용한 사람이 바로 율리우스 카이사르였다.

개선식에서는 개선장군을 놀리고 비하하는 구호를 외치는 전통이 있었으며, 노예 하나를 곁에 두어 '당신도 한낱 인간에 불과하다, 죽음을 기억하라' 같은 말을 계속 되뇌게 했고, 개선장군이 쓰는 관에도 이와 같은 내용을 새겼다. 이는 승리에 도취하지 말고 겸양함으로써 영광을 누리되 자만에 빠지지 말도록 경고하는 것이다. 유대 경전 미드라시Midrash에 기록된 '이 또한 지나가리라'라는 문구도 이와 같은 의미로 볼 수 있다.

7 *of* WANDS.

대처, (어떠한 사고방식/의견에 대한) 대응, (임기응변에 가까운) 기지奇智
Handle the (unstable) Situation, Forehandedness

아무리 완전한 원론이 있더라도 그것만으로 대다수 상황/변수를 설명할 수 없다. 인생에서 자신의 의지를 이어가려면 다양한 변수에 대응해야 하듯, 끝없는 변화가 이루어지는 세상에서 어떤 사상/철학/관념이 자신의 영향력을 유지하려면 변화가 가져오는 수많은 문제를 그 나름의 시각으로 해석하고 나아갈 길을 제시해야 한다.

'난세를 어떻게 종식할 것인가?'*, '공황에 어떻게 대응할 것인가?',** '평화는 그 무엇보다도 중요한가?'*** 등의 문제 제기는 계속될 것이고, 현명한 이들은 이런 문제/시험/시련 들을 극복하며 자신의 기준을 세운다.

미봉책으로 당장은 상황을 모면할 수 있겠으나 자신의 모순이나 약점이 외부에 노출되기 쉽고, 이는 결국 자신의 전력만 깎아먹을 뿐이다. 그렇기에 이 카드는 변수에 흔들리지 않고 버티며 끝없이 나아가야 한다는 점을 강조한다.

* 중국 위魏나라의 조조는 난세의 극복을 위해 둔전제와 구현령을 통해 세력을 다지는 데 성공했으나, 훈련도 저하(둔전제)나 인재 등용 방식을 악용(구품관인법)할 수 있다는 모순을 해결할 수는 없었다.

** 자본주의는 그 폐해로 벌어진 파업, 국론 분열, 부의 편중을 무마하고자 사회주의의 수단(복지, 노조 설립 등)을 빌려야 했으며, 이는 현재 진행형이다. 최초의 복지 제도는 사회주의자와는 무관한 독일의 철혈재상 비스마르크의 손으로 이루어졌다는 점에서 그의 기민한 대응과 대처를 엿볼 수 있다.

*** 영국 총리 네빌 체임벌린은 제2차 세계대전 이전 아돌프 히틀러의 요구를 일방적으로 받아들여 타국의 주권을 열강의 입맛대로 팔아넘겼다고 평가받는 뮌헨 협정을 체결하며 '이것이 우리 시대의 평화입니다!'라고 외쳤다. 그러나 이 결정은 한 나라의 주권을 팔아넘긴 대신 6개월 남짓한 시간을 번 것에 불과했다. 그 6개월의 평화는 얼마나 가치 있는 것이었을까.

6:1 구도 다른 순수한 영/완드 요소나 외부 개입(6)이 일어나는 상황을 보여주며, 이를 막아내고 극복하려는 의지(1)를 강조하고자 그려졌다.

어수선한 복장 모자나 허리띠 등이 없고 신발도 짝이 맞지 않은 모습으로 표현됐는데, 이는 그만큼 이 인물이 준비되지 않은 상태에서 불의의 습격을 받은 상황이라는 것을 드러낸다.

언덕 이 인물이 우위에 있다는 점을 표현하려 배치됐다.

상류/냇가 수원水原을 묘사하는 이 상징은 등장인물의 성공 또는 우월함이 외부에 드러나 지지층을 형성하기 시작했다는 것을 보여주는 장치다.

7 *of* WANDS.(이하 7w)는 대처, (어떠한 사고방식/의견에 대한) 대응, (임기응변에 가까운) 기지 등을 의미하며, 부정적인 영향을 받을 때는 (어떤 기습적인 현상/상황에) 당황, (결단해야 할 것이 많음에도) 망설임, 언 발에 오줌 누는 격인 상황/장면을 의미한다.

그림에 묘사된 모습은 경황없어 보이지만, 그럼에도 이미 유리한 위치(언덕)를 선점하고 있기에 실수하지 않는 한 어려운 상황에 빠질 일은 없다는 것을 제작자는 명확히 표현했다.*

구도를 보면 앞서 언급한 핵심 의미들을 확인할 수 있다. 이는 다른 승리나 완전하다고 평가받은 순수한 영/완드 요소들(6)의 도전에 대응하는 (신에게 선택받은) 의지(1)로 표현되기 때문이다.

또한 등장인물로 대변되는 순수한 영/완드 요소가 성장하기 시작하며, 자신의 수준을 완성한 경우 서서히 지지 세력/기반이 생기기 시작한다는 것을 상류/냇가로 표현했다.

이는 Aw, 2w, 3w에서 보이는 외부 또는 자신의 것이 아닌 지지층(물, 강, 호수, 바다 등)에서 자신의 이상을 완성하고 현실에서 실현해내는 과정 중 뼈를 깎는 노력이나 남의 인정을 받기 어려운 상황에도 이상을 관철하는 데 성공(4w, 5w, 6w-모두 물이 등장하지 않는다)함으로써 독보적 영역을 확보하기 시작했다는 것을 드러내는 표현법이라 할 수 있다.

7w는 이런 완성이 행운에 따른 것이거나 자신이 완성에 이르렀는지를 인지하지 못한 상황이기에, 주변의 수많은 견제나 질문에 '대응'해야 한다는 점을 그림을 통해 강조하고 있다.

* A. E. Waite, *The Pictorial Key to the Tarot*, Part III: The Outer Method of the Oracles, Seven of Wands 참고.

연금술 승리를 거두고 절정을 맞이한 순수한 영/완드 요소는 다른 요소들의 반발, 저항, 비난, 비판 등에 시달린다. 이런 불안정한 상황에서도 스스로 완전하다고 여기는 이들은 자신의 존재감을 드러내는 데 주저하지 않으며, 시련의 극복 과정에서 서서히 자신을 따르는 이들이 생겨나고, 활동을 계속 이어나감으로써 지지/기반의 폭을 넓힌다.

이런 외연 확장은 필연적으로 자신이 원래 추구하려던 것과 멀어지는 부작용을 낳지만, 당면한 문제를 해결해야 하는 상황에 쫓긴 나머지 이를 인지하지 못한 채 시련을 통과하는 데 천착한다. 이런 내용은 카드의 핵심 의미인 대처, (어떠한 사고방식/의견에 대한) 대응, (임기응변에 가까운) 기지奇智 등으로 연결된다.

이렇게 극복에 성공한 순간은 오히려 가장 위험한 순간이라 할 수 있다. 발단-전개-위기-절정-결말 구조상 위기에 해당하며, 이를 해소함으로써 절정에 이를 수 있다는 점을 묘사한 것으로 볼 수 있다.

이로써 순수한 영/완드 요소가 당면한 반대, 문제, 모순 들을 해결하려다가 처음 품었던 뜻과 달라지기 시작하나, 겉으로는 모든 시도가 성공한 것처럼 보이기에 다른 요소들도 스스로 이 상황에 별문제없다고 생각하기에 이르며, 점차 각자의 처지대로 순수한 영/완드 요소가 내보인 일면들만을 취사 선택해 전파하거나 이식하기 시작한다.

이 과정에서 초심은 점차 사라지는데, 이는 당면한 상황의 위급함을 이겨낸다는 명목하에 이루어지는 임시 조치들의 모순 또는 이율배반적인 면모를 제대로 조명하지 못하거나, 설사 이러한 문제들을 자각하더라도 상황에 떠밀리기 때문이다. 한번 적용된 예외는 모두에게 동등히 적용할 수밖에 없기 때문이다.

카발라 7w는 제1계의 네자흐에 대응된다.

신의 승리/인내를 의미하는 세피라의 의미와 결부돼 수많은 위협 속에서도 자신의 우위를 용감히 지켜내는 모습으로 묘사한 것을 알 수 있다.

이곳은 32경로 중 '감추어진 지성' 또는 '오컬트적 지성'이라 부른다. 오컬트 의식이나 명상을 통해 보거나 얻는 지성/덕목/미덕 들이 네자흐에서 발원한 것이라 여겼기 때문이다.

이는 어떤 시련/문제 앞에서 갈구하는 이들이 취하는 각종 방법(점, 마법, 명상 등)을 통해 자신의 의지를 고취하거나 어려워 보이는 상황을 의연히 돌파할 수 있다는 것을 암시하며, 핵심 의미인 대처, 대응을 강조한다.

또한 호크마(2w), 헤세드(4w)에 이어 자비의 기둥을 완성하는데, 이를 통해 완드 요소 속에 깃든 신의 자비가 사색과 궁리 끝에(2w) 나타난 이상향(4w)을 얻기 위한 숨겨진 안배가 무엇인지 알려준다. 이는 곧 자신의 의지를 현실에 구현하기 위한 여정에서 겪는 우연/징조들을 감지해 지혜로 녹여낼 때에(7w) 신의 자비가 발현된다는 것을 의미한다. 승리/성공을 얻어내려면 늘 주인을 기다리듯(「루카 복음서」 12장 35-40절) 준비돼 있어야 한다는 점을 강조한다.

이런 과정을 거쳐 자신의 존재 의의를 확립하기 시작한 의지는 더욱 폭넓게 발전하면서 완벽에 가까운 모습으로 모두에게 전파되기 시작한다는 것을 다음 카드를 통해 보여준다.

그러나 이런 방편이 정상적인 과정/방식과는 거리가 있을 수밖에 없다는 점을 주의해야 하며, 임시방편으로 문제를 극복하려 한다면 치명적인 오류를 범할 수 있다는 점을 경고한다.*

* 실천적 카발라주의자들은 상위 세피라로의 접근을 막고자 각종 부적, 주문, 명상 도구를 이용해 그 과정에 있는 수많은 (악마의) 유혹을 물리쳐야 한다는 점을 강조한다. 그리고 이 과정에 자칫 실패하면 정신이나 목숨이 위태로울 수 있다는 것을 경고한다.

8 *of* WANDS.

신속(한 이동), 소문, 가장 빠른 방식을 이용하다
Swiftness, a Quick

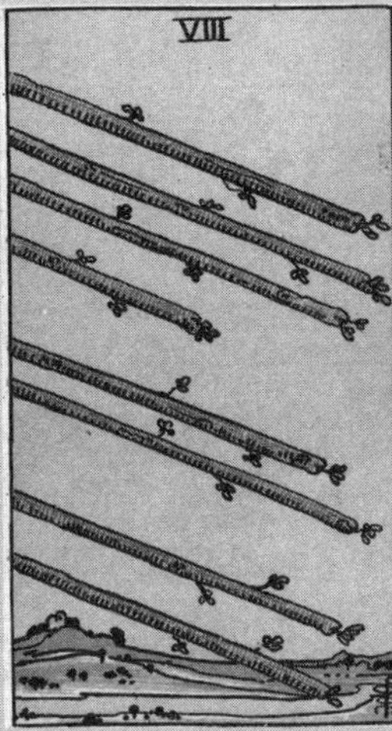

해하 전투, 악티움해전, 베스트팔렌조약, 프랑스혁명, 러시아혁명, 베를린장벽 붕괴*의 공통점은 결과를 맺는 데 결정적 영향을 끼친 사상/철학/관념이 급속도로 퍼지기 시작했다는 점이다. 이렇듯 세상을 뒤흔들었던 사건들은 갈등이 심해지다 못해 공동체의 분열을 일으킬 만큼의 시련과 관련되며, 이 난관을 극복한 승자의 이야기와 그를 승리로 이끈 핵심 가치들은 빠르게 조명받고 확산하며 이식되기에 이른다.

그러나 확산 속도와 반비례하게 정확성이 떨어지며, 본질을 잃어버린 채 수박 겉핥기식 모방이 될 수 있다는 점을 경계해야 하지만, 이미 모두에게 알려진 것은 그 자체로도 완벽히 보이기에 이를 담아가는 사람들을 말릴 수 없고, 각자 응용·적용하는 과정에서 변질하거나 없던 것이 추가되고 제멋대로 원안의 내용을 삭제하는 과정 끝에 본질은 점차 퇴화한다.

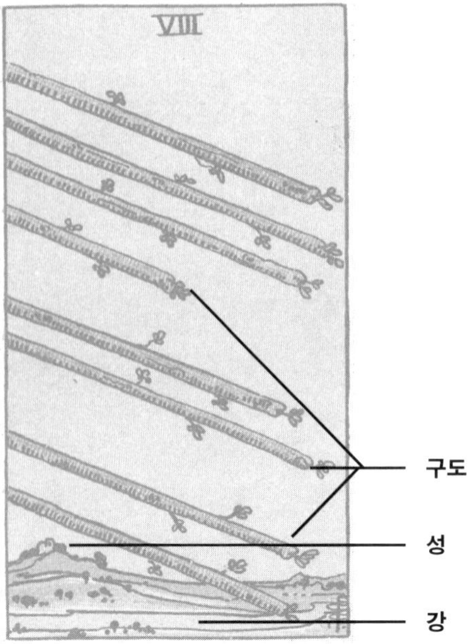

* 해하 전투: 초한 쟁패기의 최후 결전으로, 한 고조 유방이 승리하며 통일에 이르렀다.

악티움해전: 아우구스투스는 클레오파트라-안토니우스 연합을 분쇄하며, 추이를 관망하던 소아시아 왕국들의 지지를 얻는 데 성공한다.

베스트팔렌조약: 30년전쟁을 마무리한 이 조약을 통해 종교의 자유가 성립되며 확정적으로 교황권이 세속 권력을 넘어설 수 없게 됐다.

프랑스혁명: 이 혁명의 사상적 근간인 계몽주의와 자유주의는 급격히 퍼져 여러 국가에서 전제군주제에 반하는 시민운동을 촉발했다.

러시아혁명: 이 혁명의 성공으로 공산주의는 제국주의에 신음하던 약소국과 식민지에 급속도로 전파, 확산된다.

베를린장벽 붕괴: 이탈리아의 기자인 리카르도 에르만의 오보로 처음 알려졌으나 이를 정정할 새 없이 무너졌으며, 냉전 체제 종식을 전 세계에 알렸다.

구도(4+4 또는 4:(2+2)) 사선(╲)으로 그려진 8개의 완드는 수비학 요소와 맞물려 완성된 순수한 영/완드 요소의 신속한 전파가 어떤 양상으로 전개되는지 묘사했다. 이로써 8w의 긍정/부정적 면모를 동시에 표현한다.

긍정적인 상황에서는 내/외부의 완벽(4+4)이라는 의미가 적용돼 자신의 의지를 발산하는 것을 넘어 다른 요소들에게 긍정적인 충격과 영향을 전하는 모습을 의미한다.

부정적인 상황에서는 안정과 그 이면의 분열들(4:(2+2))이 전파돼 좋지 못한 소식이나 분쟁 또는 자신을 완성하는 과정에서 놓친 취약점이나 모순들이 같이 알려져 본래의 의도와는 달리 논쟁/가십거리로 전락할 수 있다는 점을 경고한다.

성 강과 같이 Aw와 같은 구도이나 외벽 색이 바뀌었는데, 이는 두 가지 의미가 있다.

1. Aw가 의미하는 원 질료Source의 첫 모습과 달리 이미 일정 시간/과정이 흐른 뒤라는 점을 강조한다.
2. Aw가 담은 질료의 성질/요소가 온전히 보전됐거나, 반대로 변질/퇴색된 상태로 외부에 퍼지고 있다는 점을 강조하려 배치한 것으로 볼 수 있다.

강 Aw에서 쓰인 상징이지만, 여기서는 다른 의미로 쓰였다. 7w에서 발원한 순수한 영/완드 요소의 지지층(상류/냇가)이 확장됐고, 다른 외부 요소/분야/인물 또한 이를 충분히 인지할 수준으로 성장했다는 것을 의미한다.

8 *of* WANDS.(이하 8w)는 신속(한 이동), 소문, 가장 빠른 수단/방식을 이용한다는 의미를 지니며, 반대로 가십거리, 원치 않는 취약점/모순이 빠르게 전파되는 상황을 암시한다.

타로카드 학습자에게 8w의 '신속'이라는 핵심 의미는 7, Pw, Ns와 혼선을 일으키는데, 이는 각 카드의 의미가 매우 비슷하기 때문이다.

7, Pw, Ns, 8w 그림 비교

7(전차)은 내면의 갈등 요소도 추진력으로 삼아 자신을 막는 모든 것을 돌파하고 끝내 문제를 해결하거나 세상을 바꾸는 거대 요소로 이해해야 하며, 이때 7의 신속함은 '문제가 하찮거나 자신의 속도로 따돌릴 수 있을 때' 쓰는 몇몇 방법의 하나일 뿐, 7의 진면목/핵심 의미와는 거리가 있다.

Pw는 새로운 요소들을 전파하는 데 중점이 있을 뿐, 그 신속함은 별개의 문제거나 연계 해석의 영역에 속하며, Ns는 (자신이 배운 것을 기반으로 한) 과단성에 가깝다.

이런 차이점에 더해 8w의 특징은 핵심 의미인 '신속'을 구현하려 방법론적으로 선악 구분 없이 대체재를 빠르게 선택한다는 것이다.*

자신의 순수한 영/완드 요소를 완전에 가깝게(핍 카드라는 한계상 완벽 그 자체일 수 없다) 만드는 데 성공한 영Spirit의 모습은 모두가 그

* 이런 특성으로 인해 부차적으로 파생되는 8w의 의미들은 타로카드 78장 중 가장 급격히 변화한다. 이에 대한 자세한 내용은 『타로카드의 해석: 핍 카드』에서 다룰 것이다.

소식을 접하는 수준에 이른다. 이는 특히 이렇게 해당 사건의 당사자를 추종하는 이들이나 (긍정/부정적 관점과 상관 없이) 관심 있던 사람/요소들(강)이 적극적으로 나선다.

다만 이런 긍정적인 부분도 변질되면 '남의 불행은 나의 행복', '잘된 소식은 퍼지는 데 한 달이 걸려도 망한 소식은 사흘도 안 걸려 퍼진다'라는 말처럼 빠르게 퍼질 수 있다는 점에 주의해야 한다.

나아가 이렇게 전파된 순수한 영/완드 요소들이 모두에게 같은 내용으로 알려지지 못하고 산발적일 수 있다는 것을 완드의 구도(4:(2+2))로 보여주며, 이 과정에서 본래의 의도/목적과 달라지거나 변형될 수 있다는 점을 배경의 성을 통해 암시하고 있다. 이는 순수한 영/완드 요소가 자신의 본질을 지키는 데 집중하기에도 벅차, 외부로 빠르게 퍼지면서 발생하는 오개념을 바로잡기 힘든 한계가 있기 때문이다. 이후 자신이 원하는 바(그것이 초기의 목적과 달라지거나 변형/변질했더라도)에 도착한 뒤의 이야기를 다음 카드를 통해 묘사한다.

연금술 완벽을 기하는 데 성공한 순수한 영/완드 요소는 자신이 닿고자 하는 바로 향하려 더욱 가속하며, 이 과정에서 혜성의 꼬리처럼 자신을 따르려는(또는 그럴 의도가 아니더라도 쫓아오는) 이들이 자신의 의지를 주변에 설파하거나 각자 알아서 이해하고 다른 곳(또는 각자의 기반)에 이를 이식하기 시작한다.

모든 변수를 통제하거나 도전/역경을 극복하는 데 성공해 위명을 떨치기 시작하면 순수한 영/완드 요소가 주장/추구하려는 것들이 외부/다른 분야에까지 급속도로 전파되며, 하나의 대안이자 마땅히 따라야 할 방식으로 권장되기에 이른다.

더 발전하고 싶어 하는 이들은 전파된 것들을 적극적으로 수용하고 재전파하며, 세상에 새로운 방식 또는 새 시대가 도래했다는 것을 알린다. 이는 카드의 핵심 의미인 신속, 소문 등의 의미로 연결된다.

마침내 성공을 거둔 순수한 영/완드 요소는 드디어 자신의 의지로 형성된 혼Soul을 생성한다. 그러나 정녕 자신이 원하는 이상향에 닿은 것인지는 누구도 확신하지 못한다. 오히려 확신하는 순간 스스로 품어왔던 불꽃이 점차 희미하게 줄어들기 시작할 것이다.

카발라 8w는 제1계의 호드에 대응한다.

신의 위엄과 영광을 의미하는 세피라답게 빠르게 뻗어가는 묘사를 하고 있다는 것을 알 수 있다.

이 세피라는 32경로에서 '절대적/완벽한 지성'이라 부른다. 카발라주의자들은 이를 헤세드의 심연 속에 있는 뿌리(상위 세피라 중 특히 케텔)와 연결돼 창조 원리를 조합한다고 여겼기 때문이다. 이는 그림에서 Aw의 배경이 8w에서 반복되는 것과 관련된다고 이해할 수 있다.

다만 핍 카드라는 한계에 더해 단일 세피라를 묘사하는 데 그치기에, 절대적이고 완벽한 원리의 조합에 앞서 그 근원을 점검하지 못하거나 근원 자체가 부실하면 그 파급력이나 결과물이 볼품없어지고 오히려 본 의도와 다른 상황이 벌어질 수 있다는 것을 부정적인 의미들로써 강조한다.

이로써 비나(3w), 게부라(5w)에 이어 심판/공의의 기둥을 완성해 신이 순수한 영/완드 요소들을 심판하거나 공의로 삼을 때 기준으로 삼는 요건을 확인할 수 있다. 이는 다양한 반응을 귀 기울여 취합하고(3w), 그중 가장 좋은 것을 가려(5w) 빠르게 전파(8w)함으로써 이루어지며, 이에 합당하지 않은 것을 모두 배제한다는 것을 암시한다.

9 *of* WANDS.

노력(의 결실/후의 결과), 포기하지 않음

Struggle, Refuse to give up, Exhausted

말 위에서 세상을 지배할 수 없듯* 자신의 기반과 영향력이 커지고 현실에 영향을 끼치는 데 성공한 관념/사상/철학은 자신의 경험과 실적을 신뢰하고 이에 반하는 다른 의견에 대해 폐쇄적·교조주의적으로 변해간다.

이는 분배의 문제거나, 자신을 위협하는 다른 요소들을 경계**하려는 것일 수 있으며, 자신의 옳음을 증명했기에 다른 행동을 취할 필요를 느끼지 못하거나 필요를 느끼더라도 변하고 싶지 않기 때문이다.

그러나 자신의 이상이 구현됐다고 해서 발전과 개선을 멈추는 것이 진정한 의지의 결실이라 할 수 있을까? 이런 의문을 잠재우기 위해서라도 유한한 정신으로 무한한 시간의 변화를 좇아가야 하는 것이 순수한 영/완드 요소들의 필연적인 숙명이라는 것을 강조한다.

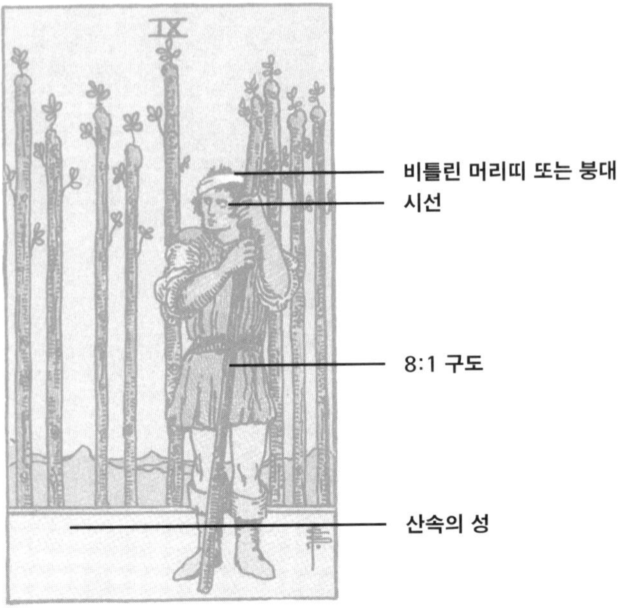

* 이 말은 책과 선비들을 싫어했던 한 고조 유방이 짜증을 내자 『초한춘추楚漢春秋』의 저자인 육가陸賈가 한 조언이다. 이를 들은 유방이 과거 국가들의 흥망 사례를 엮도록 육가에게 요청해서 펴낸 것이 『신어新語』다.

** 분배 문제: 공산주의 혁명에 성공한 국가들의 계획경제 정책 실패로 인한 만성적인 생필품 부족 현상이나 노멘클라투라의 형성으로 인한 자기모순은 소비에트연방의 해체를 불러온 이유의 하나다.

또한, 경계/반동 세력에 대한 감시나 검열을 통해 안전을 유지하려다가 조직이 비대해지는 경우를 들 수 있다.

비틀린 머리띠 또는 붕대 제작자의 명확한 언급이 없었기에 병기한다.*

머리띠로 본다면, 등장인물의 의지가 흔들릴 수 있거나 이미 흔들리는 상황을 드러낸다.

붕대로 본다면, 이 수준으로 도달하려는 여정에서 여러 고난을 겪었으며, 자신의 기반/논리/근거를 지키려는 의지가 굳건하다는 것을 암시한다.

그러나 둘 다 어떠한 과정으로 자신이 추구하는 것을 순수하게 지키기 어렵거나, 처음의 의도가 서서히 변질하기 쉬운 환경 또는 사건들을 겪었다는 것을 암시하는 장치로 볼 수 있다.

시선 외부를 의식/경계하는 것을 표현하며, 이는 다른 완성된 (완드)요소들의 개입이나 공격에 대한 경계를 뜻한다.

8:1 구도 요새화된 완드의 장막 속에서 자신의 의지를 부여잡고 있는 모습은 자신이 구축한 완벽함(8) 속에서 의지(1)를 계속 발휘하려는 것을 뜻한다.

산속의 성 완드들(8)로 장막을 친 듯 접근을 막는 상황이며, 밖은 다른 산들로 묘사했는데, 이는 자신의 지지 기반을 확보했다는 것과 함께, 내/외부의 숨겨진 적들이 있다는 것을 암시한다.

* A. E. Waite, *The Pictorial Key to the Tarot,* Part III: The Outer Method of the Oracles, Nine of Wands 참고.

9 *of* WANDS.(이하 9w)는 노력(의 결실/후의 결과), 포기하지 않는 모습을 의미하나, 부정적인 영향을 받을 때는 고집을 부리거나 예상하지 못한 장애 또는 적을 맞이하는 상황을 암시하는 카드다.

핍 카드 중 영Spirit에 속하는 완드와 검은 10에 가까워질수록 부정적인 의미가 매우 강화되는데, 이는 자신이 완성됐다고 스스로 인지하더라도 이것이 어떤 위업이 아니면 한계나 수명이 명확하기 때문이다. 그럼에도 영에 속하는 카드들은 이를 인정하기 어려워하거나 받아들이지 못하는 성향이 있기에, 부정적인 의미가 매우 강화된다는 것을 알 수 있다(물론 이때 위업을 달성하면 격의 상승이 일어나서 핍 카드의 수준을 넘어선다).

이렇게 변하는 까닭은 9w에 도달하는 과정에서 실패하지 않고 살아남았다는 결과론적 발상 때문이다. 자신의 방식을 통해 여기까지 도달했다는 성취감이 확신으로 이어지는 것이다.

이는 긍정적인 경우라고 해도 그동안의 노력과 수고에 따른 보상 정도로 의미가 퇴색하기 쉽다. 다만 9w는 어렵거나 불리한 상황일 때 자신의 의지가 틀리지 않았다는 것을 증명하려 분투한 끝에 전세를 역전할 수 있다는 의미도 있다.

반대로 자신의 기반이나 성공에 안주할 때는 부정적인 의미가 극대화된다. 이는 다른 사람들의 반발/충고/조언 등을 수용하지 않고 자신이 옳다고 여기거나, 자신이 생성한 지지층 또는 공감대에 고정돼 영적 상승을 스스로 포기하는 모양새를 취하기 때문이다. 이때는 진심이 무엇인지와는 상관 없이 외부의 반발/충고/조언을 새로운 완드들로 여겨 경계한 나머지 더욱 부정적인 영향을 받게 된다.

더 나아가 새로운 의지 또는 영적 요소가 자신이 처음 가졌던 의지를 (같은 것을 추구하고 있는데도) 오히려 가로막는 모습으로 전락할 수 있다는 것을 그림을 통해 묘사하고 있다.

그렇기에 영Spirit은 안주할 수 없으며, 안주해서도 안 된다는 것을 강조하고, 그 의지가 아무리 선한 방향이라고 해도 이를 현실 속에서 구현하는 과정에서 처음의 다짐과 달라지지 않도록 경계해야 한다.

9w와 4p 비교

또한, 9w의 고집스러운 모습이 4p와 비슷하다고 여길 수 있는데, 9w는 엄밀히 자기 생각이나 의지가 틀리지 않았다는 신념 또는 고집에 해당하고, 4p는 단순히 자신의 재화/수입/물질적 기반에 집착하는 것이다. 9w에게 가장 중요한 것은 자신의 의지 실현에 있다는 점에 주의해야 한다.

연금술 목적지(라 생각한 곳)에 도착한 순수한 영/완드 요소는 자신이 틀리지 않았다는 것을 확신한다.

이제 순수한 영/완드 요소는 자신이 틀리지 않았다는 것을 확인하며 자신의 추종자들에게 둘러싸인다. 이는 더 나아가려는 의지가 남아 있는 그에게 확실한 추진력이 돼주거나 반대로 버거운 짐으로 남게 될 것이다.

그러나 자신이 추구하려는 바와 비슷한 것을 원하는 사람과, 자신이 추구하는 것과 완전히 같은 것을 원하는 사람은 엄연히 다르다. 이는 어디까지나 각자의 의지가 향하는 방향이 그 시점에 같은 곳이었을 뿐이지, 그 목적이나 이상 또는 과정이 언제든 달라질 수 있기 때문이다.

자신을 지지하고 따르는 이들 또는 자신의 것이라 여겼던 것들이 본 의도와 달라질 순간은 언제고 반드시 오리라는 것을 순수한 영/완드 요소는 자각하고 있기에 더욱 경계 수준을 높여간다.

이 과정에서 9w는 자신의 방식을 계속 고집하며, 내부를 잘 단속하면 해결될 것이라 여겨 자기 영역을 고수한 상태로 더 많은 지지를 얻고자 나아가려 한다. 하지만, 그 의지가 설령 옳다고 하더라도 정작 그것을 지지해주며 믿고 따르는 이가 없다면 의미가 없다는 점을 살피지 못한다.

긴 여정 동안에 상하고 다치더라도 스스로 쟁취한 것을 지켜야 한다는 생각을 지울 수 없는 순수한 영/완드 요소는 점점 시간이 흐를수록 추진력이 줄어들며, 이윽고 공세를 유지하지 못하고 지켜내기 급급한 모습으로 전락한다.

그 과정에서 초기의 추진력이 서서히 사라지며, 이윽고 멈춰버리면 그동안의 모든 수고가 수포가 될 수 있다는 것을 알지만, 어쩔 수 없이 떠밀리듯 느린 발걸음을 옮길 수밖에 없는 상황에 놓인다.

카발라 9w는 제1계의 이소드에 대응된다.

이 세피라는 '기초'를 의미하며, 세 번째 트리아드(네자흐-호드-이소드)를 완성시키는 세피라다. 또한, 이곳은 32경로 중 '순수한 지성'에 해당하며, 상위 세피라들이 발출한 것들을 정화/검증/교정/입증하고 이를 처음 발출됐을 때의 의지와 동일하게 만들어 하부 세계로 내보내는 곳이라 여겨졌다.

이는 특히 순수한 영/완드 요소들을 처음 창조된 의도/의지에 맞춰 균일화하기 위해 그 기준을 설정하는 과정에서 타협하지 않으려 하는 모습을 강조한 것이다.

이는 이소드(9w)가 단일 세피라/핍 카드라는 한계라는 점을 부각시키고, 균일화하는 과정에서 원안이나 기준 자체가 변경/변조/변질되는 것에 대한 경계가 높아진 나머지 새로운 요소들의 등장/개입을 거부하는 모습이 그림으로 표현된 것이라 이해할 수 있다.

10 *of* WANDS.

무리, 강행, 힘겨운 버티기

Pressure, Push ahead, Enforcement

자신이 틀리지 않았음을 증명하려면 무거운 짐과 상처투성이인 몸을 이끌듯 지금껏 이룬 것이나 생각한 구상 들을 끌어안고 이를 달성할 때까지 노력해 더 완벽한 경지에 올라서거나 외부의 인정을 받는 등의 위업을 이루어야 한다.

이런 행보를 막는 것은 주위 환경이나 다른 경쟁자들이 아니라 자신이 그동안 해왔던/사고해왔던 방식에서 기원할 때가 많다. 그 자신도 이를 충분히 알고 있지만, 원하는 바를 성취하려 기약 없는 길에 들어선다. 이런 제약들을 이겨내고 의지를 실현한 사마천,* 보두앵 4세**와 같은 이들은 위업을 달성했다고 평가받았다.

뜻한 바 있는 이들이 많은 책임과 짐을 짊어지는 것은 어찌 보면 당연해 보일 수 있으나, 당사자에게는 끊어지지 않는 고난의 족쇄일 수 있다. 다만 이 과업을 완수해 더 높은 수준에 도달하리라는 확신이 후에 그 고난의 순간들을 특별하고 숭고하게 만들 것이다.

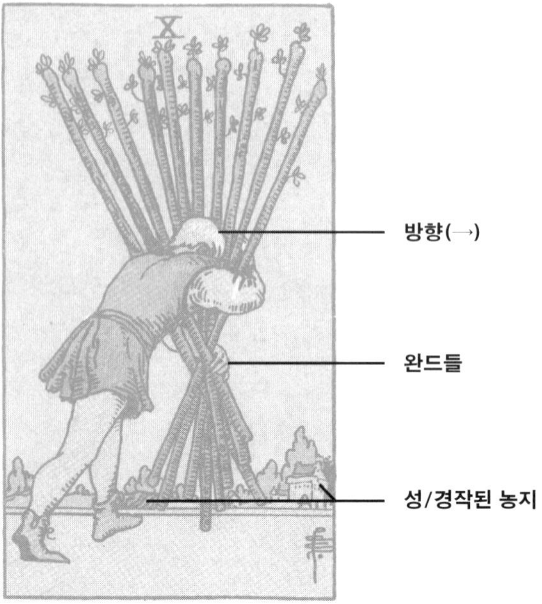

* 사마천은 궁형宮刑이라는 치욕적인 벌을 받고도 역사를 기록한다는 사명을 생애 끝까지 지켜내 동양 역사서의 위업인 『사기史記』를 저술했다. 그가 친구인 임안에게 보낸 편지에 담긴 이야기와 사기의 마지막 편인 「태사공자서太史公自序」에 남긴 이야기들을 통해 치욕을 감내하고 위업을 달성하는 과정에서 그가 어떤 태도로 작업에 임했는지 알 수 있다.

** 예루살렘의 왕 보두앵 4세는 유년기부터 한센병(나병)을 앓으면서도 헌신적으로 국정에 임했고, 이슬람 세력에 포위당해 절망적인 상태였던 왕국을 지켜내는 데 성공했다.

방향(→) 성을 향해 나아가는 모습을 묘사함으로써 순수한 영/완드 요소가 추구하는 바를 더 많고 넓은 분야/사람에게 퍼트리거나 더 대중적인 방식을 취하려 한다는 것을 드러낸다.

완드들 품에 끌어안은 완드들은 모두 다른 방향으로 뻗어 있다. 이는 해당 인물/요소들 내부의 발전 방향이 모두 다르다는 점을 암시하며, 무질서한 통합 때문에 목표 달성 과정에 많은 잡음/문제가 발생하기 쉬운 상황이라는 것을 의미한다.

성/경작된 농지 배경으로 묘사된 이 장치는 이미 정상 궤도에 올라섰거나 자신들 나름대로 기반/발전을 이룩한 다른 분야/영역/대중을 의미하며, 더 거시적인 관점으로 의미를 확장한다면 거대한 혼Soul을 암시한다.

10 *of* WANDS.(이하 10w)는 무리, 강행, 힘겨운 버티기라는 의미를 지니며, 부정적인 영향을 받을 때는 내부 분열이나 자폭에 가까운 자충수, 고립무원 상황을 경고한다.

긍정/부정적인 의미와 무관하게 가장 중요한 내용은 자신의 의지를 더 확장하려는 의도/과정에서 압박, 긴장감을 스스로 떠안는 모습이다.

모든 순수한 영/완드 요소가 그렇듯, 마침내 목적에 다다르거나 자신의 완성을 위해 그 의지를 (완성도나 정당성과 무관하게) 외부에 투사해 자신의 존재감을 증명하는 모습을 드러내는 10w는 핍 카드라는 한계로 인해 완전한 달성에 도달하기 어렵다. 외부의 시각에는 성장하지 못한 채 계속 기회를 엿보다가 고사하거나, 다른 사람들에게는 한때 스쳐 지나간 것이라 인식되지 않으려 발버둥치는 것처럼 비칠 수 있다.

이 상황에도 자신에게 가해지는 압박과 어려움을 극복해낸다면 큰 성과를 거둘 수 있지만, 그 과정에서 무리수를 둘 수밖에 없다는 점을 지적하며, 도와줄 수 있는 외부의 존재가 전혀 묘사되지 않았다는 점을 통해 고난을 직접 극복해낼 수밖에 없다는 것을 강조한다. 이는 영Spirit적 요소들(완드/검)의 고질적인 문제이자 한계다.

끝내 목표 달성에 실패하거나 좌절한다면, 10w는 자신 및 자신과 함께하는 요소들의 격이 떨어질 수밖에 없다는 것을 보여준다.

완드의 마지막을 장식하는 10w를 통해, 자신만의 의지를 창조(Aw)해내 외부로 꺼내고(2w), 그 과정에서 필요한 반응들을 수습해(3w) 청사진을 그리고(4w) 부단한 노력과 투쟁(5w)으로 승리한 끝(6w)에 닥쳐온 문제들을 처리하고(7w) 외부에 투사하는 과정(8w)을 거쳐, 서서히 쇠락해 애써 자신의 독창성을 강변(9w)하는 수준으로 몰려 소멸하지 않기 위해 필사적으로 계속 나아가는 순수한 영/완드 요소의 흥망성쇠를 볼 수 있다.

이 흥망성쇠는 어떤 사상 또는 철학이든 맞이할 수 밖에 없는 것이며, 인생 속에서도 그대로 반복되는 장면이리라.

연금술 결말/종국에 다다른 순수한 영/완드 요소들은 자신을 구성하는 다양한 사안/인물/의견에 모두 부합해야 한다는 '압박'에 시달린다. 자신도 이를 이미 인지하고 있기에 자신의 모든 것을 쏟아부어 목표를 향해 남은 힘을 집중하지만, 걸음걸이는 처음과 달리 느리고 짐은 더 무겁다. 그럼에도 모든 것을 이끌어 더 많은 이와 넓은 분야로 퍼트리고자 힘겨운 여정을 계속해야 한다. 그렇지 못하면 자신이 품었던 뜻과 의지가 무의미해지거나 사라질 수 있다.

이렇게 순수한 영/완드 요소는 자신의 노력이 결실을 보기를 기원하며 계속 불씨를 넘겨주고자 애쓴다. 이는 곧 10w의 핵심 의미인 무리, 강행, 힘겨운 버티기 등이 왜 일어날 수밖에 없는지 설명한다.

카발라 10w는 제1계의 말쿠트에 대응된다.

이 세피라는 여성적·수동적 원리를 의미하며, 동시에 신의 여성적 측면인 셰키나를 뜻한다고 여겨졌다. 다른 표현으로 이 세피라는 '왕국Kingdom'으로 부르기도 한다.

이는 곧 상위 세피라들에게서 발출된 것이 각각의 목적대로 구현, 창조를 완료하는 곳이라는 점을 의미하며, 시작과 끝이 같을 수 있게 해주는 현실적인 터전(세상)이라 이해할 수 있다.*

32경로 중 '찬란한/눈부신 지성'의 의미는 10w의 표현에 부정적 영향을 주었다. 이는 무형화된 상태나 다름없는 순수한 영/완드 요소만으로 모든 현실/물질계를 재단할 수 없기 때문이다. 또한, 최초에 발출된 의지들이 각자의 길로 가다가 서로 멀어지기 쉽다는 점을 강조함으로써 이 요소들이 형체/형상을 갖추는 데 어려움이 있다는 것을 암시한다.

10w는 단일 세피라/핍 카드라는 한계가 있어 자신(또는 자신에게 큰 영향을 미친 순수한 영/완드 요소)의 의지를 전파하고 알리는 Pw와 달리 산발적으로 발산될 수밖에 없으며, 이런 과정을 극복하지 못하면 하위 세계/차원으로 추락할 수 있다는 것을 경고한다.

이렇게 격하당한 순수한 영/완드 요소는 새로운 세계를 창조하는 데 기여하거나 영향을 미치게 된다. 카발라주의자들의 관점에서 이 뒤를 잇는 창조계가 바로 이곳이며, 이는 곧 컵 수트에 대응한다.

* 말쿠트는 이어지는 새로운 세피로트의 케텔이 된다(앞표지와 연결된 책날개 뒷면 그림 참고).

〈아브라함의 믿음을 시험하다〉

폴 귀스타브 도레, 〈아브라함의 믿음을 시험하다〉, 1866 / 10w 비교

10w는 폴 귀스타브 도레*가 「창세기」 18장 7-19절을 그린 목판화 속 아브라함의 아들, 이삭의 묘사와 매우 비슷하다. 이때 10w의 압박, 무리의 의미를 극복/해결하고자 할 수 있는 행동 중 하나가 '무엇을 희생하더라도 자신의 의지에 떳떳할 것'임을 알 수 있다. 더 극단적으로 표현하면 '자신이 할 수 있는 모든 방법을 (의지 실현이) 될 때까지 계속할 것'을 권해야 할 상황으로 볼 수 있다.

* 폴 귀스타브 도레Paul Gustave Doré(1832-1883)는 프랑스의 삽화가, 판화가이며 외경을 포함한 성서의 내용을 소재로 한 목판화로 매우 유명한 작가다. 15세에 프랑스 신문《웃음을 위한 저널*Le Journal pour rire*》의 풍자 만화가로서 경력을 시작했고, 다양한 고전과 성경에 대한 그림을 목판으로 남겼다. 당시 자본가 사이에서 그의 그림을 걸어두는 것이 유행일 정도였다.

CUP

컵Cup은 감정, 종교, 예술, 정치 등을 주관한다.

이는 순수한 혼Soul의 발현이 이와 같은 형태로 이루어지기 때문이다. 혼은 특히 모두가 공유하는 것을 더 넓게 퍼뜨리는 데 중점을 둔다.

이러한 컵 요소는 감정, 종교, 예술(의 창조), 정치, 공유, 공감, 문화, (자신이 속한 사람들이 당연하다고 여기는) 풍속 등으로 정리할 수 있다.

(이하 순수한 혼/컵 요소)

순수한 혼/컵 요소가 강하게 개입되거나 긍정적인 영향을 미칠 때는 만인의 공감과 신뢰를 얻어 세상을 주도하거나 유행을 만들어 자신의 색으로 물들이는 상황 또는 모두가 믿으려 하거나 얻으려 하는 이미지를 공유해내는 위업을 달성한다.

그러나 이들이 필요함에도 부족한 컵을 채우지 못한다면, 자신이 공유하거나 공감받길 원하는 감정을 거부당하거나 지지층이 없어 (또는 지지층이 없을 만한 것을 내세운 탓에) 다른 사람/분야와 불화를 일으켜 배척당할 수 있다는 것을 경고한다.

반대로 순수한 혼/컵 요소가 오남용되거나 대책 없이 퍼지면, 자신이 공유하려던 의도와 다른 것들이 공유돼 본래 목적을 흐리거나 파벌 싸움이 벌어진다. 또한, 부적절한 행동으로 사람들에게 감정적으로 상처를 주거나 오해를 산 나머지 나누고자 했던 것들을 나누지 못하고 주위에 적들을 만드는 상황으로 내몰릴 수 있다.

뒤이은 글에서는 각 컵 카드의 발전과 쇠퇴에 따른 순수한 혼/컵 요소들의 시작과 끝을 조명함으로써 순수한 혼/컵 요소에 대한 이해를 돕고자 한다.

ACE *of* CUPS.

감동, 감수성, 감정 폭발

(Undisturbed) Soul, Emotional outburst, (Pure) Sensitivity

기적에 준하는 감정적인 감격을 공유한 경험이 있는가? 쉽게 찾아오지 않지만, 한 번이라도 이를 겪어본 사람들이라면 그 경험을 기적이라 말하는 데 주저하지 않으며, 다시금 그때의 기쁨과 마주하기를 바란다. 아이의 출산, 사랑을 처음 겪은 날, 누구도 오리라 생각하지 않은 현실이 눈앞에 벌어지는 등의 강렬한 경험이 이에 해당할 것이다.

모든 종교인과 예술가가 꿈꾸는 감동의 원천도 이런 감정의 경험에 기반하나, 문제는 이를 명확히 표현하거나 전달하기가 어렵다는 점이다.

그러나 형언할 수 없고 가공하기 어려운 이 거대하고 순수한 감정을 가공해낸 이들은 이른바 거장이자 성스러운 신의 사도*로 자리매김해 왔다.

* 교황 그레고리오 1세는 기독교 성가를 집대성해 그의 이름을 딴 그레고리오 성가로 재편집했으며, 이때 새의 노래를 듣고 그대로 옮겼다는 전승이 있을 정도였다. 그 밖에 수많은 업적을 쌓은 그는 가톨릭교회의 4대 교부로 꼽힌다.

영성체를 문 비둘기 그 표현 자체로 성령聖靈, Holy Spirit을 의미하며, 외부/신적 존재의 영향으로 인해 그림에서 묘사되는 일련의 작용이 나타난다는 것을 드러낸다. 영성체는 예수 그리스도의 육신을 의미하는데,* 이를 통해 컵에 전달된 요소가 같은 컵을 공유하는 이들에게는 당연하거나 응당 공감받을 수 있는 집단 무의식의 영역에 닿아 있다는 것을 암시한다.

분출되는 물줄기 5개의 물줄기는 다섯 감각五感을 통해 폭발적으로 반응하고 있다는 것을 표현한다.

뒤집힌 M** 영성체의 십자가 및 컵의 경계선과 결합해 성모 마리아의 표장

* 마지막 만찬에서 예수가 '이 빵은 내 살이다.'라고 말한 데(「루카 복음서」 22장 19-20절) 따라, 영성체 의식은 가톨릭교회 집전에서 매우 중요한 의미를 지니며, 특정한 과정을 거치지 못한 이들에게는 시행되지 않는다. 영성체 의식은 세례, 견진, 고해, 병자, 성품, 혼인과 함께 가톨릭교회 7대 성사로 꼽힌다.

** 기존 연구가 일부는 이를 W로 이해해 제작자 웨이트Waite나 물Water의 약자로 해석하기도 하나, 글꼴Font상 M으로 봐야 한다. W는 좌우의 직선이 사선으로 표현된다. 이 덱을 그린 패멀라 콜먼 스미스Pamela Colman Smith의

중 하나인 '기적의 메달Miraculous Medal'을 형성한다. 이는 곧 수태고지受胎告知에 준하는 성령의 강림과 함께 희생과 헌신을 통해 구원을 얻을 수 있다는 것을 강조한다.

기적의 메달은 성녀 카타리나 라부레가 성모 마리아의 요청으로 1830년에 만든 메달이다. 성모 마리아는 성녀에게 현신해 '이런 모양으로 메달을 만들어라. 믿는 마음으로 메달을 착용하는 사람은 누구나 큰 은총을 받을 것이다. 특히 목에 걸고 다니면 좋다'라고 말했다. 이에 따라 만든 메달을 착용한 사람들에게 여러 기적과 치유가 있자 세계적으로 퍼져나갔다.

구름 속의 손 모든 Ace 카드의 구름은 신성의 현현顯現을 의미하며, 컵을 받친 손은 절대적 존재가 순수한 혼/컵 요소와 이를 만드는 방법을 내려주는 과정에서, 이미 보유한 것을 자극/제시하는 방식을 통해 구현된다는 점을 강조한다.

물방울 두 가지 의미를 지닌다. 첫 번째로 신성의 현현이 일어나는 과정에서 드러나는 신의 진명眞名 중 하나인 요드Yod, '의 모습으로 이해할 수 있고, 두 번째로 신성의 강림/현현으로 인해 내려진 축복과 이에 따른 폭발적인 반응 및 여파가 미치는 것을 묘사했다고 이해할 수 있다.*

피어난 연꽃 연꽃은 가장 지저분한 곳(늪/진창)에서 피어오르는 혼의 정수로 인식되며, 세계적으로 깊조/깨달음을 의미하는 상징이다. 나아가 연꽃 자체로 여성적 수용 원리의 잔Cup을 의미하며 청순, 무구無垢를 뜻한다.** 호수는 누구든 집단 무의식을 공유하는 영역에 속해 있다면 그림에서 묘사된 현상이 언제 어디에서든 나타날 수 있다는 것을 의미한다.

〈친근한 거인Friendly Giant〉 중 왕관 위에 M을 새긴 케이크를 만드는 장면의 묘사에서 이를 확인할 수 있다. 다른 출처로 패멀라 콜먼 스미스가 직접 작업한 모리스 휼렛Maurice Hewlett의 *Sing Songs of the War*(1914) 표지를 들 수 있다. 이 책에서도 W와 M의 표현을 명백히 구분할 수 있다.

* 진 쿠퍼, 『그림으로 보는 세계 문화 상징 사전』, 까치, 1994, 397쪽.

** 진 쿠퍼, 『그림으로 보는 세계 문화 상징 사전』, 까치, 1994, 202-204쪽 참고.

ACE *of* CUPS.(이하 Ac)는 감동, 감수성, 감정 폭발을 의미한다. 본래 이 카드는 '종교적 행위, 의식으로 인해 얻은 행복 또는 감동'이라는 의미를 담고 있으나, 어디까지나 서구 기독교의 영향으로 확정된 것이다. 점차 종교적 색채가 옅어지는 현대에 이르러 이 의미를 이해하기 힘들어졌고, 더 명확한 의미를 전달하려 위와 같이 핵심 의미를 개편한 것이다. 순수한 혼/컵 요소의 특성이 과거보다 다변화됐고, 각자의 삶이 각각 다르게 규정되거나 같은 요소/감정/신앙 등을 공유하지 않는다는 견해로 변화했기에 그 의미 또한 변경된 것이다.

덱 제작자는 Ac를 가장 '진실한 마음의 집'이라 표현했는데,* 이는 곧 교회 자체를 의미하며** 각각의 마음속 소중한 것이 신성과 함께 감응하는 순간을 암시한다. 또한, 그림을 통해 어려운 상황에서(호수/늪) 구원이나 헌신을 받을 때 생기는 현상이나 감정 상태를 드러내기도 하는데, 이는 기적의 메달이 지닌 의미와 전해지는 과정에서 있었던 일화들을 통해 이해할 수 있다.***

컵 수트는 상징물의 특성 때문에라도 종교적 의미를 담을 수밖에 없었으나, 현대에 이르러서는 종교의 색채가 많이 퇴색했음에도 대체재를 찾기 힘들다는 점 때문에 상징이 유지되는 경향이 있다. 그러나 이를 종교에 국한하지 않고 같은 감정이나 문화를 공유하는 개념으로 이해한다면 더 쉽게 이해할 수 있을 것이다.

이는 곧 자신이 속한 공동체의 문화나 습성과 결부해 암묵적으로 공감받는 현상 또는 상황을 마주했을 때 오는 감수성의 폭발과 연결

* A. E. Waite, *The Pictorial Key to the Tarot,* Part III: The Outer Method of the Oracles, Ace of Cups 참고.

** 더 구체적으로 묘사한다면 신앙 생활에서 집회를 진행하며 얻는 알 수 없는 고양감이나 감동, 기적 등을 의미한다.

*** 성녀 카타리나는 성모의 현신 과정에서 자신의 손을 성모의 무릎에 올렸고, 그 순간 '일생 중 가장 큰 행복과 형용할 수 없는 기쁨'을 얻었다는 증언을 남겼다. 또한, 메달의 전파에 앞서 성모가 말씀한 '믿는 자에게 큰 은총이 있을 것이다'라는 말을 통해 이를 유추할 수 있다. 특히 기쁨에 대한 그녀의 표현은 Ac의 중추 핵심 의미 중 최고로 긍정적인 영향을 받을 때 적용되는 의미와 동일하다.

된다.

그러나 개인의 감동을 잘 전달하지 못하거나 홀로 멋대로 옳다고 여기며 응당 다른 사람도 이해할 수 있으리라 생각할 때는 부정적인 영향을 받으며, 이는 곧 (의미 없는) 감정 폭발과 그로 인한 민폐, 비판, 비난에 직면한다는 것을 강조하고 있다.

일례로 탄생의 순간과 육아 과정 속의 감동은 세계 대부분의 문화권에 공감을 얻을 수 있고 여러 미덕과 미담이 전해지지만, 그렇다고 해서 '아이가 그럴 수도 있지'라는 핑계로 잘못에 대한 면죄부를 강요하려 들 때는 비판받는다는 사실을 생각해본다면 더 쉽게 이해할 수 있을 것이다.

또한, Ac는 고전Classic 타로카드 시절부터 '비밀'의 의미가 강조되는 경향이 있는데, 이는 Ac의 묘사에서 비롯한다. 이 감정/감동은 오로지 자신만 알고 느낄 수 있다는 점에서 엄밀하게는 '비밀'이라는 의미보다 '표현하기/형용하기 어려운 모종의 감동, 감격, 기쁨'을 의미한다는 것을 생각해보면 착오를 방지할 수 있다.

이와 별개로 Ac는 Aw처럼 성적 흥분을 의미하기도 하는데, Aw는 남성적 성욕과 이에 따른 현상, 경향을 의미하며, Ac는 반대로 여성이 느끼는 오르가슴이나 절정의 단계에서 이루어지는 모습을 묘사한다. 이는 연금술 요소인 영/혼의 구분에 따른 대응이라 이해할 수 있다.

연금술 어느 날 갑작스레 찾아온 감정을 느낀 순수한 혼/컵 요소는 이를 어쩔 줄 모르고 그 자리에서 분출해버린다. 이와 같은 감격은 누구와도 공유하기 어렵고 설명할 수 없다는 것을 자신도 알고 있으나, 그럼에도 이를 표현하고자 하는 욕구를 참을 수 없는 것이다.

이로 인해 찾아오는 격정적 감정들은 개인이 모두 소화하기 어렵고, 이를 외부에 전달/공유함으로써 자신이 느낀 것들을 확장하려는 소명을 간직하게 된다는 것을 알 수 있다.

반대로 넘치는 감정을 통제하지 못하고 마구잡이로 폭발시키면 그 감정을 일으킨 현상의 진위와 무관하게 기피당하거나 쓸데없이 소진돼 한때의 감상으로 전락하며, 끝내 거짓 기적으로 몰려 타인/외부의 개입 끝에 엉뚱하게 희생될 수 있다는 것을 경고한다.

이는 곧 카드의 핵심 의미인 감동, 감수성, 감정 폭발로 연결된다.

그렇기에 Ac는 자신이 느낀 기쁨, 환희 또는 끝없는 감동을 사람들에게 전달하기에 앞서 다른 Ace와 혼합/수용하는 단계를 거쳐야 하며, 이로써 점진적인 혼의 확장을 추구해야 한다는 것을 강조한다. 나아가 이런 조율 과정이 혼의 확장과 그에 따른 완성에 필수 과정이라는 점을 다음 카드를 통해 보여준다.

카발라 Ac는 제2계(창조계Briah 이하 제2계)의 케텔에 대응된다.

순수한 에너지의 응집체이자, 혼의 정수가 혼재돼 거대하게 뭉쳐 있는 모습이라 이해할 수 있으며, 이를 통해 발현되는 혼의 정수들을 온전히 소화하기 어렵다는 것을 분출하는 물줄기들로써 보여주고 있다.

이는 감정의 공유가 시작되는 것이 기본적으로 자신이 받아들인 순수한 혼/컵 요소를 어떻게 표현하려 하느냐에 중점을 두고 있다는 점을 역설하며, 하위 세피라/세계들에도 이런 요소들을 전파, 공유하려 한다는 것을 시사한다.

32경로 중 케텔에 배정된 '놀라운 지성'의 의미 또한 그림을 통해 쉽게 이해할 수 있다. 쉬이 닿을 수 없는 순수한 혼/컵 요소의 정수가 모인 곳을 의미하기에, 이곳에 도달하거나 그 경지를 엿볼 때 자기 자신을 잃고(극한의 감정 상태) 신성과 합일하는 수준의 감동이 밀려오는 상황을 연상할 수 있다.

그러나 일관된 목적이나 절차 없이 이를 공유하려 한다면 그만큼 순수한 혼의 정수들이 흩어지거나 반대로 감정에 매몰돼 다른 판단 기준을 무시하는 경향으로 나타날 수 있다는 점을 경고하며, 원래의 목적과 무관하게 외면당한 나머지 외부의 다른 요소들이 이를 공포에 준할 정도로 피해 다닐 수 있다는 점*을 지적한다.

이는 Ac의 핵심 의미인 감동, 감수성, 감정 폭발과 직결된다.

* 카발라주의자들은 상위 세피라에 아무런 준비 없이 다가가거나, 반대로 세피라의 힘이 어떤 이유로 세상에 펼쳐졌을 때, 이를 마주한 자들이 미치거나 눈이 멀게 된다고 경고한다. 이런 점은 H. P. 러브크래프트가 창조한 크툴루 신화에 영향을 끼친 것으로 보인다.

성배 전설

영화 〈인디아나 존스 최후의 성전〉에서 성배로 등장했던 '목수의 잔'

성배는 최후의 만찬에 앞서 예수가 사용한 잔을 일컫는다. 이후 성배 탐색과 관련한 전설은 중세 서사시들로 퍼져나갔으며, '아서왕의 전설'에서 강조됐다. 크레티앵 드 트루아Chrétien de Troyes의 『그라알 이야기』에 처음 성배가 등장하며, 등장인물 중 하나인 어부왕Fisher King 카이Kay가 이를 지키고 있다는 전승이 있다.

다른 성유물이 있음에도 특히 아서왕의 전설은 성배가 강조되는데, 이는 켈트 신화에 나오는 다아다의 가마솥 등 다양한 솥과 관계있는 것으로 인식하고 있다.

또한, 성배로 할 수 있는 것이 무엇인지 명확하게 규정되지 않는다는 점도 특징이다. 이에 대해서는 15세기 영국의 존 하딩John Hardyng이 제시한 성배의 고대 프랑스어인 San-gréal에서 단서를 얻어 '왕의 피Royal blood'를 의미하는 Sang real이라는 해석이 유명하다. 이를 통해 예수의 혈통 또는 성혈聖血을 보유할 수 있다고 여겼다는 설이 있으며, 그 밖에 다른 해석으로 '인생을 걸고 찾아낼 가치가 있는 무엇'에 중점을 두었다는 설도 있다.

2 *of* CUPS.

관계 성립, 계약
Contract/Relationship establishment

삶에서 서로 믿는/공유하려는 것이 다른 이들이 각자의 감정을 주고받는 순간은 대부분 단순한 호의나 호기심에서 시작하는 경우가 많다. 이렇게 관계가 생성된 경우, 각자가 공유하려는 바를 서로 나눈다면 즐거울 것이라 상상하기 마련이다.

그러나 공유의 순간만큼은 감동적일 수 있겠지만, 자신과 상대방의 본심이 달라 상처받거나 환경의 변화로 각자의 길이 갈라질 수밖에 없는 경우도 많다. 그만큼 삶 속에는 수많은 만남과 이별이 교차하기 때문이다.

그렇기에 함께한 순간 서로 공감할 수 있는 것이 무엇인지 조심스레 탐색하고 접근해야 하며, 그 과정/결실이 같은 곳을 향하지 못하거나 서로 원하는 바가 다르더라도 뒷날 찾아올 새로운 관계를 위해 아름다움만을 남길 수 있도록 노력해야 할 것이다.

II
카두케우스Caduceus(Kerukeion)
남자와 여자
언덕 위의 집

카두케우스Caduceus(kerukeion) 그리스 신화의 전령신 헤르메스의 지팡이를 지칭하는 뱀 지팡이다. 양 날개는 초월, 공기를 상징하나 붉은빛으로 변용됐다. 중앙의 지팡이/기둥은 힘을 뜻한다. 마주 보는 두 마리 뱀은 통합되는 이원적 대립물(예: 선악, 남녀, 빛과 그림자 등)을 상징한다. 이 두 마리 뱀은 우주에 작용하는 두 가지 힘의 상호 보완적 성격/작용을 의미하며, 연금술에서는 남성/영Spirit을 의미하는 황Sulfer과 여성/혼Soul을 의미하는 수은을 상징한다. 특히 카드의 상단 가운데에 있는 붉은 사자는 남성 원리를 더욱 강조하는 장치다.

중앙의 사자에 대해 제작자들 또한 명확히 서술하지 않고 과거의 판본을 변용했다고만 밝혔는데, 이 과거의 판본은 어떤 특정 카드를 참고한 것이 아니라 헤르메스의 지팡이를 변용한 것으로 보인다.*

이는 곧 상호 결합이 어떤 화학적 효과를 낳았고, 이 효과가 영Spirit적 발전/충동, 방향성을 띠고 있다는 점을 암시한다. 더 나아가 이를 등장인물들이 인지하지 못하는 모습**을 통해 결합/관계 성립의 여파가 어떤 모습으로 전개될지 모른다는 점을 강조한다.

남자와 여자 서로 다른 복장으로 컵을 교환하는 모습을 통해 서로 다른 요소들이 혼합/결합하는 모습을 직접 묘사한 것이다.

언덕 위의 집 2w에서도 쓰인 장치이나 이곳에는 단 한 채만 묘사돼 있는데, 이는 그만큼 작은 규모 또는 적은 요소의 협소한 공감대를 가지고 있다는 것을 강조하며, 더 나아가 이런 결합의 여파가 비밀스럽거나 알려지지 않은 채 진행된다는 의미로 볼 수 있다.

* 정작 라이더-웨이트 덱에 직간접적으로 영향을 미친 솔라-부스카 덱에는 비슷한 도안이 없고 마르세유, 에틸라, 비스콘티-스포르자 등의 덱에도 관련 표현을 찾기 어렵다. 이로 미루어 판단하면, 라이더-웨이트 덱의 제작자들이 자신들의 주장을 삽입하려 상징을 강제로 변경/대체한 듯하다.
진 쿠퍼, 『그림으로 보는 세계 문화 상징 사전』, 까치, 1994, 48-49쪽, 197-200쪽.

** 『타로의 그림열쇠』 본문에서는 이것이 우리(질문자 또는 해당 현상 관련자들)에게 중요하지 않다고 명기했다.
A. E. Waite, *The Pictorial Key to the Tarot,* Part III: The Outer Method of the Oracles, Two of Cups 참고.

2 *of* CUPS.(이하 2c)는 관계 성립 또는 계약을 의미한다. 나아가 덱 제작자들도 연애, 우정과 매우 밀접한 관계가 있다고 언급한 카드다. 그림의 묘사들을 얼핏 보더라도 이를 쉽게 이해할 수 있을 것이다. 뻔해 보이는 카드지만, 그림 속 상징들은 이 관계의 성립이 어떤 결과를 낳는지에 대해 그 무엇도 확답하지 않고 있다는 점을 주의해야 한다.

이는 덱 제작자들이 굳이 이 카드에 사랑과 열애熱愛, 호감이라는 의미를 붙인 원인 중 하나다.* 즉, 관계를 형성하면서 당사자 사이의 협소한 합의/결합이 무조건 행복과 기쁨을 주지 못한다는 점을 역설하는 것이다.

그렇기에 2c의 의미를 깊이 이해하려면 긍정적인 면을 과신하기에 앞서 그림에서 표현하는 화학적 결합의 순간과 그 뒤에 벌어질 수 있는 부작용/폐해를 고려해야 한다.

6과 2c 그림 비교

* 라이더-웨이트 덱을 제작했던 시기의 작품인 『오만과 편견』, 『진주 목걸이』 등에서 묘사된 빅토리아시대의 정숙함을 강조하던 풍속은 엄숙주의와 순결의 강조로 이어졌으나, 그러한 강조와는 달리 사생아, (매매혼에 가까운) 계산적 결혼, 정부情夫/情婦, 과도한 예의범절에 반비례하는 장신구와 노출을 강조하는 속옷이 늘어났다는 점에 주목할 필요가 있다.

그림 속 카두케우스는 헤르메스의 지팡이를 변용한 것이며 이는 연금술에서 논하는 화학적 결합을 언급하나, 이 과정의 극치에 가까운 6(연인)과 달리 영Spirit적 충동에 가까운 모습(사자, 붉은 날개)만 강조됨으로써 마이너 아르카나, 그중에서도 핍 카드의 영향/움직임이 주는 충격이 소소하거나 국지적 효과 또는 촉매 수준에 지나지 않는다는 점을 강조한다.*

물론 새로운 관계가 생성되면 그로 인해 더 다양하고 기쁜 일들도 벌어질 수 있으나, 2c는 어떤 관계의 성립이나 결합이 이루어지는 데 그칠 뿐, 그 뒤의 변화에 대해 그 어떤 긍정적/부정적 확언도 하지 않는다는 점을 주의해야 할 것이다.

* 덱 제작자는 화학적 결합에 관한 내용을 '자연 안에 존재하지 않는 욕구/성질이나 이로 인해 자연이 더욱 거룩/신성하게 변한다'라고 언급한다.
A. E. Waite, *The Pictorial Key to the Tarot,* Part III: The Outer Method of the Oracles, Two of Cups 참고.

연금술 자신이 느낀 거대하고 강렬한 요소들을 얻은 순수한 혼/컵 요소는 이를 알리고 나누며 공유하고자 다른 요소들을 간직한 이들을 찾는다.

이렇게 서로 다르면서도 비슷한/동일한 상황에 다른 요소들을 마주한 순수한 혼/컵 요소는 기꺼이 섞여 그 과정에서 이루어낼 많은 변화를 겪으며 기쁨을 나눌 준비를 한다. 그리고 이에 호응해 자신들의 차이점과 공통점을 열성적으로 나누며 서로 알아가기 시작한다.

나아가 세상에 자신만이 홀로 세상에 놓인 것이 아니라는 안도감에 휩싸여 무엇이든 해낼 수 있을 것이라 용기를 얻고, 새롭게 더 먼 미래를 계획하거나 다양한 것들을 해내려 애쓴다.

그러나 이 화합으로 서로 다른 부분들이 모두 섞일 수 있으리라고 착각하며, 뒤에 일어날 일들에 대비하거나 문제 요소들을 인지하지 못하고 있다는 점을 간과하고 있다. 이 과정이 잘 이루어지리라는 생각은 그저 희망 사항일 뿐, 이 행위로 어떤 화학 작용이 일어나는지 모른 채 그저 서로를 열성적으로 탐닉하기에 이른다.

이는 첫발을 내디딘 순수한 혼/컵 요소가 주로 범하는 실수이자, 서로 즐거운 것을 추구하려다가 생기는 착오에 가까우나, 오히려 더 많은 이를 포용해 자신의 영역을 조금씩 늘림으로써 조화를 찾으려 한다.

카발라 2c는 제2계의 호크마에 대응된다.

신성한 발출을 처음으로 받아들이며 하부 세피라들에게 분출하는 곳이기에, 더 원형에 가까운 순수함을 간직한 채 이를 전달하는 묘사가 이루어져 있다는 것을 그림을 통해 확인할 수 있다(남과 여). 또한, 32경로 중 두 번째의 '빛을 주는 지성'이라는 의미와 결부시킨다면, 순수한 혼/컵 요소들이 희망을 품고 있거나 더 적극적으로 자신이 간직한 것들을 전달하는 모습이 묘사되는 이유를 이해할 수 있다.

다만 이 과정을 자유자재로 구사하고 필요한 곳에 분배/행사하는 Kc와 달리, 2c는 이렇게 전달된 것으로 이루어진 작용들을 살피지 못한다는 점 또한 묘사하며 단독 세피라/핍 카드라는 한계를 드러낸다. 이렇게 다른 경로들과 소통하지 못할 때 생기는 (결합, 성립 뒤의 행/불행을 장담할 수 없는) 문제들도 강조하고 있다.

이는 곧 카드의 핵심 의미에 연애, 감정적 기쁨을 무작정 삽입할 수 없는 근거를 마련해주며, 2c에서 결합된 의미나 이를 더 긍정적으로 확장하는 데 필요한 단계, 과정이 있다는 것을 다음 카드를 통해 확인할 수 있다.

〈아르놀피니 부부의 초상〉

관계 성립과 관련한 도상은 매우 널리 퍼져 있다. 그중에 유명한 그림으로 유럽 르네상스 미술의 선구적인 화가로 손꼽히는 얀 반에이크Jan van Eyck의 〈아르놀피니 부부의 초상〉을 들 수 있다. 이 그림 속의 모든 사물과 인물은 상징으로 점철돼 있는데, 각 의미는 다음과 같다.

창문 밖 나무의 체리: 사랑을 상징한다.

오렌지: 인간이 타락하기 전의 에덴동산을 지배한 순수, 정결의 상징이다. 또한, 당시 부유층만 먹을 수 있었던 값비싼 과일로, 풍요를 의미한다.

샹들리에: 플랑드르 전통 양식으로, 하나의 초를 밝힌 샹들리에는 절대적(1)인, 신의 꺼지지 않는 빛이 이곳에 있다는 것을 의미한다.

거울과 위에 새겨진 문구: 거울에는 두 명이 더 비쳐 보이는데, 추가된 둘 중 하나는 화가인 얀 반에이크 자신이며, 거울 위의 문구는 '요하네스 반에이크 이곳을 방문하다. 1434년'이다. 15세기의 결혼식은 사생활에 속했기에 하객이 참석하는 일이 흔치 않았다.

거울 테두리의 그림: 예수의 수난을 10개의 장면에 나눠 담아 결혼 생활에서도 부부가 서로를 위해 자신을 희생해야 할 것을 의미한다.

거울 옆의 묵주: 당시 인기 있던 결혼 선물로, 기독교의 강령 중 하나인 기도와 노동Ora et labora을 의미한다.

하단의 개: 충성을 상징하고, 부부의 충실한 애정을 표현한다.

신부의 녹색 복장: 임부복이 아니며, 당대 유행한 옷이다. 또한, 녹색 염료가 당시에 고가였기에 부富를 의미한다.

신랑의 신발: 성경에서는 신을 벗는 행위를 '자신이 서 있는 곳은 신이 존재하는 거룩한 장소'임을 인정하는 것으로 보았다.

2c에서는 남자가 신발을 신고 있는 것으로 묘사되는데, 이로써 덱 제작자가 2c에 부정적 의미를 삽입하려 했다는 것을 알 수 있다. 이는 '관계의 (임시/임의적인) 성립'으로 볼 수 있고, 나아가 관계 성립에 따른 책임이 없거나 성립 당시에 상상했던 행복한 결말과 달리 현실은 부정적일 수 있다는 것을 드러내려는 의도로 볼 수 있다.

3 *of* CUPS.

(소규모) 축제, 연회, 엔터테인먼트
(Small) Party, Celebrity, Entertainment

같은 것을 공감하며 만난 사람들과의 교류는 뜻깊은 감정적 조화와 안정을 가져다준다. 이때 찾아오는 기쁨은 굳이 묘사할 필요가 없을 것이다.

신앙이나 예술 또한 그 발전은 같았다. 초기의 종교들은 어려운 상황에도 신앙을 지키는 데 성공했으며, 예술은 같은 감정을 즐거운 자리에서 풀어놓고 모두와 여유를 즐기며 발전하기 시작했다.

그러나 이런 즐거움은 어디까지나 잠시일 뿐이며, 계속 이를 즐기고 싶어도 한계가 있다는 점을 자각하지 않는다면 금세 방탕과 방종으로 이어져 자신을 망치게 될 수 있다는 것을 경계해야 한다.

III
컵의 삼각 구도(△)
세 명의 여인
정원

컵의 삼각 구도(△) 2c의 카두케우스가 순수한 혼/컵 요소로 승화한 것이라 이해할 수 있으며, 혼의 조화(3)로 인해 영적 상승/방향성이 (무형적으로/보이지 않게) 결정된 상황을 묘사한다. 이는 곧 순수한 혼/컵의 요소가 조화를 넘어 화합하는 데 이르렀다는 점을 강조한다.* 나아가 삼각 구도의 모습은 순수한 영Spirit을 의미하는 불의 기호△로 표현됐는데, 이는 이 조화로 인해 모인 요소들이 상호 교류를 진행하며 어떤 모호한 방향 추구 또는 달성 목표를 공유하고 있다는 것을 암시한다.

세 명의 여인 서양 전반에 걸쳐 세 여인의 묘사와 구도는 다양한 곳에서 등장한다.** 특히 3c는 보티첼리의 〈프리마베라〉에서도 쓰인 구도를 통해 축복과 그로 인한 환희를 누리고 있다는 것을 드러낸다.

단, 변덕으로 이 균형이 깨지기 쉽다는 점도 경고하는 장치로 쓰인다. 이는 다른 신화나 전설적 존재들을 표현한 것과 달리 비슷하거나 같은 요소/수준으로 세 인물을 묘사한 점으로 인해 드러난다.

정원 작물이 풍성한 정원은 혼에서 배양되는 아름다운 것들의 상징이다. 이는 순수한 혼/컵 요소의 의미와 결합해 조화를 이루는 데 성공한 혼의 결실/모습이 풍족/행복한 상태라는 것을 드러낸다. 그러나 이를 정리/구분하지 못하고 있다는 점에서 부정적인 의미도 암시하고 있다.***

* 서양에서 이런 구도는 특히 삼위일체와 결부돼 매우 강조됐다. 나아가 원형 상징에 준할 정도로 공통된 묘사/표현이 반복됐다. 『삼총사』의 '모두는 하나를 위해, 하나는 모두를 위해All for One, One for All' 또는 『삼국지연의』 속 도원결의의 '태어난 시간은 다르나 같은 날, 같은 때 죽고자 한다'라는 말을 예로 들 수 있다. 역설적으로, 해당 작품에서 이 구호들은 모두 실제로 이루어지지 않았다는 점 또한 3c의 긍정/부정적인 의미를 모두 보여준다고 볼 수 있다.

** 그리스 로마 신화에서 모이라의 세 자매(모이라이Moirai)는 실을 잣고, 감고, 끊는 역할 차이를 명확하게 두며, 북유럽 신화의 노르니르Nornir인 우르드, 베르단디, 스쿨드는 과거, 현재, 미래에 걸맞게 연령 묘사를 통해 구분함으로써 이 요소들이 영구적으로 순환한다는 것을 묘사하나, 일시적/유한적 존재들의 묘사에서는 쓰이지 않는 경향이 있다.

*** 진 쿠퍼, 『그림으로 보는 세계 문화 상징 사전』, 까치, 1994, 144쪽 참고.

3 *of* CUPS.(이하 3c)는 (소규모/지인 사이의) 축제, 연회, 엔터테인먼트를 의미하며, 부정적 영향을 받을 때는 방탕, 방종, 탕진을 경고하는 카드다. 이는 그림의 직관적 묘사로도 쉽게 유추할 수 있는 내용으로 익히 알려져 있다.

조화를 이룬 순수한 혼/컵 요소들은 그 조화 속에서 이를 함께 기뻐하며 축복을 누린다. 이는 단순히 다르다고 여기거나 자신이 나누고자 하는 것을 공유하려는 수준에 머무르는 것과 달리, 더 적극적으로 상호 보완이 이루어져 이른바 '합合이 잘 맞는다'라는 표현에 어울릴 정도가 됐기 때문이다.

그러나 이 조화가 영속적이지 않다는 점을 자각하지 못하거나 부정하면 내부에서 공유하는 순수한 혼/컵 요소가 의미 없이 소모되거나 뚜렷한 공통 목표(이는 셋 모두 Ac의 중추라 여기고 제안, 결합에 나서 3c의 조화를 맞이하게 한 원동력을 의미한다)로 나아가지 못하고 탕진할 수 있다는 것 또한 경고한다.

더불어 3c의 의미 중 간과하기 쉬운 내용은, 이 조화/축복도 좁은 관계/작은 수준에 지나지 않기에, 태초에 나누고자 했던 Ac를 전파/확장하는 것과는 거리가 멀거나 어디까지나 이를 달성하는 과정일 뿐이라는 점이다.

비유하자면 단순히 뜻이 맞거나 어린 시절 어떤 요소(같은 취미를 가졌거나 같은 우상을 좋아하는 수준이라도)로 맺은 빈약한 공감대라도 3c와 걸맞은 흥겨움을 공유할 수 있다는 지적으로 이어진다.

또 3c를 이해하는 데 들 수 있는 종교적 예시로 탈무드에서 논하는 포도주의 일화가 있다. 마시기 시작할 때는 양처럼 순하고, 좀 더 마시면 사자처럼 사납고, 더 마시면 돼지처럼 뒹굴고, 이윽고 만취하면 원숭이처럼 춤추고 노래하는 것으로 묘사되는데, 이는 그만큼 3c의 즐거움을 남용하거나 현재에 만족해 앞으로 나아가지 못하고 정체했을 때의 부작용을 직설적으로 표현한다.

그렇기에 3c는 소규모로 이루어진 조화를 어떻게 더 확산/확장해 나갈 것인지 고민할 것을 요구하는 카드라 할 수 있다.

연금술 자신이 함께하리라고 생각하는 이에게 자신의 것을 나누고 공유하려 하는 순수한 혼/컵 요소는 점차 그 영역을 넓히는 데 성공하고, 그에 따른 기쁨을 누린다. 이는 마치 축복과도 같기에 이 순간이 영원하기를 기원하고 현재를 즐긴다.

나아가 자신의 감정을 공유하고 그에 따른 반응을 얻어 조화를 이루어낸 순수한 혼/컵 요소는 그 조화가 영원히 계속되리라 여기며 함께하는 다른 요소들과 이를 누린다.

그러나 그러한 생각과 태도가 자리 잡은 순간부터 순수한 혼/컵 요소의 의도와 목적은 흐려지기 시작하며, 처음 만났을 때의 감동과 격정이 서서히 마모되고 있다는 것을 인지하지 못한다.

조화가 이루어지는 순간이 곧 카드의 핵심 의미인 (소규모) 축제, 연회, 엔터테인먼트와 연결되며, 반대로 부정적인 의미인 방탕, 방종을 파생한다.

그럼에도 자신이 이룩한(또는 이룩했다고 여기는) 조화에 머무르려 하는 순수한 혼/컵 요소는 서서히 본 목적(확장)과 달리 현 상태를 어떻게든 유지하려 더 폐쇄적이고 배타적인 태도로 다른 새로운 것들을 거부하며 자신을 고립시킨다.

카발라 3c는 제2계의 비나에 대응한다.

수용과 이해를 거쳐 새로이 하위 세계로 이를 내보내려 하나, 핍카드라는 한계 때문에 이해와 수용을 갓 거친 상태인 채 머물러 있는 상황을 그림을 통해 묘사하고 있다.

32경로 중 '신성하게 하는 지성'이자 '거룩한 지성'으로 지칭하며, 지혜의 뿌리이자 믿음의 창조가 이루어지는 곳이라고 인식되는데, 이로써 순수한 혼/컵 요소가 다른 요소/사람/집단 들에 대한 신뢰를 얻으려면 해야 할 것이 무엇인지 강조하며, 조화를 통해 이를 외부로 확장해야 한다는 것을 강조한다.

Qc는 이런 조화를 자연스럽게 이뤄내고 그 모습을 외부로 드러내 다른 요소들을 감화하거나 자신의 감정 또는 신앙을 다른 사람들이 자연스럽게 공감하도록 이끄는 것과 달리, 3c의 표현은 조화를 이룬 내부에서 이를 즐기기만 하거나 외부로 나아가지 않으며 단일 세피라/핍 카드라는 한계점을 보여주고 있다.

이로써 케텔(Ac), 호크마(2c)와 함께 첫 번째 트리아드를 완성하며, 처음 순수한 혼/컵 요소가 생성돼 발출될 수 있는 것은 자신이 느낀 감동(Ac)을 다른 사람과 나누고(2c) 이를 같이 향유하려는(3c) 모습에서 기원한다는 것을 알 수 있다.

그러나 이를 실행하지 못하면 흐르지 못해 썩거나 하위/외부로 믿음이 발출/확장되지 못해 본질/목적과 달리 낭비하게 된다는 점을 경고한다.

〈프리마베라La Primavera〉

초기 르네상스의 거장 산드로 보티첼리Sandro Botticelli가 이탈리아 피렌체의 로렌초 데 메디치에게 주문을 받아 1482년경 그린 걸작이다. 이탈리아어로 봄을 뜻하며, 그에 걸맞게 사랑과 결혼을 의미하는 여러 꽃을 표현했다.

3c에도 응용된 구도인 세 아름다운 여인은 각각 애욕, 순결, 아름다움을 상징하며, 봄의 도래를 기뻐하는 모습으로 그려졌다.

왼쪽에 화려한 브로치를 달고 머리를 흐트러뜨린 여신은 애욕, 가운데에 소박하고 단정한 차림의 여신은 순결을 의미한다. 둘을 융화/순화하는 오른쪽의 여신은 아름다움을 의미한다. 또한, 애욕의 여신의 유혹에 응해 순결의 여신의 옷이 흘러내리고 있는 묘사를 통해 순결이나 정념이 매혹당하고 있다는 것을 암시한다.

4 *of* CUPS.

불만(족), 불평, 투정

Unsatisfactory, Imaginary vexations, Disgust

인류 역사에 진정한 의미의 평등과 평화는 존재하지 않았으며, 존재할 수도 없다는 것을 모르는 이는 없을 것이다. 그러나 자신이 누렸던 좋은 것들이 새로운 변화/변수로 망가졌다고 여기는 이들은 매우 찾기 쉽다.

이렇게 생긴 불만은 새로 유입된 것에 대한 배타적 태도나 차별,* 자신과 다른 것에 대한 폄하나 혐오**로 발산되며, 사회 전체의 활력을 갉아먹고 갈등의 씨앗을 뿌린다. 그럼에도 이를 계속 정당화하는 이들의 진면목은 초라하기 그지없으며, 점차 발전하지 못하고 소외되기 마련이다.

우리가 당연하다고 생각하며 나누는 감정들이 은연중에 쌓인 편견에 휩싸여 올바로 공유되지 못하고 소외되는 이를 만들고 있다면 무엇이 문제일까? 또한, 이 상황을 계속 내버려 둬도 될까?

* 성장세가 둔화하거나 경기가 침체할수록 외국인 노동자에 대한 여론은 급속히 악화한다. 이런 심리를 악용한 사례가 제1차 세계대전 패전 후 독일에 팽배했던 내부/배후의 중상설이었다. 이민자 차별과 인종차별도 마찬가지로 같은 감정을 공유할 수 없거나 공유하기 싫어하는 이들에 대한 혐오가 점차 심해져 차별이 이루어지며, 극단적으로는 분열이나 내분을 일으킨다.

** 편하나 혐오의 기준은 제각각이다. 대부분 그저 국가·지역·성별 등이 자신과 다르다는 이유 하나만으로 자행되며, 이런 행동이 매우 당연하고 이성적인 판단으로 이루어졌다고 오판한다는 점을 자각하지 못한다.

나무 등장인물이 기댄 나무는 모종의 의지(영Spirit)가 이미 생성됐고, 이것이 어느 정도 뿌리를 갖춰 고정된 상태라는 것을 의미한다. 이는 자신의 순수한 혼/컵 요소에 대한 확고한 관념이 자리 잡은 것을 암시한다.

구름 속의 컵 새로 주어지는 컵을 구름 속의 손이 건네고 있다. 이는 신성한 선물이자 완성을 위해 필요한 필연적 요소라는 의미에 더해, 기존의 컵들과 전혀 다른 것들이 개입/참여하는 것을 암시한다.

시선 조화를 이루고 있는 컵에만 집중하는 시선은 3c에 묘사된 컵 요소에만 집중하려 하는 미련함, 미망迷妄에 빠진 상태를 묘사하며, 새로 주어진 것을 거부함으로써 순수한 혼/컵 요소의 본질을 잊거나 이를 강화해줄 수 있는 요소들을 배척하려 한다는 것을 암시한다.

팔짱을 낀 자세 다른 사람이나 외부의 의견 또는 관점에 대해 배타적 태도를 드러낸다는 것을 표현한다.

3:1 구도 조화(3)를 좌우하는 의지(1)의 개입을 의미하며, 이는 자신/다른 사람의 의지 중 어느 쪽에 속하느냐에 따라 의미가 바뀐다.

자신의 의지일 때는 조화(3)를 안정(4)시키는 과정에서 자신의 결정이나 거부로 이를 가속/둔화시킬 수 있다는 것을 의미하며, 다른 사람이나 외부의 의지가 개입될 때는 우연한/운명적으로 일어난 충돌 또는 원치 않거나 예상하지 못한 새로운 요소의 출현으로 애써 이룬 조화로운 상태에 변화가 일어나는 것을 꺼리는 모습 등으로 이해할 수 있다.

4 *of* CUPS.(이하 4c)는 불만(족), 불평, 투쟁을 의미하며, 부정적 영향을 받을 때는 (단발성으로 이루어지는) 새로운 지식의 체험 또는 색다른 경험을 뜻한다.

이는 기본적으로 컵 요소들이 고정되거나 특정 구역 안에 가둘 수 없는 것들이기 때문이다. 순수한 혼과 관련한 상징인 컵 카드들은 다른 카드들보다 더욱 유동성을 강조하며, 고정된 표현이나 완전성을 부각하는 숫자들과 연계될 때 오히려 고인 물이 썩듯 부정적이거나 발전과 거리가 먼 의미를 묘사한다. 이런 이유로 고정과 안정을 의미하는 숫자 4와 컵 요소의 결합 역시 필연적으로 부정적으로 묘사돼 있다.

그림 속 묘사에서 그동안 다른 책에는 많이 강조되지 못한 상징물로 언덕과 나무를 들 수 있는데, 이는 등장인물이 바라보는 세 개의 컵과 결부해 기존의 조화로 생긴 선입견/관념이 거꾸로 편협함으로 변질해 새로이 내려오는 확장의 기회나 축복을 놓치거나 외면하는 모습으로 이해할 수 있다. 이는 마치 구약성경 「요나서」의 주인공인 예언자 요나의 행적과 비슷한 점이 있다.

바빌론의 니네베에 가서 전도하라는 계시를 받았으나 당시 이스라엘의 적국이었던 바빌론을 혐오한 요나는 정반대로 타르시스로 도주했다가 우여곡절 끝에 니네베에 도착했다. 하지만 신의 뜻을 전하면서도 그곳 사람들이 회개하리라 생각지 않으며 태업을 일삼았다. 정작 니네베 사람들이 단체로 회개하자 요나는 신에게 시위하듯 움막에서 생활하는데, 신은 요나가 더위를 피하게 해주려 박덩굴을 자라게 하고 다음 날 곧장 이를 시들게 했다. 그러자 요나는 왜 나를 고행하게 하느냐며 불평하기에 이른다.

이 과정과 요나의 불평에 대해 신이 답한 내용이 4c의 의미와 상황 극복에 관한 조언을 모두 담고 있다고 이해할 수 있다.

이는 핵심 의미에 '차별'이라는 의미를 더한다. 엄밀하게는 제도·의무 실행 여하에 따른 차별이 아니라, 관행/관습/문화에 따라 벌어지는 차별을 말한다(인종, 남녀, 풍습, 문화에 대한 몰이해로 이루어지는 차별).*

이처럼 컵 요소는 좁은 영역에 만족하는 태도가 항상 올바르지는 않다는 의미를 담고 있다. 또한, 더 나은 완성으로 나아가려면 어떤 것을 나눠야 할지 분별하고 정립함으로써, 자신이 다른 사람들에게 공유하고 인정받으려는 것이 무엇인지 고민해야 한다는 점을 강조한다.

컵 중에도 4c는 자신이 누렸거나 완성했다고 여긴 것에 안주하면 안 되며, 과거에 이룩한 기쁨이 계속되리라 여긴 순간 이미 균열이 일어나고 있다는 것을 경고한다.

이 상황은 다양한 조언으로 극복할 수 있다. 자신과 다른 것들을 어떻게 받아들일지 고민하거나, 범사凡事에 감사하고 새로운 날들에 새로운 의미들을 부여하며 초심을 지키는 태도가 극복 방법이 될 수 있을 것이다.

그러나 이 균열을 극복하지 못하면 끝내 첨예한 대립 끝에 안정이

* 성차별과 인종차별을 타파한 것은 천부인권론이 등장한 뒤에 인식 변화와 교육이 이루어지기에 앞서 사회적으로 어떤 역할과 희생을 감내했다는 사실을 공인할 수밖에 없는 상황에 다다르거나, 이를 먼저 인지하고 제시 또는 공식적으로 제도화하려던 이들의 업적으로 달성됐다. 링컨의 노예 해방(산업화와 남북전쟁 이후 인력 충원과 시민의 확장 필요), 여성 참정권(전쟁으로 인한 노동력 부족이 여성의 노동 참여 및 이에 따른 발언권을 확대시킴) 등을 통해 이해할 수 있다.

기존 관습이 정착됐을 때는 새로운 문화/관습의 유입이 매우 느리거나 기존 공동체에서 배척당하는 경향이 있다. 이를 상징적으로 보여주는 민족이 유대인들이다. 그들의 제의용 초(메노라)는 그 자체로 유대인이라는 증표이자 낙인과도 같았다.

개를 먹는 문화도 마찬가지다. 춘추전국시대의 오나라와 월나라에도 제도적으로 자리 잡았고, 허약해진 몸을 회복하려는 것으로써 나라에서도 내렸던 전통이 있으나, 서양 문화권에서는 이를 터부시한다. 반면에, 강제 사육으로 건강 이상을 일으키거나 해당 생물의 생태를 무자비하게 파괴하는 오르톨랑Ortolan이나 푸아그라Foie gras에 관한 인식이 개를 먹는 문화와 어떻게 다른지 참고할 필요가 있다.

또한 초기 기독교가 이교 신앙을 자신의 색채로 가리거나 흡수해 원형을 찾기 어려워진 것도 이러한 행위/갈등의 결과물이라 할 수 있다.

깨질 수 있으며, 자신이 누렸던 기쁨이 거짓이거나 본래 원하던 바와 달랐다는 것을 뒤늦게 깨닫고 실의에 빠질 수 있다는 것을 그림을 통해 강조하고 있다.

연금술 자신이 처음 완성한 안정적인 모습을 바라보는 순수한 혼/컵 요소는 새로운 혼/요소들의 등장을 반기지 않고 되레 기존까지 누려왔던 조화를 고집하려 한다. 이는 그 자신이 다양한 변수를 감당하지 못하는 수준에 불과하기에 기존 상황이 바뀌는 것 자체를 인내하지 못하고, 이를 통제해내지도 못하기 때문이다.

이로 인해 스스로 고립된 순수한 혼/컵 요소는 자신이 고립된 줄도 모른 채 가지고 있는 것들을 붙들어 안정시키려 한다. 나아가 붙들고 있는 것에 집중한 나머지 다른 새로운 것들을 거부한다. 새로운 것들을 모두와 나눔으로써 부족한 부분들을 채울 기회가 온 상황에서도, 편협하게 자신이 간직한 순수한 혼/컵 요소와 합치되는 것들에게만 이를 나누려 한다. 이런 호오好惡는 관점 차이에 따른 편중을 일으키며 균형과 안정을 무너뜨리기 시작한다.

이런 모습은 곧 4c의 핵심 의미인 불만(족), 불평, 투정, 차별 등을 파생한다.

가랑비에 흠뻑 젖듯, 자신이 얻으려 했던 공감의 기반이 점차 사라지고, 그런 것이 언제 있었냐는 듯 뿔뿔이 흩어지기 시작한다. 그리하여 순수한 혼/컵 요소는 시련의 단계로 들어선다.

카발라 4c는 제2계의 헤세드에 대응한다.

32경로 중 '수용하고 담아내는 지성'에 배치된다. 이런 의미에도 4c의 핵심 의미는 이와 전혀 다른 뜻을 보여주는데, 이는 다음과 같이 해석할 수 있다.

신의 자비와 사랑은 이미 어느 곳에나 있으며, 어떤 우연의 산물이거나 기대하지 않았던 것으로 나타나더라도 각각의 의미와 안배가 항상 넘치도록 존재한다. 그렇기에 사람들/일상에서는 자신의 좁은 그릇을 극복하지 못하고 신의 사랑과 자비를 제대로/뚜렷하게 인지하지 못한 채 놓쳐버릴 수 있다는 것을 강조한다고 볼 수 있다.

다른 관점으로는 헤세드의 특성을 '모든 것을 수용하고 세피라 내부에서 확장'하는 데 전념한다는 것에서 추론할 수 있다. 이때 이런 편중된 자비와 사랑이 도를 넘거나 제대로 분배되지 못한 채 기형적 성장을 반복하다가 최초의 조화/균형을 무너뜨리는 모습을 표현한 것이라 이해할 수 있다.

어떻게 이해하더라도, 순수한 혼/컵 요소를 공유하거나 공감받기를 원하는 것과 달리, 자신의 순수성이나 태도를 확고히 하려다가 배타적이라고 비난받는 상황을 통해 세피라 단독/핍 카드로는 한계가 명백하다는 점을 보여준다.

5 *of* CUPS.

실망, 상실, 후회

Inheritance, Funeral, Disappointment

누군가를 잃거나 자신이 아끼던 것을 잃어 슬퍼하듯, 신앙과 감정의 영역에서 유독 상실의 아픔은 더욱 강하게 와닿을 때가 많다. 신앙인에게는 분열*이, 예술가에게는 뜻을 같이했다고 여겨 마음을 나누었던 이들과 결별**하거나 자신의 작품이 대중에게 비판/무시당하는 일이 이와 같다.

그러나 이미 균열이 깊어질 대로 깊어져 노선을 달리하거나 각자 다르게 걸어가야 할 삶의 궤적을 찾는 것은 막을 수도 없고 막아서도 안 될 일이다. 각자의 길로 들어서면서 한때 즐거웠던 일에 얽매일 필요는 없고, 지금 겪는 시련이 거꾸로 진정 자신이 원하는 것은 무엇인지 확인하며 이를 다른 사람들과 제대로 나눌 계기가 될 수 있다는 점을 상기해야 한다.

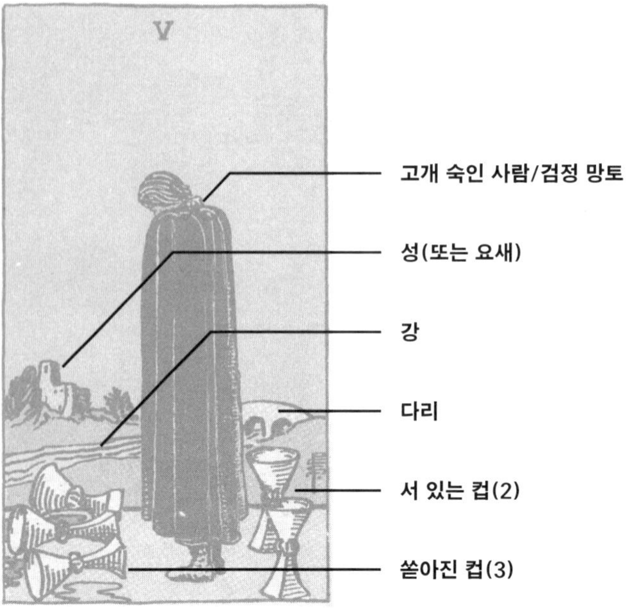

* 종교개혁으로 기독교가 분열된 뒤 다시 통합되지 못했고, 이 과정에서 종교 분쟁으로 수많은 사람이 희생되거나 종교를 버리거나 배교해야 했던 아픔을 겪었다.

** 빈센트 반 고흐와 폴 고갱의 결별, 오귀스트 로댕과 (그의 제자이자 모델이며 연인이었던) 카미유 클로델의 관계를 예로 들 수 있다.

고개 숙인 사람/검정 망토 상실과 슬픔에 빠진 사람을 묘사하며, 죽음 및 그에 준하는 일을 겪거나 추모 또는 안타까워하는 사람을 묘사한다.

성(또는 요새) 안식처와 함께 혼Soul 자체를 의미하는 상징물이다. 상실을 딛고 일어서려면 초심(Aw/Ac 참고)으로 돌아가야 한다는 것을 상기시키며, 이에 더해 다른/더 넓은 혼의 영역으로 나아가 더 보편적인/자신이 간직한 컵 요소를 공유할 수 있는 곳으로 향해야 한다는 것을 강조하는 장치다.

강 원형상징으로 유명한 강은 이 카드에서 다른 세계/영역의 경계를 의미하고 있다. 슬픔과 상실을 극복하려면 현 상태/영역에서 벗어나야 한다는 것을 드러내는 장치로 쓰였다.

다리 새로운 방법이나 다른 공간/영역/분야로 진출할 수 있다는 것을 부각하는 장치다. 이로써 이 슬픔/괴로움의 순간이 영원하지 않다는 점을 강조한다.

서 있는 컵(2) 분열(2)해 각자도생의 길을 걸으려는 이들이 아직 남아 있는 것을 묘사하며, 자신이 닿으려는 바에 합치하거나 공감하는 이들이 있다는 것(2c)을 암시한다.

쏟아진 컵(3) 조화가 깨진 모습을 표현한다. 쏟아진 컵의 내용물은 적/녹색으로 나뉘어 있는데, 이에 대한 이유는 덱 제작자도 밝히지 않았다.*

* A. E. Waite, *The Pictorial Key to the Tarot,* Part III: The Outer Method of the Oracles, Five of Cups 참고.

5 *of* CUPS.(이하 5c)는 실망, 상실, 후회를 의미하는 카드다. 긍정/부정적인 의미와 무관하게 이 카드는 대체로 부정적 의미로 해석된다. 그림 속에서도 묘사되듯 순수한 혼/컵 요소가 조화로움(3)이 재분열(2)돼 발생하는 문제들을 적나라하게 보여주기 때문이다.

이 카드는 다른 어떤 상황보다 자신이 누려온 기쁨/조화가 사라졌을 때 좌절과 실망감이 찾아오는 순간을 강조하기에, 단순한 이별/파탄을 넘어 의지/사랑했던 이의 죽음, 또는 동반자라 여겼던 이와 의견/성격 차이로 생긴 내분으로 인한 각자도생이 일어나는 계기/순간을 표현하는 단어들로 핵심 의미가 분화된다.

나아가 5c는 처음 외부 요소들과 공유/공감하며 그 나름의 즐거움을 누렸으나, 정작 모두가 처음 의도했던 바와 달리 각자의 생각이나 공유/공감하고자 했던 바가 달랐다는 점을 뒤늦게/끝내 깨닫고, 자신이 원했던 바로 나아가는 과정에서 벌어지는 어쩔 수 없는(그러나 끝내 떠나야 할 수밖에 없는) 순간을 마주하는 모습을 드러낸다.

이 과정에서 겪는 상실과 그에 따른 아픔, 충격을 극복해 다시 시작해야 하는 상황이라는 것을 그림 속 다리 너머의 성을 통해 강조하고 있다.

다만 세 개의 컵에서 쏟아진 물의 색을 적색/녹색으로 달리 표현한 의도에 대해, 덱 제작자들이 별달리 설명하지 않았다는 점이 카드 해석에 혼란을 불러온다. 적색의 물은 2c에서 나타나 3c에서 그 나름의 구도로 표현된 영Spirit적 요소가 적색으로 표현됐다고 추론해 본다면, 함께했던 순간 행했던/하고자 했던/즐거웠던 흥겨움이 모두 부질없어진다는 것을 의미한다고 볼 수 있다.

2c의 카두케우스와 3c의 구도상 형성된 삼각형이 표현된 색/의미가 적색이자 영Spirit이며, 두 카드에서 이 요소들이 각각 상징하는 바가 마음이 맞아/합심해 (소규모로나마) 함께 추구하던 계획/영적 추진력이 소멸(당)한 것으로 이해할 수 있다.

녹색의 물은 3c와 4c 속 정원과 나무가 의미하는 조화로움 속에서 누렸던 기반/조화로 생겨난 새로운 것들(3c) 또는 자신이 얻어냈다고 확신하는 작은 성과/편협한 관점이나 선입견으로 형성된 (제대로 완성되지 못한) 의지(4c의 나무) 들이 모두 물거품처럼 사라지거나 스스로 이를 부정할 만큼 실망한 것으로 생각해볼 수 있다.*

Qs와 5c 비교

5c의 핵심 의미 중 '후회'는 Qs의 의미와 비슷한데, Qs는 (어쩔 수 없는 비판과 견제를 각오하고) 자신의 감정을 희생하는 한이 있더라도 필요하다고 여기는 것을 구현하거나 지키고자 자신의 역량/기량을 발휘하는 존재를 의미하며, 이 과정에서 생긴 기술적 문제들을 해결하고 자신과 구성원들의 감정 동요를 통제할 수 있는 수준에 중점을 둔다. 이때의 후회는 Qs가 곱씹거나 앞서 언급한 과정을 실행하는/실행한 때에 생기는 것이기에, 그 나름의 각오와 생각 정리가 끝난 상황/환경을 강조한다.

그러나 5c는 이런 상실에 대한 대비나 고려가 전혀 없는 상태에서 일방적으로 통보받거나 내분에 따른 결과가 도착함으로써 버림받은 자신의 감정을 비롯한 컵 요소들을 정비할 새도 없이 슬퍼하고 실망하는 과정에서, 과거의 즐거웠던 시간 또는 함께하리라고 의심하지 않았던 시간에 대한 미련을 버리지 못하는 '순간'에 국한된다는 점을

* 근거를 명확히 하려 노력했으나 이에 대한 명확한 언급이나 설명을 찾지 못했다. 앞으로 이에 관해 신빙성 있는 연구나 해설에 대한 제보 또는 검증이 필요하다.

주의해야 할 것이다.*

5c는 이러한 묘사를 통해 자신이 나누려던 것을 '제대로 나누려 할 때 겪는 문제'들을 강조하며 그에 따라 상처 입고 슬픔을 겪게 되리라는 것을 경고하지만, 마냥 이 아픔이 영원하리라 확정하지 않는다.

슬픔은 슬픔으로 남겨두고 자신에게 남은 것을 추슬러 나아가야 발전할 수 있다는 것을 다리와 성을 통해 묘사하며, 이를 계기로 더 성숙하고 깊이 있는 자세로 자신이 진정 나누려 했거나 함께하려 한 것을 되짚어보도록 그림을 통해 주문하고 있다.

이미 쏟아진 물은 주워 담을 수 없고, 죽거나 돌아올 기약 없이 가버린 사람들을 잊지 않더라도 산 사람과 남은 사람들은 앞으로 계속 나아가야 하기 때문이다.

* Qs의 키워드들은 이런 까닭에 어떤 후회를 받아들였거나 받아들일 수밖에 없는 사람/상황(과부, 폐서인 등)에 비중을 두나, 5c의 키워드들은 단순히 카드가 묘사하는 슬픔이 극적으로 일어나는 순간에 비중을 둔다(장례식, 분쟁 끝의 분열, 이별 등).

연금술 이윽고 균형을 잃어버린 순수한 혼/컵 요소는 분열하기 시작한다. 상상한 적 없고 두려워했던 분리/이별을 맞이한 순수한 혼은 슬픔에 잠식돼 어떤 것도 하지 못하고 이대로 끝을 맞으리라는 회의감과 상실감에 사로잡힌다.

그럼에도 이 일들이 왜 벌어지는지 이해하려 하기보다, 분열로 겪는 아픔에 몸서리치며 슬픔과 좌절에 몰두한 나머지 조화로운 순간을 잃어버렸다는 사실에 집착하며 흐느낀다. 끝내 부여잡으려던 것들을 결국 놓치게 되고, 함께 가려던 혼들은 이윽고 제 갈 길을 찾아간다.

이런 시련이 닥쳐도 산 사람은 살아가야 하며, 남겨진 것과 떠나간 것 모두 각자의 길을 걸어가야 한다. 시련을 극복하고, 더 나아가 초심으로 돌아가 다시 시작해야 한다는 것을 자각하기 시작한다.

이는 곧 카드의 핵심 의미인 실망, 상실, 후회의 의미에 직접적인 영향을 끼친다.

그 과정에서 자신이 공유하려 했던 초심을 잊는다면, 순수한 혼/컵 요소는 자신의 정체성을 잃은 채 소멸할 것이다.

그러나 이를 극복/감내한 순수한 혼/컵 요소는 자신을 추스르고, 정녕 자신이 나누려 했던 소중한 초심과 과거를 명료하게 정립해 나아갈 것이다.

이 과정에서 누군가가 이를 자기 내부로 도피하는 행태라고 비판하더라도, 끝내 틀리지 않았다고 여기는 순수한 혼/컵 요소의 정수를 계속 나눔으로써 자신을 구제할 수 있으며, 슬픔의 순간을 딛고 일어서 나누려던 바를 원하는 이들 또는 필요하다고 여기는 이들에게 애틋하고 정겨운 마음으로 내줘야 한다.

카발라 5c는 제2계의 게부라에 대응된다.

헤세드에서 이루어진 과도한 팽창을 통제하고 재정비하며 축소하고자 순수한 혼/컵 요소에 행해지는 것들이 무엇인지 그림을 통해 묘사하고 있다.

이 슬픔과 상실은 거꾸로 방만했거나 본래 역량과 무관하게 확장된 요소들을 배제해감으로써 더 순수하거나 목적에 걸맞은 것들을 남기고자 주어진 시련이라는 점을 의미한다. 신의 의지를 모르는 상황에서 이를 일방적으로 받아들여야 할 때 찾아오는 실망과 낙담이 클 수밖에 없다는 것을 담담히 보여주는 장치라 할 수 있다.

또한, 32경로 중 본질적인 지성/지성의 근원이라는 내용과 5c를 연계하면, 이 과정을 통과해야 순수한 혼/컵 요소가 진정한 의미를 얻을 수 있으며, 비록 가혹하거나 극단적인 수단을 동원해서라도 이 과정을 돌파/인내해야 한다는 점을 강조한다는 것을 알 수 있다.

이는 5c의 핵심 의미에 (부정적일 수밖에 없는) 상실, 실망, 후회 등이 왜 들어가는지를 설명해준다.

6 *of* CUPS.

추억, 향수, 전승

Memory, Nostalgia, Transmission(be passed down, be handed down)

누구에게나 주어진 완벽한 마음의 도피처는 추억이라 일컫는 과거의 기억이다. 추억은 시간이 지날수록 미화되고, 마치 그때의 모든 것이 최고인 것처럼 전해지곤 한다.

어려움을 극복하는 과정에서든, 어릴 적의 행복했던 기억과 현실을 비교하며 향수에 젖기 위해서든, 긍정적인 면모들만 찾으며 추억에서 벗어나지 못하고 푸념만 반복한다면 자신의 감정을 다른 사람에게 공감받을 수 있겠는가?

성 견고한 성은 파괴되지 않고, 파괴될 수 없는 혼의 굳건한 보루로 이해할 수 있다.

경비Gaurd 외부의 개입이나 간섭을 차단/방어하는 장치로 쓰였다. 이 성안에서 벌어질 수 있는 변수를 감시하고 배제시킬 수 있다는 것을 의미한다.

두 아이 아이는 또 하나의 자아이자 분신 같은 의미*라는 점에서, 과거/초심의 순수했던 모습으로 이를 표현한다. 그림 속에서 꽃을 주고받는 두 아이는 각기 다른 의미를 지닌다. 건네주는 아이는 자신의 순수한 무엇(혼/컵 요소 등)을 전달/계승하려는 의도를 숨기지 않고 드러내며, 이 순수성이 진실하다는 것을 믿는 어린/순수한 이들이 이를 넘겨받아 원형을 지키고 순진무구하게 활용/소모해 성장할 것을 암시하는 장치다. 이는 2c의 구도와 대비되며, 긍정적으로 의미심장한 발전을 향해 한 걸음 내딛는 데(순수한 혼/컵 요소가 의도했던 공유/공감에) 성공했다는 것을 보여주는 장치다.

컵 속의 꽃 순수한 혼/컵 요소의 순수한 정수들을 상징한다. 이는 곧 처음에 마음먹은 모습이나 그에 준하는 순수한 감성을 의미하며, 이를 전달/제공/

* 진 쿠퍼, 『그림으로 보는 세계 문화 상징 사전』, 까치, 1994, 322쪽 참고.

전승함으로써 어려움을 극복하고 새로 시작하는 준비를 할 수 있다는 것을 강조한다.*

그림과 가장 비슷한 모습과 의미를 지닌 꽃은 가짓과 식물인 목배풍등 Solarnum Laxum이다. 한국에서는 감자꽃 재스민으로도 부르는 식물이나, 가지와 의미도 같고 가지꽃과도 매우 비슷하다. 수난과 고난을 기억하며 가지 등의 다양한 것을 이용해 기억하는 유대 초막절의 전통과 결부되며, '어려운 시절을 극복하는 과정에서 생긴 교훈/전승을 기억하며 이를 되새기는 순간'의 의미가 6c에 삽입된다.**

목배풍등

가지꽃

성 안드레아의 문장 방패 표지석처럼 보이는 기둥에 성 안드레아의 십자가(×)를 새긴 방패 문양은 이 카드가 의미하는 바를 어떻게 성취했으며, 더 긍정적인 방향으로 나아가려면 무엇이 필요한지를 강조하는 장치다. 성 안드레아는 본래 세례자 요한의 제자였으나 예수가 그에게 세례를 받자 예수의 제자가 됐고,*** 형제인 성 베드로를 예수에게 인도했다. 예수의 승천 후 여러 지방으로 선교 여행을 했으며, ×형 십자가에 매달려 순교했다고 한다. 그는 '처음으로 선택받은 사람Protokletos'라는 별칭으로 유명하며, 또한 예수에게 (이민족/이교도를 비롯해) 많은 사람을 인도한 것으로 유명하다. 이 점을 통해 긍정적인 방향으로 나아가려면 무엇을 해내야 하는지 알 수 있다.

4:2(1+1) 구도 안정(4)된 것을 통해 의지를 나눠주는 모습을 묘사함으로써 분열(2)의 의미를 약화시키지만, 대신 자신의 의지나 공유하려는 것의 원형/초심을 잃지 않고 전파하는 구도를 통해 카드의 의미를 강화시킨다. 이는 Ac~5c의 과정에서 자신을 구성하는 원형/초심을 안정시키지 못한 채 섣불리 제시하거나 다른 분야/요소들을 서투르게 대하면서 벌어진 갈등과 실수들을 방지하고, 더 건전한 방향과 정체성을 유지하는 데 주의를 기울이고 있다는 것을 강조한다. 그러나 이는 자신의 초심/원형을 지키려다가 생긴 모순/부조리까지도 두둔하는 상황이 발생할 수 있다는 것을 지적한다.

* 덱 제작자는 꽃 이름에 대해 언급하지 않았다. A. E. Waite, *The Pictorial Key to the Tarot,* Part III: The Outer Method of the Oracles, Six of Cups 참고.

** Mimi Levy Lipis, *Symbolic Houses in Judaism,* Ashgate, 2003.

*** 「요한 복음서」 1장 참고.

6 *of* CUPS.(이하 6c)는 추억, 향수, 전승을 의미하는 카드이며, 부정적인 영향을 받더라도 (준비 여하와 무관하게) 새로운 시작을 알리는 카드로 해석된다.

그림 속 아이들은 타로카드 연구자 대부분이 추억/기억으로 해석하며, 덱 제작자도 어린 시절을 회상한다고 언급했기에 이견이 없을 만큼 쉽게 의미를 파악할 수 있다.

이는 순수한 혼/컵 요소의 특성과 숫자 6의 의미가 결합한 것으로 이해할 수 있다. 이렇게 이해되는 이유는 누구나 자신이 살아온 삶의 궤적에서 완전한 감정을 지녔던 때를 '추억'하기 때문이다. 나아가 이런 해석은 6c의 부정적 면모에도 강한 영향을 미친다. 이른바 개인의 추억이 각색/미화돼 누구의 개입도 용납하지 않거나, 같은 시절/사건을 경험한 이들에게만 그 경계를 허물기 때문이다.

이런 부작용들을 극복하고자 덱 제작자는 성 안드레아의 문장을 삽입했다.

이로써 처음 선택받고 많은 이에게 복음을 전하며 삿된 의지를 섞지 않고 순수한 신앙을 담아 어렵더라도 조심스레 확장할 것을 주문하고 있다.*

이는 컵 속의 꽃을 통해서도 강조되며, 단순히 추억에만 머무르거나 도피하려 하지 말고 역경을 극복해 나아갈 것을 주문한다. 나아가 과거의 자신이 범한 착오와 실패들을 반복하지 말고 새로이 시작할 것을 조언하고 있다.

이렇게 회복된 순수한 혼/컵 요소는 태세를 재정비하고 내분/박해/수난(5c)으로 슬퍼했던 과거를 극복할 수 있다는 것을 강조한다. 아울러 순수했던 초심으로 돌아가 자신 주변을 감화해나감으로써 진정한 완성에 도달할 수 있다는 것을 이야기해주고 있다.

* 이런 교훈이 담긴 성인들의 이야기를 통해 복음을 전달하는 것이 6c의 핵심 의미 중 하나인 '전승傳承'이다.

연금술 나락으로 떨어져 상처 입은 순수한 혼/컵 요소는 자신이 완성했다고 여긴 안식처에서 자신을 회복하려 한다. 이 과정에서 잊었던 자신의 정수를 찾아내고 기뻐하며 더욱 소중히 여기게 된다.

이렇게 고비를 넘겨 새로 시작하거나 도피한 뒤(5c 참조), 스스로 일궈냈던 가치와 행동에 의미를 부여하거나 그 속에 담겼던 초심과 과거를 찾아 갈고닦으려/안주하려 한다.

나아가 자신과 같은 이들 또는 자신이 간직한 정수가 필요한 이들에게 소유한 순수한 혼/컵 요소를 나눔으로써 슬픔에서 벗어나며, 자신이 진정 나누려 했던 것이 무엇인지를 고민한다.

거대하지만 너무나 작고 좁은 성에서 순수한 혼/컵 요소는 찾아낸 초심을 되새기고 이를 전파해 자신이 얻고자 했던 행복을 사람들에게 알리기 시작하거나, 반대로 이에 안주하거나 집착한 나머지 미래를 이야기하지 않은 채 자신의 불완전함을 자신도 모르는 채 다른 요소들에 전시한다.

6c의 핵심 의미인 추억, 향수, 전승은 이런 행위가 일어나는 순간의 대표적인 의미이며, 누구나 자신이 노력해 일궈낼 수 있고 누구도 개입할 수 없는 최후의 방벽 안에서 자신의 완전성을 누리는 모습으로 연결된다.

이 과정이 서서히 완료되고 성과를 거둘 때, 신/타인/외부의 존재들은 순수한 혼/컵 요소에 선택을 제안/강요하기 시작한다.

그리하여 비로소 자신의 노력으로 완전해진 순수한 혼/컵 요소에게 다시금 유혹과 시험의 순간이 찾아온다는 것을 다음 카드를 통해 확인할 수 있다.

카발라 6c는 제2계의 티페레트에 대응한다.

순수한 혼/컵 요소에서 완벽한 아름다움을 드러내는 순간이 무엇인지 핵심 의미들을 통해 강조하고 있다. 누군가의 추억일 뿐이라도 그 속에서는 한없이 완전해지거나 아름다워질 수 있기 때문이다.

또한, 32경로 중 '중재하는 작용의 지성'을 담당하는 세피라답게 유입된 의지들을 증폭(성 내부 및 컵 속의 꽃)하고 이를 다시 합치는 장면을(컵을 나누는 모습) 묘사함으로써 이 과정이 더없이 아름다운 모습이라는 것을 표현하고 미덕을 강조한다. 이에 더해 티페레트의 양성적 면모까지 아이들(남녀)로 묘사했다.

이로써 넘침과 부족함 속에 균형을 잡아 아름다움을 창조하는 데 성공한 두 번째 트리아드가 완성되며, 외부 저항/공격에 더 진취적으로 대응하는 세 번째 트리아드의 형성을 예고한다.

나아가 각자의 아름다움을 전파/전달하며 영향력을 확장하는 Nc와 달리, 단일 세피라에 머무르는 6c는 컵 요소/순수한 혼이 아름답다고 여기는 것을 계속 제공하지만, 정작 이를 나누지 못해 오히려 발전 동력을 엉뚱하게 소모할 수 있다는 점을 경고한다. 이는 6c의 핵심 의미인 추억, 향수, 전승 등의 의미들이 변질/부작용을 일으킬 때 벌어지는 모습들을 통해 이해할 수 있다.

카나의 혼인 잔치

마르턴 더포스Maerten de Vos, 〈카나의 혼인 잔치〉, 1596/1597.

「요한 복음서」 2장은 예수의 활동 초기에 갈릴래아 카나의 혼인 잔치에서 있었던 기적을 전하고 있다. 이때는 예수를 따르던 제자들도 처음 소명 받은 바를 신실히 행하던 시절(예수의 활동 첫해로 알려져 있다)이다.

물을 포도주로 만든 기적은 6c에서 언급하는 추억, 향수, 전승과 연계가 이루어지는데, 이 기적이 '같은 것을 믿고 공유하려는/했던 이들에게 발현한 기적'과 비슷하기 때문이다.

이는 고난(디아스포라)을 이겨내는 데 큰 힘이 되면서도 새로운 신앙을 공유함으로써 역량을 펼칠 수 있다는 점을 조언하며, 이 기적에 앞서 "아직 저의 때가 오지 않았습니다"라는 표현을 통해 내부의 확장/공감이 완전히 완료된 뒤에야 다음 단계로 성장/발전이 이루어질 수 있다는 점을 강조한다.

다른 복음서들이 예수의 행적과 이에 따른 신의 왕국을 선포하는 것에 중점을 둔 것과 달리, 이 일화를 전한 「요한 복음서」는 '예수는 어떤 인물인가?'에 초점을 맞춰 예수의 초반 행적들을 언급하고 있다는 점은 6c의 핵심 의미인 추억, 향수, 전승과 연결되며, 그림 속 성 안드레아 문장의 방패 또한 그의 별칭인 '첫 번째로 제자로 불린 자'를 통해 관련성을 엿볼 수 있다.

7 *of* CUPS.

꿈, 망상
Dream, Delusion, Images of reflection

핍 카드에서 완전성을 이야기하는 것 자체가 모순된다. 기독교적으론 원죄The sin를 저지른 순간부터 결정된 것이며, 수많은 창세 설화가 인간의 부족함을 강조하는 것을 봐도 쉽게 이해할 수 있다.* 심지어 꿈이나 망상에서 나타난 것들을 그대로 묘사해 공감을 얻는 데 성공한 이들도 있다.

그렇기에 사람들은 자신이 선택받은 이유도 모른 채 수많은 유혹에 시달린다. 과거 자신이 애타게 찾아 헤맸던 것부터 꿈꿔온 자신의 목표들이 아른거리는 모습을 보며, 이 중 하나를 선택해야 할 것 같은 충동을 받는다. 그리고 그중 하나를 선택하는 순간 꿈에서 쫓겨나듯 깨어날 것이다.

피조물이 자신을 완성하기 위해 스스로 모든 것을 채울 수 없듯, 감정도 완전할 수 없기에 신의 선택을 받았던 수많은 이도 이를 직접적 형태가 아닌 계시로 받았다는 점을 명심해야 한다.

이는 곧 카드의 핵심 의미인 꿈, 망상, 백일몽, 징조 등과 연계된다.

* 원죄 말고도 플라톤의 사랑에 대한 이야기, 사주팔자四柱八字가 오행을 다룸에도 오주십자五柱十字가 아닌 이유 등, 유한한 인간의 생에 대한 회의적 관점의 표현과 묘사는 전 세계적으로 넓게 퍼져 있다.

뱀 지혜와 권능을 의미하나(메이저 상징편 17쪽 참조) 그에 따른 위험과 유혹이 있다는 것을 경고한다.

얼굴 미형의 얼굴은 그 자체로 아름다움을 의미하나, 눈을 감고 죽어 있는 듯한 표현을 통해 이 아름다움이 영원하지 않다는 것을 상기시킨다.

장막에 싸인 채 보이는 뒷모습 자비로워 보이는 것 이면에는 위선적이거나 진상을 모르는 채 믿음을 권유/강요하는 알 수 없는/신뢰할 수 없는 유혹들을 암시한다.

성 또는 탑 영토, 기반을 의미하며 권세를 통해 유혹하지만 반대로 고립되거나 이에 얽매여 더 나아가지 못할 수 있다는 것을 경고한다.

보물들 속세의 부를 쥐여주는 것을 통해 안락한 삶을 보장하나, 그에 따른 타락과 태만을 경고한다.

용 기독교 상징에서 용은 악 그 자체이자 분노, 질투 등으로 인한 재앙을 상징한다.

월계관과 해골이 새겨진 컵 명예와 승리를 의미하나 그조차 허영에 불과하거나 죽으면 덧없어지는 것임을 강조한다.

3:4 구도와 구름 안정(4)을 바라는 조화(3)를 의미하며, 어디까지나 이것이 의도로 끝나거나 이를 완벽하게 구현할 수 있는 이가 신적 존재와 관계있다는 점을 구름과 함께 묘사해 표현했다.

7 *of* CUPS.(이하 7c)는 꿈, 망상을 직관적 표현으로 보여준다. 수많은 유혹 속에서 선택에 어려움을 겪거나 휘둘려 정상적으로 판단하기 힘든 모습을 묘사함으로써 순수한 혼/컵 요소가 완성에 이르려면 거쳐야 할 시험들이 있다는 것과 함께, 위대한 신성이 선택한 이들에게 어떤 고난을 줌으로써 완성에 이르게 하는지를 묘사해 흔들리지 않을 것을 강조한다.

또한, 모든 상징물에 확답을 내리지 않는다는 점을 통해 알 수 있듯, 정답은 이런 유혹이나 눈에 보이는 것 속에 있지 않으며, 화려하지 않은 곳에 눈에 띄지 않게 숨어 있다는 것을 암시한다.*

이처럼 7c는 단순히 꿈과 몽상/망상을 언급하는 데 그치지 않고, 이런 미망迷妄 속에서 정답을 찾는 이들이야말로 신의 선택을 받을 수 있다는 것을 조언한다. 그리고 더 나아가 그 답이 화려한 장밋빛 전망이나 비전Vision에 있지 않고 자기 안의 순수함과 초심 속에 있다는 것을 강조한다.

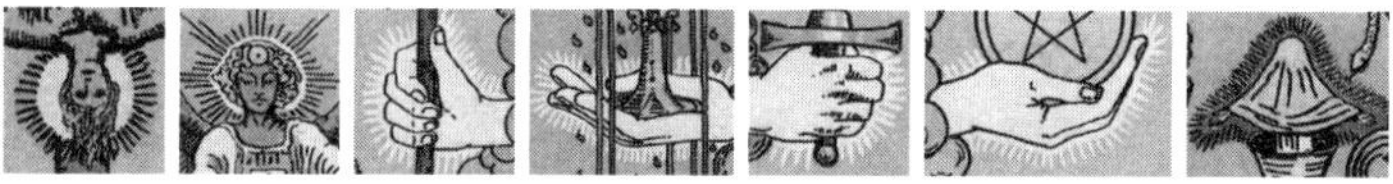

12, 14, 모든 Ace 및 7c 그림 속 후광 비교

그 밖에 돌아서서 붉은 후광을 내뿜는 존재를 긍정적으로 해석하는 경향이 있으나, 타로카드 78장에서 후광은 모두 흰색/노란색 계통의 광채로 빛난다는 점을 통해 이 후광이 거짓되거나 불손한 목적(악마의 유혹)을 띤다는 것을 알 수 있다.

* 〈인디아나 존스 최후의 성전〉의 마지막 장면이 이런 상황을 묘사한다. 악역이 화려한 성배들 틈에서 휘황찬란한 잔에 물을 담아 마신 뒤 비참하게 죽고, 주인공은 낡고 오래돼 눈에 띄지 않는 잔을 선택해 목수의 잔Cup of Carpenter이 성배였다는 것을 확인한다.

연금술 자신의 초심을 긴 시간과 방황 끝에 찾아내 스스로의 마음을 완전히 확립한 순수한 혼/컵 요소에게 신은 새로운 선택을 강요한다.

수많은 것을 보여줘도 정련을 거친 순수한 혼/컵 요소는 마음을 다잡고, 자신이 꿋꿋이 걸어간 과정에서 보였던 수많은 것을 정면으로 응시하며 행복한 상상을 하면서도, 모든 것이 자신에게 모두 주어지는 것이 아니라는 점을 깨닫는다. 그리하여 자신이 선택받았다는 것을 확신한 순수한 혼/컵 요소는 보여진 모든 것을 선택하지 않고 그저 과거의 미망에 불과했다는 것을 순순히 인정한 채 포기하기에 이른다.

미망에 사로잡혀 헤매다가 소멸하거나 쇠락한 수많은 것을 떠올리며, 순수한 혼/컵 요소는 자신의 각오를 굳히고 초심을 붙들어 순수하게 펼쳐나가려는 행보를 계속한다.

카발라 7c는 제2계의 네자흐에 대응된다.

신의 승리/인내를 의미하는 세피라의 의미를 직접적으로 결부시켜도 될 만큼 매우 직관적인 묘사를 그림 속에 삽입했다는 것을 알 수 있다.

32경로 중 '감춰진/오컬트적 지성'의 의미도 그림을 통해서 묘사한 격인데, 이는 의식/명상을 통한 황홀경/착란Trans으로 바라보는 장면이라고 이해한다면 쉽게 납득할 수 있기 때문이다.

나아가 오컬트주의자/카발라주의자들이 이런 상승을 위한 의식들을 통해 원하는 바를 얻고자 하는 과정에서 수많은 유혹과 함정이 도사리고 있다고 여기며, 이를 피하려 여러 절차, 주문, 부적Talisman 등을 동원할 만큼 위험하다고 언급하는 점을 참고한다면 7c에 묘사된 구름 속 컵들이 이런 위험들을 표현한 것이라 이해할 수 있다.

또한 호크마(2c), 헤세드(4c)에 이어 자비의 기둥을 완성하며, 순수한 혼/컵 요소에서 신의 자비가 어떤 기준/과정을 통해 펼쳐지는지 설명한다. 서로 감정을 나누고(2c), 그 과정에서 넘치도록 이를 내려주어(4c) 더 높은/넓은 수준을 꿈꿀 수 있게(7c) 함으로써 하위 세계/세피라로 퍼져나간다는 것을 강조한다.

이 과정을 통과하면, 자신이 나누려는 바를 완벽히 퍼트리면서도 자신을 잃지 않을 수 있다는 것을 다음 카드를 통해 보여준다.

칠죄종七罪宗, Septem Peccata Capitales(Mortalia)

얀 콜라르트 2세Jan Collaert II, 〈칠죄종〉, 1612-1620

7대 죄악이라 부르며 교만, 인색, 시기(질투), 분노, 음욕, 탐욕, 나태를 일컫는다. 각 죄악의 내용과 상징물은 다음의 표와 같다.

죄악	원문	내용	지옥에서 받는 형벌
교만驕慢	Superbia	오만해 남을 업신여김	바퀴에서 몸이 부서짐
질투嫉妬	Invidia	남을 시기함	얼음물에 담김
분노忿怒	Ira	반대하는 것을 없애려는 그릇된 욕망	산 채로 찢김
나태懶怠	Acedia	게으르고 불성실함	뱀 구덩이에 던져짐
폭식暴食	Gula	지나친 폭식/탐식	쥐, 두꺼비, 뱀을 강제로 먹임
인색吝嗇	Avaritia	소심하고 인색함	기름 끓는 가마솥에 담김
색욕色慾	Luxuria	성적 문란	불과 유황으로 쪄짐

16세기에는 페터 빈스벨트가 악마와 동물을 상징물로 삼아 대응시키기도 했다. 이는 7c의 도상과는 일치하지 않으나, 선택받은/받을 이를 시험에 들게 하는 모습과 잘못된 선택을 하거나 미망에 빠지면 닥칠 불상사들을 묘사한 부분에서 모티브를 얻은 것으로 이해할 수 있다.

8 *of* CUPS.

마음이 떠나다, (버려진) **성공,** (끝나버린) **축제**

(Due to abandoned success) mildness/modesty, Feasting

헛된 망상들을 뒤로하고, 왜 고된 앞길을 걸어가야 하는가? 이른바 무소의 뿔처럼 혼자서 가듯,* 때로는 모두 괜찮다고 하지만 더 나은 것을 향해 자신에게 쏟아지는 기대조차 뒤로한 채 나아가야 할 때가 있다. 모든 기대와 기쁨이 찰나에 지나지 않는다는 사실을 알고, 자신이 얻으려는 것에 더 집중하고자 과정 하나하나에 반응하지 않는 것뿐이다. 그렇기에 더 충실히 앞으로 나아가고자 잠시 공감/공유를 멈추거나 떠날 수 있으며,** 이로써 더 좋은 것들을 주변에 나눌 수 있다.

반대로 이런 기쁨에 매몰돼 자신을 잃은 채 부풀었다가 줄어드는 것을 반복하다가 고통받을 수 있으며, 그 고통이 주는 공허함에 치우쳐 잡고 있던 행복조차 놓칠 수 있다는 점*** 또한 주의할 것을 이 그림은 말하고 있다.

* 소리에 놀라지 않는 사자처럼 / 그물에 걸리지 않는 바람처럼 / 진흙에 더럽히지 않는 연꽃처럼 / 무소의 뿔처럼 혼자서 가라.

가장 오래된 원시불교 경전 『숫파니파타』의 구절이며, 자신의 외피에 매달리지 말고 벗어나도록 권하는 대목이다.

** 교수, 학자, 직장인의 안식년이나 연예인들의 활동 후 휴식과 복귀도 이에 해당한다. 성직자 또한 피정避靜을 통해 세상과 거리를 둔 채 자신을 둘러보고 고요함을 되찾는다. 빠른 속도로 지나가는 일상에서 떨어져 나와 여유를 되찾고 잃어버렸던 영혼의 균형감을 회복하는 시간이자 작업인 것이다.

*** 히피 문화를 대표하는 미국의 싱어송라이터 재니스 조플린을 예로 들 수 있다. 수많은 콤플렉스에 시달려 마음속 공허함을 채우지 못한 그녀는 결국 약물에 의존하다가 헤로인 과다 투여로 사망했다. "나는 콘서트에서 2만 5천 명의 청중과 격렬한 사랑을 나눕니다. 그러나 공연이 끝나면 혼자서 아무도 기다리지 않는 빈 호텔 방으로 걸음을 옮겨야 합니다." 전성기 때의 인터뷰 한 대목으로 그녀가 겪은 8c의 부정적 면모를 엿볼 수 있다.

초승/보름달 18(달)의 상징을 차용했다. 그러나 달의 변화를 강조하고 빛을 묘사하지 않음으로써 음양의 조화와 같은 의미는 삭제했다. 이를 통해 그림에서 벌어지는 현상이 달이 차고 기울어가는 것과 무관하게 언제나 (암중으로) 일어나는 상황이라는 것을 드러낸다. 나아가 변화 과정에서 일어나는 서로 다른 성질의 결합(초승/보름달)을 암시함으로써 컵 요소들이 발생/증가한다는 점을 강조한다.

산/암초/언덕 역경을 뜻하며, 동시에 이곳에 응집한 순수한 혼/컵 요소들이 뭉칠 수 있는 영Spirit적 요소가 형성/존재한다는 것을 의미한다.

등 돌려 걸어가는 사람 붉은 옷을 입고 등 돌려 걸어가는 사람은 배경에 보이는 순수한 혼/컵 요소들의 응집과 그 과정에서 일어나는 감정적 변화에 개의치 않고 자신의 목적을 향해 나아가는 것을 의미하며, 이 과정에서 스스로 구축/공유해낸 것에 다른 요소를 혼합하지 않고 자신의 (영적Spirit) 목표를 향해 나아간다는 것을 보여준다.

지팡이 지팡이는 권위, 위엄, 여행, 순례, 마법의 상징*이며, 이 그림에서는 스스로 다른 컵들에 경도되지 않고 자신이 갈 길을 걸어가는 위엄과 더 높은 경지로 나아가고자 여행/순례길에 오른 모습을 강조하려 쓰였다.

물 만조처럼 산, 암초, 언덕 사이를 가득 채운 물은 순수한 혼/컵 요소들의 증가/공감/응집이 이루어진 것을 묘사하며, 이를 통해 각자의 공감대/목적에 맞춰 모인 이/요소 들이 함께 누리는 순간이 찾아왔다는 것을 의미한다.

컵의 구도(5:3(2:1)) 완벽(8)을 표현하며, 재분열(5)된 상황을 조화(3)롭게 만들어내는 것을 뜻한다. 충분히 분열(2)될 수 있는 것을 자신의 의지(1)로 봉합하는 데 성공한 상황을 묘사한다.

* 진 쿠퍼, 『그림으로 보는 세계 문화 상징 사전』, 까치, 1994, 329쪽.

8 *of* CUPS.(이하 8c)는 마음이 떠나다, (버려진) 성공, (끝나버린) 축제를 의미한다. 완벽을 의미하는 숫자 8도 컵 수트이기에 핵심 의미가 크게 긍정적이지 않다는 것을 확인할 수 있다. 순수한 혼/컵 요소는 흐르는 물과 같기에 어느 한 공간이나 지점에 오래 머무를 수 없다는 점을 염두해야 한다.

4c와 8c 그림 비교

다만 4c와 달리 8c는 더 성장한 경우라 볼 수 있다. 그림에 묘사된 달과 등 돌린 사람을 통해 8c의 수준이 4c와는 다르다는 점을 묘사하고 있다. 4c는 자신의 수준이나 과거의 조화에 안주/집착하는 반면(앉아 있는 자세), 8c는 변화무쌍한 환경(초승/보름달)에 미혹되지 않고 목적의 달성 여부를 떠나 초연히 다음 단계로 나아가는 모습을 표현함으로써 순수한 혼/컵 요소의 성장을 보여준다.

또한, 물의 묘사를 통해 Ac를 제외한 다른 컵 카드와 달리 자신의 지지층이나 공감대가 넓어진 것을 두드러지게 강조한다. 이는 2c~7c에 걸친 컵 카드 중 물을 강렬하게 표현한 카드가 없고, 있더라도 부정적으로 묘사하거나 경계境界를 의미하는 수준에 그쳤기 때문이다.

이런 묘사를 통해 (버려진) 성공이 8c의 핵심 의미에 부여된 이유를 알 수 있다. 그러나 8c가 단순히 모든 것을 놓아버리고 쫓겨나거나 버림받는 것과는 거리가 있는 상황임을 고려해야 한다는 점을 부각시킨다.

모인/고인 물 또한 이렇게 모인 순수한 혼/컵 요소들이 화합을 이루는 모습이라 이해할 수 있다. 어떤 축제든 끝난 뒤에는 각자 돌아가야 할 곳으로 가야 하고, 그림 속 배경(늦은 밤)을 이미 환희나 축제의 장이 끝난 뒤 뿔뿔이 흩어지는 상황으로 이해한다면, 핵심 의미에 (끝나버린) 축제가 들어간 이유를 유추할 수 있다.

이런 것들에 안주하지 않고 자신이 원하는 바로 나아간다는 것은, 어찌 보면 작은 성공에 만족하고 떠나가는 것이 전부가 아니며 궁극적인 달성에 이르는 데 필요한 과정의 하나라는 점을 8c는 보여준다.

완벽한 감정은 없기에, 역설적으로 완벽해지는 순간 떠나는 모습을 사람들은 높이 평가한다. 그렇지 못하고 과거에 자신이 이룬 업적과 지지자들에 안주하면 도태될 수 있다는 것 또한 8c는 경고한다.

연금술 시련과 유혹을 이겨낸 순수한 혼/컵 요소는 서서히 상승하며 떠오른다. 자신이 공유하려는 바를 외부에 드러내며, 자신이 틀리지 않았다는 것을 다른 요소들 앞에서 증명한다. 이에 더해 다른 요소들 또한 자연스레 함께해 영향력을 넓힌다.

이제 가득 찬 정수精髓들을 바라보던 순수한 혼/컵 요소는 더 높고 먼 곳으로 시선을 옮기며, 서서히 자신이 나누려는 바에서 걸음을 옮겨간다. 더 나아갈수록 과거의 영광과 아픔이 모두 부질없다는 것을 알고 있기 때문이다.

채우려면 먼저 비워야 하는데, 그 과정에서 겪을 슬픔, 갈등, 아픔이 가볍게 느껴진다기보다는 더 긍정적이고 높은 수준으로 도약해 해후하려고 마음을 다잡는 것이다.

순수한 혼/컵 요소는 지금으로도 충분히 편안해질 수 있으나 안주하지 않고 진정 원하는 것이 무엇이었는지를 상기하며 앞으로 나아간다.

이는 곧 이 카드의 핵심 의미인 마음이 떠나다, (버려진) 성공, (끝나버린) 축제 등으로 이어진다.

이제부터 그의 행보는 거침없다. 실패에 대한 두려움 없이 자신의 행복을 위해 자신을 둘러싼 다른 사람/요소의 틈바구니에서 벗어나 끝내 자신이 원하는 바를 찾아 기쁨을 누리게 될 것이다.

카발라 8c는 제2계의 호드에 대응한다.

신의 위엄과 영광을 의미하는 세피라이기에, 신께서 진정 위대해졌을 때를 은유한다. 이는 성경에서 에덴의 완성과 실락을 통해 구현된 신의 위엄을 의미하며, 나아가 신앙이 부족한 순간 신이 위엄과 영광을 어떻게 발현했는지를 묘사하는 것으로 이해할 수 있다.*

또한, 32경로 중 '절대적인/완벽한 지성'의 의미를 통해 근본/초심(케텔)으로 접근/상승하는 상황을 그림 속 언덕으로 묘사한 것이라 이해할 수 있다.

그러나 단독 세피라/핍 카드라는 한계가 곧 드러난다. 모여 있는 것들(물)을 모두 가져가지 못해 더 큰 위업이나 성공을 기원할 수 없으며, 개인의 수준으로 미미한 정수들을 발현하는 데 그친다는 점을 통해 애써 이룬 위엄과 영광을 모두 취할 기회를 쥐기 어렵다는 점을 그림을 통해 보여준다.

8c를 마지막으로 제2계의 심판/공의의 기둥이 완성되며, 순수한 혼/컵 요소에게 신의 심판/공의가 어떻게 이루어지는지 가늠할 수 있다. 이는 조화로 인한 방탕(3c)을 배제하고자 시련을 내리고(5c), 미련을 떨쳐낸 뒤 자신이 가야 할 곳을 향해 새로이 발길을 옮기게 함(8c)으로써 구현된다는 것을 강조한다.

* 구약성경에서 이스라엘 민족이 실수를 저지르고 신의 꾸짖음과 형벌이 내려진 뒤 회개하는 과정이 반복되는 모습을 참고할 수 있다.

9 *of* CUPS.

(나 혼자만의) 만족, 소망의 성취, 달성(으로 인한 만족)
Harmony, Satisfaction, Wish fulfillment

자신이 얻으려는 것을 달성해 수준을 향상하는 데 성공한 이들은 거장이라 불리며 만인의 부러움을 산다. 나아가 자신의 분야/기반에서 능수능란하게 기량을 표현해 공유하려던 바를 나누고 그에 따른 기쁨을 만끽하며 영향력을 키우곤 한다.

그러나 그 영향력은 엄밀히 자신에 국한되거나 같은 것을 공유하는 공간 및 사람들에게만 미칠 뿐, 더 넓게 확장되지 못한다는 점을 잘 인지하지 못하며, 정작 자신의 것을 나누는 행위도 직접 나누지 않고 자신을 찾아오는 이들에게 베풀어주는 데 그친다.

이렇게 갓 이룬 완성에 만족한 상태가 오래되면 썩을 위험이 있다는 점에 주의해야 한다.

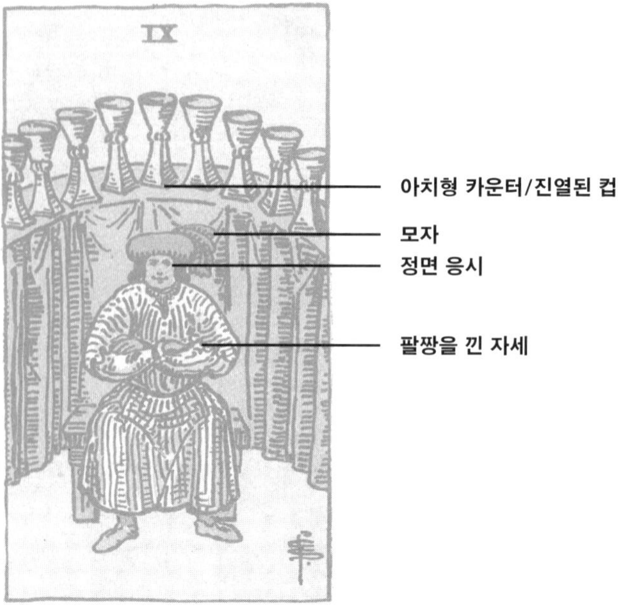
IX
아치형 카운터/진열된 컵
모자
정면 응시
팔짱을 낀 자세

아치형 카운터/진열된 컵 긍정/부정 양쪽 모두 묘사하는 장치다. 긍정적인 관점에서는 자신의 완성/달성된 모습을 통해 안정적 공간/기반을 달성하고 이를 공유/공감하는 이들에게 지원, 지지, 조력을 받아 미래를 보장받거나 역량을 유지할 수 있는 상황을 의미한다. 부정적으로 해석하면 자신과 비슷한 유형/수준인 이들만 존재해 그림 속 인물의 발전을 막거나 외부와 소통이 어려워질 수 있다는 것을 경고하며, 이로 인해 순수한 혼/컵 요소나 역량의 낭비가 일어날 수 있다는 것을 암시한다.

모자 상인이 주로 착용하던 모자다. 이로써 해당 인물이 자신이 얻고자 했던 성과를 거두었다는 것을 다른 상징물들과 함께 보여준다.

정면 응시 11(메이저 상징편 101쪽 참고)과 구도·의미가 같다. 스스로의 정당함이나 떳떳함을 자신하는 상태를 의미한다.

팔짱을 낀 자세 4c와 의미가 같다. 이로써 등장인물이 자신의 성취나 기쁨을 공유하는 과정에서 자신 위주의 방식이 아닌 방법으로 이를 누리려는 외부 요소/인물에게 배타적이라는 것을 암시한다.

9 *of* CUPS.(이하 9c)는 (나 혼자만의) 만족, 소망의 성취, 달성(으로 인한 만족)을 의미하며, 부정적 영향을 받으면 낭비, 실수, 불완전을 의미한다. 특히 이 카드는 소원 성취의 카드Wish Card라 부를 만큼 유명하나, 이 의미를 적용할 때는 주의해야 한다. 어디까지나 소원 성취는 자신의 소원만을 의미할 뿐이며, 모두가 즐거울/행복할 수 없는 상황도 포함하기 때문이다.

성취를 통한 기쁨을 표현할 때 동서양의 감성이 엄연히 다르기에, 유교 문화권에 속한 국내에서 해석할 때는 9c가 가진 긍정적인 의미를 적극적으로 적용하기 어렵다는 점을 알 수 있다. 자신만의 행복보다 겸양·겸손을 우선시하고 기쁨을 여과 없이 표현하는 것에 대해 서양과는 다른 눈으로 바라보기 때문에, 실제로 해석/조언할 때는 적용에 주의해야 할 것이다.

그럼에도 좋은 의미가 부각된다. 이는 자신이 원하지만 타협하기 어려운 소망을 달성하고 기쁨을 누리는 모습이 매우 직관적으로 묘사돼 있기 때문이다.

다만 부정적인 영향을 받는다면 이런 만족과 기쁨의 표현이 과하거나 남을 배려하지 못하는 것으로 전해져 생기는 실수들을 의미한다. 원하는 바를 얻는 데까지는 성공했으나 이를 나누지 못한/않은 채 홀로 그림에 등장한다는 점에 조명을 맞춰, 순수한 혼/컵 요소가 달성만 했을 뿐 이를 제대로 나누지 못하는 바람에 자신이 추구하던 공유/공감을 미처 실행하지 못한 불완전 상태라는 점을 드러내는 것이다.

그렇기에 9c는 컵 카드의 대미를 장식하지 못하며, 완벽히 달성/수행하기 위한 과정이 아직 남아 있다는 것을 다음의 카드를 통해 보여준다.

연금술 드디어 자신의 행복을 취하고 홀로 서는 데 성공한 순수한 혼/컵 요소는 자신이 이룩한 것으로 성을 세우고 그곳에 앉아 자신의 역량을 당당히 드러내며, 이를 찾아오는 이들에게 호의 가득 담아 내어주고 자신의 것을 공유해 방문자들의 경외와 부러움을 받기에 이른다.

나아가 수많은 고민/역경을 딛고 일어서는 데 성공했기에, 어려운 시절을 생각하며 부족한 이들에게 자신의 자산을 내어주거나 자신이 어떻게 어려운 과정을 극복해 이처럼 공유할 수 있는지를 자랑스럽게 펼쳐 보여준다.

그러나 이는 어디까지나 자신의 관점일 뿐, 공유 방식이나 과정에서 자의적 판단을 고수하거나 때때로 자신의 성취를 만끽하려다가 실수/낭비할 수 있다는 점을 순수한 혼/컵 요소는 아직 인지하지 못하고 있다. 하지만 처음 마음먹었던 대로 나아가고자 채비를 마치면, 순수한 혼/컵 요소는 자신을 통해 새로운 화합을 서서히 이루고, 자신이 지닌 결실들을 함께 누릴 수 있도록 발 벗고 나선다. 그리하여 비록 미약했던 시작이었으나 그 끝을 창대하게 만들고자 발걸음을 옮긴다.

이런 면모는 9c의 핵심 의미인 (나 혼자만의) 만족, 소망의 성취, 달성(으로 인한 만족)의 의미들과 부정적인 의미인 실수, 불완전, 낭비 등으로 연계된다.

카발라 9c는 제2계의 이소드에 대응한다.

세 번째 트리아드를 완성하며 '기초'를 의미하는 세피라이자 32경로 중 '순수한 지성'을 의미하기에 순수한 혼/컵 요소를 세상에 발출하기에 앞서 처음 느꼈던 기쁨과 감동(Ac/케텔)을 순수히 보존하는 데 성공한 모습을 그림을 통해 묘사하고 있으며, 이는 카드의 핵심 의미인 '만족'과 연결해 이해할 수 있다.

이렇게 모인 역량/의지를 하부 세계, 세상(말쿠트)으로 내보내기 전 풍족한 모습을 표현하지만, 이것이 올바로/제때 이루어지지 못할 때 생기는 문제들은 9c의 부정적인 의미인 낭비, 실수, 불완전함으로 연계된다.

이는 모든 핍 카드가 그렇듯 단일 세피라/핍 카드의 한계로 이해해야 하며, 더 채울 수 없기에 내보내고 비워야 한다는 것을 자각해야 한다는 조언으로 활용할 수 있다.

이로써 치솟아 오르려던 순수한 영/완드 요소와 달리, 순수한 혼/컵 요소는 경직되지 않고 계속 그 흐름을 유지, 반복, 확장해야 한다는 것을 보여주며, 이런 노력을 통해 뜻한 바를 더 널리 펼칠 수 있다는 것을 확인할 수 있다.

10 *of* CUPS.

조화, 가족애, (잠시뿐인) 평화
Harmony, Satisfaction, Wish fulfillment

가장 큰 행복은 가장 평범한 모습에서 찾아온다. 수많은 스테디셀러나 끊임없이 재가공되는 익숙한 내용의 작품들이 오랫동안 인기를 얻는 이유는 그것이 특별하다기보다는 거부감 없이 편안하게 다가오며 각자의 삶을 방해하지 않은 채 공감대를 형성하기 때문이다.

이런 자연스러운 조화가 만인을 공감하게 하는 데 성공하면 최소한 같은 시대/공간에 있는 이들이 남아 있는 한 계속 영향력을 유지하며, 한 시대를 아울렀던 크고 작은 요소로 정착하고, 유사한 감성/신앙을 담은 것을 양산해 생명력을 유지한다.

물론 시간이 지나며 이런 감성을 이해하지 못하거나 뒤처진 것으로 생각하는 이들이 많아지면 자연스레 사라지겠지만, 그 성질과 경향은 모두에게 녹아들어 다른 새로운 시도를 하는 데 영향을 끼친다.

세상은 늘 이렇게 변화, 발전해가고 그 결실을 다시 원점으로 삼아 시작하길 반복하기 때문이다.

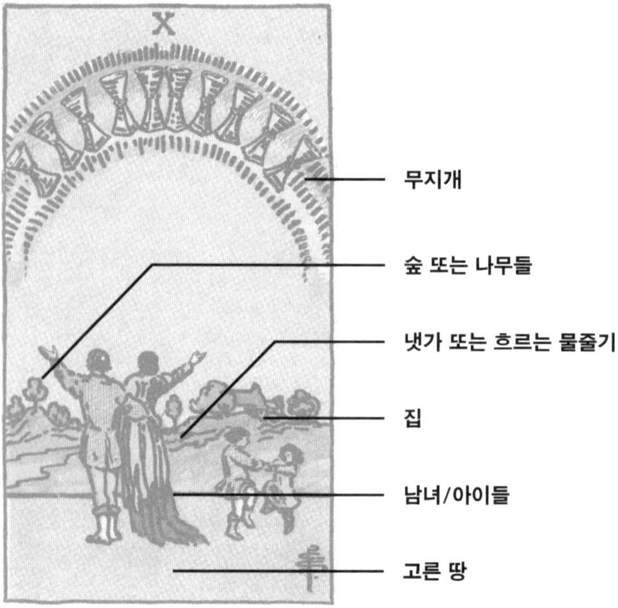
X
무지개
숲 또는 나무들
냇가 또는 흐르는 물줄기
집
남녀/아이들
고른 땅

무지개 하늘-땅의 만남, 현세-낙원을 잇는 경계/다리로 알려져 있다.* 이를 통해 순수한 혼/컵 요소의 진정한 완성과 이에 따른 축복이 내려지는 것을 의미한다. 그러나 반대로 이 무지개가 영원하지 않고 언젠가는 사라지게 된다는 점을 통해, 그 끝이 반드시 있다는 것을 암시한다.

숲 또는 나무들 기반 속에서 새로운 영적 요소/의지들의 태동과 함께 새로운 시작으로 나아가기 위한 보금자리의 형성을 묘사한다.

냇가 또는 흐르는 물줄기 순수한 혼/컵 요소의 완성으로 새로운 조류/컵 요소들이 생겨나기 시작했다는 것을 의미한다. 이를 통해 공감/공유를 원하는 다른 요소들의 접근을 더 쉽게 만드는 데 성공해 등장인물들이 거대한 흐름 속에서 하나의 구성원으로써 성공적으로 자리매김했다는 것을 상징한다.

집 등장인물들의 거처이자 확고한 기반 및 지지층을 의미하며, 이를 유지/계승해 현 상태를 유지할 수 있다는 것을 의미한다.

남녀/아이들 2c의 결합보다 더 성공적으로 결합했다는 것을 드러내는 장치다. 아이들은 이 결합의 결실들을 묘사하며, 결합을 이루는 당사자들은 자신들이 만든 기적/조화의 결실인 무지개를 응시하고 있다. 그러나 이 결실인 아이들은 이를 즐기고만 있는 모습으로 묘사함으로써 이 축복이 영원하지 않고 소실될 수 있다는 점을 강조한다.

고른 땅 견실한 기반 형성에 성공했다는 것을 보여주는 전형적 표현이다.

* 진 쿠퍼, 『그림으로 보는 세계 문화 상징 사전』, 까치, 1994, 284쪽.

10 *of* CUPS.(이하 10c)는 조화, 가족애, (잠시뿐인) 평화를 의미하는 카드이며, 부정적인 영향을 받을 때는 이것들이 서서히 깨져가리라는 것을 의미한다.

그림은 순수한 혼/컵 요소가 자신이 원하는 것을 달성하고 이를 공유/공감하게 하는 데 성공한 모습을 표현했으며, 이를 상징하고자 작은 단위인 가족을 묘사함으로써 달성 후에 찾아오는 기쁨과 축복받은 모습들을 보여준다.

더 나아가 작은 성공 하나로 그치는 것이 아니라 더 넓은/많은 분야/사람에게 익숙해지거나 그 가치를 인정받으며, 일상적인 단계에서 익히 행복할 수밖에 없는 모습으로 자리매김한 미덕/미풍양속/인식/공감대들이 10c의 의미와 결합한다.

이런 좋은 예로 〈즐거운 나의 집Home Sweet Home!〉*의 가사처럼 누구나 공유하고 품을 법한 행복을 들 수 있다.

그러나 이 카드는 반대로 조화가 영속적이지 않고, 언젠가는 다시 각자도생의 길로 모두 흩어질 것을 암시하기도 한다.

이는 다 자란 아이들이 각자 가족 구성원을 형성하고 자신의 길로 나아가면 본래의 주거지를 떠나거나 정리하는 모습을 통해 유추할 수 있으며, 아무리 끈끈한 가족이라도 이를 유지하는 데 필요한 것을 잃거나 잊으면 불화가 생길 수 있다는 점을 통해 이해할 수 있다.**

나아가 이렇게 공유/공감을 달성하고자 흩뿌려진 순수한 혼/컵 요소들은 모두에게 어느덧 당연시되거나 모두가 가지려는 것으로

* 1823년 미국의 극작가이자 배우인 존 하워드 페인John Howard Payne이 작사한 노래다. 1863년 미국 남북전쟁 중 남군과 북군이 스폿실베이니아Spotsylvania에서 대치하다가 북군 밴드가 군가 연주를 중단하고 〈즐거운 나의 집〉을 연주하기 시작하자 양쪽 병사가 모두 조용해졌고, 얼마 안 돼 남군 밴드가 같이 〈즐거운 나의 집〉을 연주하기 시작했다. 살벌한 전쟁터에서 남군과 북군이 합창하며 이 노래는 병사들의 마음을 고향으로 인도했다. 이윽고 그들은 24시간 동안 휴전하고 가족에게 편지를 쓰는 시간을 보냈다고 한다. 내전을 잠시 멈추게 한 감정의 공유가 일어난 사례다.

** 빈 둥지 증후군Empty nest syndrome을 예로 들 수 있다.
이동귀, 『상식으로 보는 세상의 법칙: 심리편』, 21세기북스, 2016.

유형화/보존되며, 그렇지 못하면 한때의 유행/사조로 사람들의 기억에서 서서히 잊힌다. 이로써 순수한 혼/컵 요소의 과업이 끝난다.

다만 그 과업의 여정은 자신이 느끼고 나누려던 것을 전달하고자 서투른 방법으로나마 이를 실행하고, 그 과정에서 누구나 겪을 수 있는 슬픔과 좌절을 딛고 일어서 평온과 행복을 누리는 과정이라 할 수 있다.

이는 본래 의미와는 거리가 있지만 자주 인용되는 성경 구절 '네 시작은 미약하였으나 네 나중은 심히 창대하리라(「욥기」 8장 7절)'와 맥락을 함께한다.

연금술 순수한 혼/컵 요소는 자신이 나누려던 것을 나누는 데 성공하고, 이로써 세상을 변화시키는 수준에 다다랐다는 것을 보여준다. 또한 찬란한 미래를 꿈꾸는/꿈꾸길 원하는 이들에게 자신의 이상향을 공유하기에 이른다. 이렇게 처음 마음먹었던 것을 달성한 순수한 혼/컵 요소는 자신이 일군 것들 앞에서 환희에 가득 찬다.

이들이 겪은 고난과 역경, 기적에 가까운 순간을 모두가 간증하고 증언할 수 없더라도, 지금 느끼는 기쁨과 이를 모두에게 전달할 방법이 있는 한 함께한 모두는 즐거워할 것이고 이 조화를 함께 누릴 것이다.

나아가 자신이 맺은 결실과 기반을 계속 보전하려 많은 이와 이를 공유하고 스스럼없이 물줄기를 내어 그들에게도 풍요와 비옥함이 가득하기를 염원한다. 순수한 혼/컵 요소 홀로 모든 것을 해낼 수 있다고 여기지 않기에, 그와 함께하는 이/요소 들이 도울 방법을 모색하기 시작하며 더 많은 이를 거두어 작은 집을 하나의 성으로 만들어 갈 것이다.

그러나 그 과정에서 부족함이 있거나 더 거대한 파도가 몰아닥쳐 이룩한 모든 것이 송두리째 사라질 수 있으며, 자신이 나누려던 것을 통해 성장한 요소들이 떠날 때가 되어 자신을 떠나며 서서히 공동화空洞化되고 조화의 끝이 찾아와 샘솟던 물줄기도 어느새 마르면서 그동안 누린 행복이 사라질 순간이 다가오기 때문에 이를 대비해야 할 것이다. 이는 카드의 핵심 의미인 조화, 가족애, (잠시뿐인) 평화로 연결된다.

그럼에도 모두의 행복을 위해 나누고자 했던 초심은 변치 않고 모두 달성됐다. 그것만은 함께한 이들이 지상에 남아 있는 한 영원히 변치 않을 것이다.

이로써 순수한 혼/컵 요소의 여정이 종료된다.

카발라 10c는 제2계의 말쿠트에 대응하며, 제3계의 케텔의 단서가 된다.

여성/수동적 원리를 의미하며, 왕국이라 일컫는 세피라답게 여성 원리를 상징하는 순수한 혼/컵 요소가 세상에 조화를 이루어 마치 천국 같은 행복으로 표현되는 것을 그림을 통해 알 수 있다.

모든 순수한 혼/컵 요소의 발출이 구현된 이상적 모습을 보여주며 32경로 중 '찬란한/눈부신 지성'을 표현하기에 위(무지개)와 같이 아래(가족들)에서도 이루어지는 것을 강조하며, 어느 한쪽이 그렇지 못하면 이 찬란함과 눈부심도 퇴색할 수 있다는 것을 암시한다.

분화된 나머지 그 뿌리를 잊는다면 이렇게 조화를 이룬 세상을 통치하거나 규칙화해 강요하게 되며, 이 과정에서 숱한 반발과 갈등이 생길 수 있다는 점 또한 경고한다.

이는 마이너 아르카나/단독 세피라라는 한계에 더해 모두가 당연하다고 믿고 따르는 것들을 편협하게 표현하거나 폭력적이고 급하게 주장하기 때문이다. 이에 더해 주변의 반발을 사는 Pc의 부정적인 면모*가 더해지면 폭급함이 더 심해지고 신앙, 감정, 예술 같은 요소들의 가치가 폄하/격하될 수 있다는 것을 강조한다.

이렇게 격하된 순수한 혼/컵 요소는 새로운 세계를 창조하는 데 영향을 미치며, 다양한 형성과 무수한 변화 등의 모든 운동이 명멸하는 제3계, 예치라(형성계)를 창조하기에 이른다.

이는 마음과 마음, 의지와 의지가 통했던 상위 세계(제1계, 제2계/완드, 컵)와 달리, 무형의 존재/개념 들을 체계적으로 전할 수 있도록 규격과 형식을 규정하기 시작하며, 이로써 완드-컵-검-오망성으로 이어지는 핍 카드의 세 번째 이야기가 전개될 것을 예고한다.

* 반대로 Pc의 긍정적 면모는 누구나 당연하다고 여기며 지나치는 감동이나 감정을 분출함으로써 그것이 얼마나 소중했던 것인지 되새기게 하거나, 골고루 퍼진 순수한 혼/컵 요소 중 일부를 부각해 다시 생명력을 불어넣는 역할을 한다.

SWORD

검Sword은 법, 규칙, 무력(의 행사), 기술, 지식 등을 주관한다.

이는 순수한 영Spirit의 본질을 다른 이들에게 공유/응용해 어떤 영감이 없더라도 순수한 영이 의도했던 바를 실행할 수 있도록 해주는 요소들이며, 나아가 모종의 방식/절차를 통해 원하는 바를 이룰 수 있게 만들어주려는 것들에 가깝다.

(이하 응용된 영/검 요소)

이는 근본적으로 어떤 의지를 구현해 모두에게 퍼트리는 모습을 은유하며, 순수한 영/완드 요소를 불/빛으로 묘사하는 것과는 달리 구름/연기Smoke로 표현하는 것과 관계있다.

그러나 응용된 영/검 요소의 취약점은 순수한 영/완드 요소의 의지를 구현하는 데서 모종의 방식/절차를 극단적으로 정립하고 이를 수용하는 이들에게 강요한다는 점이다. 나아가 최고의 자리를 점하더라도 언제든 그 기반이 된 순수한 영/완드 요소가 교체/도태될 때 같이 추락할 수밖에 없다.

그 밖에 현실에서 응용된 영/검 요소가 강하게 개입하거나 긍정적 영향을 미치면 누구나 인정할 수밖에 없는 완벽한 공식/규칙으로 자리 잡는 데 성공하며, 그 행위/방식의 정당성 여부를 떠나 모두에게 적용돼 해당 요소를 습득한 모든 이에게 수혜를 내린다.

그러나 응용된 영/검 요소가 필요한데도 이를 무시하거나 부족한 상태를 해결하지 못하면 경쟁에서 일방적으로 도태/무시당하며, 끝내 모두에게 필요 없어진 것으로 인식돼 누구도 돌아보지 않아 소멸할 수 있다. 반대로 오남용되거나 난립한다면, 진심이나 의지와 관계없이 적용되는 절차/규칙 때문에 본심이 전해지지 않거나, 굳이 정형화할 필요 없는 것들을 모두에게 강요함으로써 거꾸로 반발을 일으키는 등의 부작용이 일어나며, 각자가 지닌 장점을 무분별하게 비교하고 투쟁에 나서게끔 만들어 모두가 피폐해지게 내몬다.

이제부터 검 카드의 발전과 쇠퇴에 따른 응용된 영/검 요소들의 시작과 끝을 조명함으로써 이해를 돕고자 한다.

ACE *of* SWORDS.

절대적인 승리/패배

Victory or Defeat, Triumph of Force

석기에서 청동으로, 청동에서 철로, 검에서 활로, 활에서 대포로……. 자신의 의지를 강제로라도 실현하려 발전을 거듭해야 했던 기술은 지금도 계속 연구 중이다.

이처럼 의지를 실현하는 과정에서 인류는 많은 도구를 찾아내고 만들어 왔다. 수많은 규칙과 법, 체제도 각자의 의지를 실현하고자 만든 도구일 뿐이다.

의지 사이의 충돌이 일어날 때 각자 자신의 역량/무력/논리를 내세우지만, 최종적으로는 승리를 위해 모든 것을 걸고 싸움에 임하게 되며, 그 뒤에 홀로 우뚝 선 승자가 제 뜻을 모두에게 구현/강요하기 마련이다.

패배한 이들은 어떻게 되는가? 그저 사라지거나 무가치한 과거의 유물로 돌아갈 뿐이다.

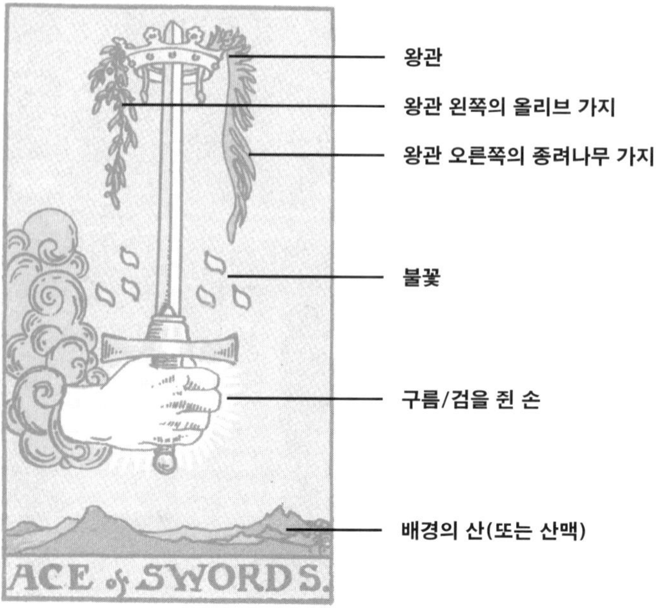
왕관
왕관 왼쪽의 올리브 가지
왕관 오른쪽의 종려나무 가지
불꽃
구름/검을 쥔 손
배경의 산(또는 산맥)
ACE of SWORDS.

왕관 속세의 영예와 권위와 권력을 상징하나, 덱 제작자는 이런 일상적 의미로 이해하지 말도록 당부했으며, 이것이 더 고차원적인 의미를 전달한다고 밝혔다.* 이는 곧 그들이 신봉하던 기독교 카발라주의와 연결되며, 왕관을 의미하는 세피라인 케텔을 더 직접적으로 묘사한 것이라 이해할 수 있다.

왕관 왼쪽의 올리브 가지 평화를 의미하는 전형적인 상징으로 널리 알려진 올리브 가지는 왕관의 의미와 결합해 '절대적 발출/의지(케텔)에 의한 평온과 평화'를 의미하도록 변용됐다.**

왕관 오른쪽의 종려나무 가지 축복, 개선, 승리와 의인義人을 상징하며, 죽음을 극복한 순교자의 승리와 신의 축복을 의미한다. 이로써 왕관(케텔)에서 이루어진 영광된 승리의 기적이 외부로 발출되고 있다는 것을 보여준다.***

불꽃 좌우로 세 개의 불꽃이자 요드Yod, י가 드러나 있는데, 이는 더 원형에 가깝고 본능적인 Aw와 달리 정제되고 제식화된 신의 현현을 뜻하며, 쉰Shin, ש의 꼭짓점을 은유해 의미함으로써 이 카드를 비롯한 검 카드 전체에 흐르는 거대한 본질이 영Spirit의 구현/구체화에 있다는 것을 강조한다. 이는 그림에 묘사된 왕관과 두 나뭇가지의 의미와 결합해, 신의 위대한 의지 및 이를 통해 발출된 것으로 인해 지상에 현현/행사되는 절대적 검 요소라는 의미를 드러낸다.

구름/검을 쥔 손 Aw의 의미와 같이 신성한 의지가 이를 능동적/적극적으로 행사하는 것을 의미한다.

배경의 산(또는 산맥) 수많은 다른 의지를 뜻하며, 이들 속에서 불변하는 절대적 모습을 묘사한다. 나아가 산 위에서 발현되는 모습을 통해 고차원적이거나 (다른 사람들보다) 월등히 뛰어난 수준에 도달한 이(의지, 영Spirit)가 이를 창조/창출할 수 있다는 것을 드러낸다.

* A. E. Waite, *The Pictorial Key to the Tarot*, Part III: The Outer Method of the Oracles, Ace of Swords 참고.

** 조지 퍼거슨, 『르네상스 미술로 읽는 상징과 표징』, 일파소, 2019, 53쪽. 진 쿠퍼, 『그림으로 보는 세계 문화 상징 사전』, 까치, 1994, 255쪽.

*** 조지 퍼거슨, 『르네상스 미술로 읽는 상징과 표징』, 일파소, 2019, 56쪽. 진 쿠퍼, 『그림으로 보는 세계 문화 상징 사전』, 까치, 1994, 262쪽.

ACE *of* SWORDS.(이하 As)는 절대적 승리 또는 패배라는 극단적 핵심 의미로 인해 연구자와 해석자 대부분이 카드를 이해하는 데 가장 어려워하는 카드 중 하나다. 이는 응용된 영/검 요소가 지닌 극단적 문제들이 As에 통합돼 있기에 더 심화된다. 카드의 모든 상징은 절대적 의미를 드러내놓고 표현하며, 이런 절대적 요소/기준에 부합하지 못하면 가차 없이 배제될 수 있다는 의미를 품고 있다.

이는 현실에서 어떤 기준/법칙이 새로 정립/규격화될 경우 그 밖의 기준들이 힘을 잃어버리는 과정으로도 쉽게 이해할 수 있으며,* 기존 학설이 폐기되고 새로운 학설이 확고히 자리 잡을 때 벌어지는 모습을 통해서도 확인할 수 있다.** 최악/최선 양쪽을 모두 관찰할 수 있는 경우로 국가 체제의 변혁***이 일어날 때 벌어지는 일로도 이해할 수 있다.

이는 순수한 영/완드 요소로 대변되는 다른 모든 의지 또는 이 의지 중 하나(앞 장의 산맥 해설 참고)가 월등히 뛰어난 기량이나 공식을 확립해 절대적 우위에 섰을 때 나타나는 공통적인 현상이며, 의지를 구현해 사람들에게 (일방적으로) 적용/강요하는 수준에 도달했을 때 그 모습이 어떻게 외부에 비치는지 그림으로 묘사한 것이라 이해할

* 미터법 제정 후 다른 도량형은 대부분 사라지고 현존하는 미터법 외의 공식적인 도량형은 영국과 미국에서 사용되는 야드-파운드법이지만, 우주선 발사 실패와 관련한 문제로 NASA에서조차 미터법을 사용하게 된 시점에서 그 실효성이 점차 줄고 있다. 한국에서도 기술 방면으로는 척관법尺貫法을 거의 쓰지 않고, 그저 예전에 익숙하게 썼던 이들의 편의성을 위해 병기하고 있다.

** 새로운 학설이 기존 학설을 몰아내는 데 완벽히 성공하면 기존 학설로 주장/증명한 모든 가설과 공식은 폐기되거나 새로운 학설을 기반으로 재증명된다. 이런 사례로 제5원소라 주장됐던 에테르를 들 수 있다. 에테르의 실존을 증명하려 했던 마이컬슨-몰리 실험이 완벽히 실패한 뒤 에테르는 그저 오컬트/마학에서 개념적인 잔재만 남았을 뿐 실제 과학에서는 완전히 영향력을 잃었다.

*** 국가 체제의 변환으로 벌어지는 상황은 매우 극단적 변화와 혼란을 가져온다. 1962년 한국의 화폐개혁(환圜→원圓)으로 벌어진 혼란과 부의 재편을 예로 들 수 있으며, 정치 체제가 절대주의 왕정에서 자유민주주의로 바뀌었을 때 겪는 충격과 계층 이동도 참고할 필요가 있다.

수 있다.

그러나 이에 해당하지 않거나 반대하는 이들의 운명은 어떻게 되는가?

보통 이때 자신의 의지를 구현해 새로운 As를 만들어 대항하거나, 그렇지 않으면 자신의 패배를 인정하고 의지를 내려놓을 수밖에 없다. 물론 이 과정에서 (패자에게는) 참담하고 참혹한 결과나 현실을 일방적으로 통보받는다는 사실이 여러 잔혹한 모습으로 드러난다.*

이는 무력武力을 드러내는 분야인 무기로도 쉽게 이해할 수 있다. 돌을 이기고자 청동이 등장하고, 청동을 이기고자 철기가 동원되는 식이다.

그렇기에 이제 시작될 검 요소들의 이야기는 처절한 생존을 위한 투쟁이자, 모두의 우위에 서기 위한 무차별/무규칙/무자비한 전장 같은 모습과 요소들로 꾸며진다.

* 로마가톨릭교의 압도적 우위가 확고해진 시기 프랑스 남부에서 벌어진 카타리파 탄압 과정에서도 엿볼 수 있다. 거점이었던 베지에Béziers를 점령할 때 교황 특사인 아르노 아모리Arnaud Amalric가 남긴 아래의 말로도 As가 패배를 의미할 때 어떤 모습으로 찾아올지 유추할 수 있다.

"모두 죽여라. 주님께서는 누가 당신의 백성인지 아신다Caedite eos. Novit enim Dominus qui sunt eius."

(심지어 이는 성경의 「티모테오에게 보낸 둘째 서간」 2장 19절을 인용한 말이었다.)

Raphael Lemkin, *Lemkin on Genocide*, Lexington Books, 2012.

Mark Gregory Pegg, *A Most Holy War: The Albigensian Crusade and the Battle for Christendom*, Oxford University Press, 2008.

연금술 어떤 진리나 의지를 모두가 이해할 수 있거나 모두의 앞에서 증명해내는 데 성공한 응용된 영/검 요소는 절대적 권위와 공감 및 인지도를 누리며, 모두에게 불변하리라 여겨지는 영예를 획득한다.

자신을 제외하고 응용/구현에 성공한 이가 전혀 없는 상태에서 이에 성공해 자신의 존재감을 마음껏 드러내기에, 그 어떤 반론이 있더라도 이 절대적 무력은 훼손되지 않으며 누구에게나 매우 당연하고 확실한 방법이자 해결책Solution으로 자리매김한다.

As는 자신만이 이에 성공했다고 여기며, 자신이 틀릴 수도 있다는 것을 (오로지 홀로 존재하기에) 자각하지 못한다. 그저 이를 어디에나 행사해 다른 영/요소들을 굴복시키거나 지배하는 데 전념한다. 그러나 이런 절대적 입지를 다졌으면서도 왕좌에 오르지 못하거나 힘이 미약해 다른 요소들을 지배하지 못한다면 애써 구현한 것들이 소실될 수 있고, 이를 창조한 의지도 송두리째 사라질 수 있다는 점에 주의해야 한다.

또한, 새로운 도전자들이 자신을 극복하면 이들은 모든 영예와 권위를 상실/무시당한 끝에 폐기되며, 승자가 모든 것을 박탈하더라도 이에 대해 항변할 수 없는 수준으로 굴러떨어질 수 있다는 것을 강조한다.

그렇기에 더 자신에 대한 감시와 통제를 철저히 해 자신에게 내재될 수 있는 모순을 경계해야 한다. 나아가 이런 노력을 게을리하고, 새로운 도전을 의식하지 않고 정체돼 있으면 얼마 되지 않아 경쟁자가 두각을 드러내거나 비효율/부조리에 구성원 또는 지지자를 휘말리게 한 나머지 자멸할 수 있다는 것을 경고한다.

이는 곧 카드의 주 의미인 절대적인 승리/패배로 이어진다.

카발라 As는 제3계(형성계Yetsirah, 이하 제3계)의 케텔에 대응된다.

신의 의지가 형체를 갖추는 데 성공하며, 이로 인해 발생한 역량, 힘, 권위를 직접 행사하는 형성계에 걸맞게 신의 현현과 이로 인해 드러나는 절대적 면모를 그림에서 충분히 표현했다.

의지가 구현돼 실체를 가지거나 자신이 하려는 것에 명확히 닿는 데 성공하면 자신의 의지를 아직 구현하지 못한 이들과 다른 입지를 가질 수밖에 없다는 것을 강조한다. 이런 정형화된 규칙과 법을 하위 세피라/세계에 발출해 (거부하는 이들에게조차 강제로) 집행한다.

또한, 32경로 중 '놀라운 지성'으로서 세피라 내부에 혼재된 (신의) 의지의 원형을 보존하기에 함부로/허락받지 않고 범접하는 피조물들을 배제할 수 있는 강제력·강제성이 검 요소에서 더욱 강조되는 것으로도 이해할 수 있다.

그렇기에 이런 As의 수준에 오르지 못하면 그만큼 혹독하고 잔인하게 As의 자리를 넘본 대가를 치를 수 있다는 점을 경고한다. 케텔은 그 어떤 피조물도 접근하거나 마주할 수 없으며, 이와 직면한 순간 죽음에 이르는 공포 또는 소멸에 한없이 가까운 체험을 하기 때문이다.

엑스칼리버Excalibur

아서왕 전설에서 그 이름을 알린 엑스칼리버는 무적의 검이자 무력을 상징하는 대명사로 널리 알려졌다. 본래는 켈트 신화에서 코노트의 장수인 페르구스 막 로크의 검인 칼라드볼그Caledfwlch 또는 칼라드콜그Caladcholg에서 유래한 것으로 보이며, 다양한 전승이 있는 아서왕 전설답게 입수 경로 또한 두 가지로 나뉘어 있다.

1. 아서가 왕이 될 때 배를 타고 호수의 요정에게서 받았다.
2. '왕이 될 자만이 뽑을 수 있다'라고 쓰인 바위에 박혀 있던 것을 아서가 뽑았다.

1은 웨일스 전설에 기반한다.

2는 구전설화 중 캔터베리 대성당의 바위에서 뽑은 검이며, 이로써 아서가 왕이 됐다는 설화에 기인한다.

그러나 양쪽 다 정설은 아니기에 둘 다 이야기되곤 한다.

이때는 1만 엑스칼리버로, 2는 칼리번으로 호칭을 규정했던 것이 혼선을 일으킨 경우다.

엑스칼리버는 명검이기도 하지만 칼집이 더 큰 마력을 지니고 있었다. 칼집의 주인은 모든 상처가 금방 치유되기에 불사신과 다름없었다. 이런 힘을 통해 절대적 권위의 무기가 갖추는 미덕이 무엇인지를 상징하며, 손에 넣으면 신성불가침의 영역에 들어설 수 있다는 점을 강조한다.

2 *of* SWORDS.

움직일 수 없음, 냉전 상태

On the Fence, Wait and see, Calm before the Storm

절대적인 것은 새로운 것이 등장하면 순식간에 자신의 입지를 잃는다. 그러나 이는 사실 잃어버린 것이 아니라 지지층을 구성하는 요소들이 새로운 대안이라 인지해 선택을 고민하는 것뿐이다.

그럼에도 첨예한 대립을 이어가는 것은 어느 한쪽이 사라지면 다시 절대적 입지와 영향력을 회복할 수 있다고 여기기 때문이다. 그리하여 암중으로 자신을 택하고 지지할 것을 (강)권하는 행보들이 이어진다.

이런 불안감 속에서 사람들은 각자의 이유와 사연을 근거 삼아 다른 기치에 서기 시작하고, 서서히 긴장이 고조된 끝에 폭발하게 된다.

변방과 식민지를 비교적 관용적으로 지배했던 오스트리아-헝가리 제국이 민족주의의 발흥으로 끝내 분열하고,* 나치즘의 종말과 함께 자유/공산 진영의 긴장이 냉전에 이르렀던 과거처럼, 불안감 속에서 함부로 결정을 내렸다가는 선택되지 않은 이들의 보복으로 인한 피해나, 반대로 선택된 이들의 횡포 때문에 선택받지 못한 이들이 일방적으로 더 큰 피해를 보기 마련이라는 점을 역사가 증명한다.**

초승달Waxing Crescent 덱 제작자는 초승달이라 확언하지 않았으나, 북반구에서 보이는 달의 변화로 볼 때 초승달을 표현한 것으로 보인다.*** 이는 검 요소들의 태동 또는 해당 분야의 초창기를 의미하는 장치로, 상황이 반드시 변화할 것을 암시한다.

* 오스트리아-헝가리 제국의 멸망을 앞당긴 제1차 세계대전은 각 민족의 자유를 보장하는 정책을 구상해 지지를 얻기 시작한 프란츠 페르디난드 황태자를 세르비아의 강경파인 검은 손이 암살해 발발했으며, 패전 후 제국은 승전국들에 의해 해체된다.

** 6·25 전쟁, 소련의 아프가니스탄 침공 등 모두 상호 견제를 위한 대리전의 성격을 띤다. 또한, 제국주의 시기 영국과 러시아의 상호 견제는 이른바 '그레이트 게임'으로 번져 각국에 분쟁을 일으켰다.

*** A. E. Waite, *The Pictorial Key to the Tarot,* Part III: The Outer Method of the Oracles, Two of Swords 참고.

그 밖에 연금술에서 달은 혼Soul, 수은을 의미*하며, 이는 곧 응용된 영/검 요소를 지지하거나 암묵적(어두운 밤)으로 따르거나 선택을 보류하는 이가 많다는 것(바다)을 강조한다.

눈가리개 11(정의)에서 쓰인 정의의 여신 관련 도상과 달리, 이 상징은 일반적으로 어떤 가치나 선악 판단을 보류하고 있다는 것을 의미한다. 나아가 올바른 것을 찾지 못하거나 이성적이지 못한 사람이라는 것을 암시하는 상징이다.**

검을 들고 교차하고 있는 손/검의 구도 편향되지 않은 상태로 양손에 검을 들고 있는 모습은 균형 잡힌 도덕적 지성/이성을 의미하나, 그림의 다른 상징들 때문에 빛이 바랜다.

이는 검 요소들이 각각 지향하는 방식이 너무 달라 자칫 돌이킬 수 없는 선택을 할 수 있다는 것을 강조하며, 등장인물을 비롯해 아직 선택하지 못한 이들이 갈등/경계/두려워하는 이유가 무엇 때문인지 부연한다.

바위(암초) 바위는 영속, 안정, 신뢰, 경직, 차가움, 딱딱함을 상징한다. 나아가 두 개의 바위가 나란히 서 있는 것은 하늘의 문 또는 다른 세계로 통하는 입구를 의미한다. 이는 각각의 검 요소가 가진 방법이 궁극적인 목적(반대편 육지)에 닿는 데 모두 그 나름의 방식과 합리성과 논리가 있다는 것을 의미한다.

배경의 바다 태초의 혼돈과 끝없는 운동(조수 간만의 차를 상기할 것)을 의미하며, 이런 현상이 무의식적으로 발생과 소멸을 계속 반복하고 있다는 점을 드러낸다.***

핍 카드 중 물을 의미하는 컵 요소들을 상기한다면, 넓은 의미로 순수한 혼과 이에 경도되는 감정들이 혼재되는 것을 의미하며, 곧 각각의 검 요소를 선택할 이들/분야가 있다는 의미로 해석할 수 있다.

땅 등장인물에게 위급한 상황이 아니며, 그 나름의 (가공을 거친) 안정된 기반이 있다는 것을 의미한다.

* 진 쿠퍼, 『그림으로 보는 세계 문화 상징 사전』, 1994, 213-219쪽.

** 진 쿠퍼, 『그림으로 보는 세계 문화 상징 사전』, 1994, 36쪽.

*** 진 쿠퍼, 『그림으로 보는 세계 문화 상징 사전』, 1994, 253쪽.

2 *of* SWORDS.(이하 2s)는 움직일 수 없음, 냉전 상태를 의미하며, 부정적인 영향을 받으면 표리부동함과 불성실함을 경고하는 카드다.

그림 속 상징들을 통해 어떤 응용된 영/검 요소를 선택/사용하길 고민하거나 상호 충돌을 막거나 경계하는 모습을 확인할 수 있다. 이는 곧 세력 간의 대치 상태로 의미가 이어지며, 이런 상황을 대립하는 검 요소 각각의 기술적 합의 또는 공식적 접근을 이뤄내 (언제까지일지 모를) 평온을 유지하는 것으로 이해할 수 있다.

이는 곧 이 카드의 의미에 '휴전, 정전협정' 등과 같은 의미를 파생한다.

이런 의미가 진정한 평온/평화와 거리가 있다는 점은 쉽게 파악할 수 있다. 어디까지나 상호 억제력*을 통해 분쟁을 회피하는 것일 뿐, 궁극적인 사태 해결과는 거리가 멀기 때문이다.

반대로 이런 극단적 요소 중 하나를 반드시 선택해야 하는 상황에서 2s는 아무것도 선택하지 않을 것을 종용하는데, 이는 그림에 표현된 눈가리개로 더 강조된다.

이른바 2s의 균형 상태는 승패 예측 또는 성사 여부 판단이 (그림 속 등장인물 또는 질문자에게) 불가능하거나 확인되지 않은 미지의 영역이자, 판단에 따른 부작용이 무엇인지 모르는 점을 경고할 뿐이다.

또한, 2s는 서로 각자 나름의 공감대를 형성하고 문화적으로 익숙하게 여겨지기에 당연하게 선택된 것인데도 각자의 관점에서만 바라봐 부정적으로 여기거나 암묵적으로 경계/적대하는 상황을 상징(바위)으로 언급하고 있다.

그렇기에 2s는 더 현명한 방법을 찾아서 자연스러운 이치/흐름에 순응해 목적을 달성하거나 분쟁을 회피할 여지가 남아 있다는 것을 강조하며, 반대로 이런 식의 난립이 이어지면 상태가 더 혼란스러워질 수 있다는 것을 경고한다.

그럼에도 2s는 자신의 방식이 옳다는 것을 증명하려는 과정에서

* 과거 냉전 시기 미국-소련 핵무기 경쟁이 좋은 예이며, 북한-대한민국의 체제 경쟁이 대한민국의 승리로 결정되기 전까지 이어지던 군비 경쟁과 외교전으로도 이해할 수 있다.

발생할 갈등과 충돌로 인한 부작용들을 (완성을 위해) 무릅쓸 수밖에 없고, 이런 응용된 영/검 요소가 벌여놓은 전쟁에 자신도 발을 담가야 한다는 것을 강조한다.

이는 최악의 경우 제3의 길/요소가 제 나름의 의지를 적극적으로 내세워 갈등과 분쟁이 계속됨으로써 다른 구성원이나 검 요소를 지지하고 인정하고자 하는 이들 모두에게 피해를 줄 수 있다는 것을 암시한다.

연금술 자신의 의지를 구현해낸 응용된 영/검 요소는 얼마 되지 않아 새로이 일어난 미지의 요소와 마주한다. 이렇게 새로운 경쟁자가 나타나면 서로 경계하고 각각의 장단점을 찾아 승리를 쟁취하려 애쓰기 시작하며, 다른 많은 제3자/요소는 무엇이 옳은지를 놓고 고심하기 시작한다.

그러나 각각의 응용된 영/검 요소들은 너무 이질적/극단적으로 의견이나 방식 등이 달라 스스로 옳다고 주장하며 모두에게 선택을 강요한다. 이는 As에서 강조된 '절대적 승리'를 거둘 수 있는 이가 둘일 수 없기 때문이다.

이런 상호 견제는 밖으로 드러나지 않는다. 선부른 움직임은 상대방에게 빌미를 줄 수 있으며, 자신의 행동 원리를 위배하고 강제로 움직이면 내부가 동요하기 때문이다.

먼저 움직이는 자가 불리한 교착 상태가 이어지며 결국 이 불편한 상황을 견디지 못한 의지, 또는 스스로 해결하려는 다른 의지의 개입을 불러올 것이다.

점차 갈등은 고조되나 서로 경계와 회유를 시도할 뿐인 이 순간은 카드의 핵심 의미인 움직일 수 없음, 냉전 상태와 연결되고 폭풍전야 같은 팽팽한 긴장 상태가 (별다른 대안이 나오거나 승패가 갈릴 때까지) 계속되리라는 것을 강조하며, 아울러 이 순간 어떤 결정도 함부로 해서는 안 된다는 점을 경고한다.

그렇기에 응용된 영/검 요소는 현재의 상황을 이성적·합리적으로 해결할 방법을 만들거나 찾아내 불안 요소가 없는 평화를 만들어야 한다는 것을 강조한다. 그러나 자신의 완전성이나 승리에 집착해 교착 상태를 유지/악용함으로써 자신의 기반/지지층을 붙들고자 애쓰다가는 새로운 (예상치 못한) 도전에 직면할 수 있다. 이 경우 의도와 달리 상처를 입거나 뜻이 좌절되는 등의 충격을 받을 수 있다는 것을 다음 카드를 통해 보여준다.

카발라 2s는 제3계의 호크마에 대응된다.

절대적이나 모호하게 원형질이 보존됐던 As(케텔)과 달리, 이곳에서 각자의 의지나 신의 창조 계획에 따라 각 원형질이 양극으로 분화하는 모습을 그림에서 확인할 수 있다.

그러나 이런 분할/분류로 인해 서로 멀어지는 것이 아니며, 어디까지나 같은 원류에서 시작했다는 것을 아직 의식/기억하는 상태라는 점을 검을 쥔 모습에서 알 수 있다.

32경로 중 '빛을 주는 지성'의 의미와 연결하기에 어려워 보일 수 있는데, 이는 각각의 검 요소가 의지를 구현하는 방법들을 제시하는 모습으로 이해할 수 있다. 다만 이런 선택지가 하위 세피라/세계에 도달할 때까지 유용/효율적인지는 아직 확답할 수 없으며, 케텔에 혼재한 원형질들이 서로 무엇을 어떻게 분화하고 선택할지조차 모른 채 각자의 방식/길을 향해 나아가기 바쁜 것뿐이라는 점을 주의해야 한다.

이는 이 상황을 모두 인지하고 하위 세피라/세계에 직접 영향력을 행사하며 문제가 될 수 있는 것들을 현장에서 즉시 해결할 수 있는 Ks와 달리, 규격화/형식화돼 모두에게 적용돼야 하는 2s 속 검 요소들의 한계이자 경로가 이어지지 않아 고립된 단일 세피라의 한계를 조명한다.

또한, 이러한 응용된 영/검 요소의 특성이 오히려 본래 의도/목적과 달라질 여지가 있다는 점을 조명한다고 볼 수 있다.

이러한 기술/방법의 선택과 구현에 전념하는 상태에서 유지되는 평온은 곧 카드의 주 의미인 '평화'*로 연결된다. 그러나 그렇지 못하거나, 각자의 경계/긴장이 높아지는데도 평온을 위장하는/할 수 있는

* 헤르메스주의자 또는 오컬트주의자의 주장을 대변한 토트Thoth덱도 비슷하게 해석하기는 하나, 다른 점은 강력한 (유·무형적) 힘을 빌려 이를 강제로 실현/구현할 수 있다고 여긴다는 것이다. 나아가 이런 방식을 이용해 평화가 이루어질 수밖에 없도록 만들거나 반대로 계속 (헛돌 듯) 움직이는 상태라는 것을 그 나름의 표현들로 서술한다.
Aleister Crowley, *Book of Thoth*, 1944, pp. 203-204.

상태라는 의미가 현실과 핍 카드의 한계상 더욱 자주 쓰인다는 점을 그림(눈가리개)에서 강조하고 있다.

3 *of* SWORDS.

갈등, (심적) 고통, (의심으로 인한) 슬픔

Division, Doubt, Discord

각자가 세운 논리가 모두 설득력 있거나 무기/체제에 상성相性이 맞물리듯 존재한다면 어떤 상황이 벌어질까?

절대적 영향력을 얻으려 경쟁자를 배제하고 싶어도 불가능한 채 각자의 강점/약점 때문에 서로 적대적인 상생相生 관계를 이루면, 그 피해는 각각의 논리/체제/기술을 사용하거나 따르려던 이들에게 돌아간다.

끝내는 서로의 모순을 공격하고 그 다툼에 피폐해진 사람들이 서서히 지지를 철회하기 시작한다. 심지어 제 손으로 자신을 따르는 사람들을 배제하는 극단적 수단까지 쓰며 이탈을 막으려 해봐야 갈등만 더 심해질 뿐이다.

그러나 최선이 아니면 살아남을 수 없다는 것을 누구보다 잘 알기에, 이들은 어떠한 희생을 감수하면서라도 갈등을 제힘으로 끝내려 하지만, 그러면서 갖은 무리수를 두다가 더 큰 대가를 치르게 된다.

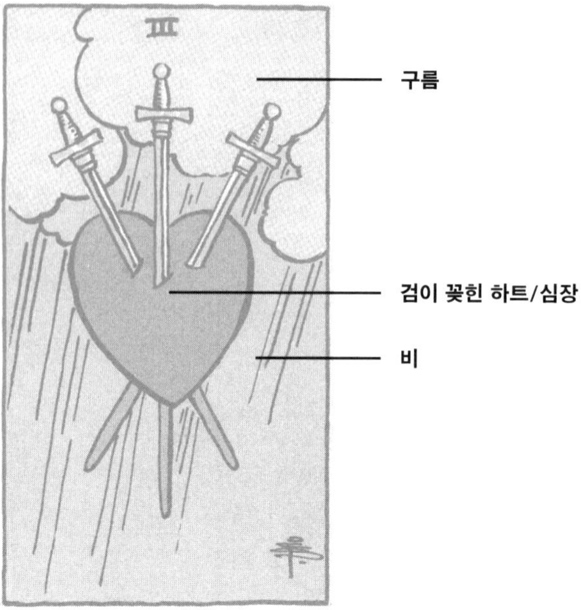
III
구름
검이 꽂힌 하트/심장
비

구름 타로카드에서 구름은 신성을 의미하는 것으로 설명해왔으나, 검 카드들은 상징하는 원소가 공기(구름)이기에 다른 의미를 지닌다.* 이는 응용된 영/검 요소의 특징인 '절대성'의 확보 과정에서 결론이 나지 않고 순환 논리나 모순에 빠질 때 벌어지는 명예/권위/기반의 실추와 그로 인한 지지층 이탈 및 자신이 우위를 점하려던 해당 분야 전체의 몰락/하향이 시작되는 모습을 드러내는 장치로 쓰였다.

또한, 구름이라는 상징 아래에 검 카드를 묘사함으로써 수치스럽거나 겪기 싫은 상황에 맞닥뜨린 순간을 암시한다.**

검이 꽂힌 하트/심장 이 상징은 성자/성모 성심의 의미를 응용/개편해 표현한 것이다. 특히 성모 성심과의 유사성이 돋보인다. 이는 서로 우위에 서고자 갈등하나 이를 통해 더 발전할 수 있다는 것을 암시하지만, 반대로 모두 상처 입은 채 문제가 더 악화할 수도 있다는 것을 경고한다.

비 가득 낀 구름에서 내리는 비는 본래 신의 축복이나 영적 계시를 의미하나,*** 이 카드에서는 공기(구름)-검 요소의 역량/기반/지지층 이탈을 암시하는 장치다.

* 코트 상징편의 모든 검 계열 카드 설명 참고.

** 진 쿠퍼, 『그림으로 보는 세계 문화 상징 사전』, 까치, 1994, 72쪽.

*** 진 쿠퍼, 『그림으로 보는 세계 문화 상징 사전』, 까치, 1994, 284쪽.

3 *of* SWORDS.(이하 3s)는 갈등, (심적) 고통, (의심으로 인한) 슬픔을 의미하며, 부정적인 영향을 받더라도 그 의미가 퇴색하지 않고 실패나 무질서를 뜻하는 카드다.

양자택일해야 하는 상황에서 번민/갈등하느라 행동에 제약이 발생하는 2s와 달리, 3s는 자신이나 새로 생성된 응용된 영/검 요소로 갈등이 심해지거나 이로 인해 부조리/분란이 생기는 상황을 드러내는데, 이는 고사성어 '모순'* 으로도 쉽게 이해할 수 있다.

팽팽한 대립 상황에서 제3자가 독자적인 주장을 들고 일어서거나** 둘의 문제점을 지적하는 모습*** 으로 표현할 수 있으며, 더 나아가 각각의 의지/영Spirit이 대립하다가 끝내 상성相性 관계로 맞물려 소모적 피해가 누적될 뿐 각자의 주장이 완전히 구현되지 못하는 상황이 된다.****

* 『한비자』「논난論難」편에 등장한 고사성어다. 초나라에 무기를 파는 상인이 있었다. 어느 날 그가 창 하나를 들어 보이며 이것은 어떤 방패도 뚫을 수 있는 창이라고 했다. 뒤이어 방패 하나를 들어 보이며 이것은 어떤 창이라도 막아낼 수 있는 방패라고 말했다. 그때 구경꾼 한 명이 "그럼 그 창으로 그 방패를 찌르면 어떻게 됩니까?"라고 묻자, 상인은 아무 말도 하지 못했다는 이야기다.

이 고사에서 창과 방패가 각각의 검 요소라면, 새로 등장한 구경꾼이 이를 지적한 순간이 3s다.

** 자본주의와 공산주의 틈에서 제3의 길을 주창한 나치즘을 예로 들 수 있다. 이들은 제2차 세계대전 전까지 대안적 정치 체제로 인식됐으나, 독재 정권이 취할 수 있는 모순을 해결하지 못한 채 전쟁 후 패망했다.

*** 양비론처럼 양측 모두를 비판하나 마땅히 대안을 제시하지 못하는 상황, 또는 양쪽의 분쟁을 조명해 다툼을 멈추게 하거나 민심 이반을 유도하는 상황을 들 수 있다.

**** 이런 모습은 군웅할거의 양상이 뚜렷해질 때 더 두드러진다. 중국의 분열시기(춘추전국시대, 위진남북조시대, 5호 16국 시대 등)나 일본의 전국시대, 우리나라의 삼국/후삼국 시대가 그러하며, 행정력이 비교적 미비했던 서양 중세-근세에 벌어진 수많은 지배층 사이의 암투, 견제, 분쟁(백년전쟁, 30년전쟁, 장미전쟁, 영국의 대외 정책 기조 등)을 예로 들 수 있다.

현대에 자유연애가 보편화하면서 3s의 의미도 두드러져 삼각관계로 해석하는 경향이 있으나, 이는 일반적 삼각관계가 아니라 확실한 갈등 상황을 초래하는 상황으로 국한해야 한다. 이에 대해서는 『타로카드의 해석: 핍 카드』에서 그러나 3s는 어떤 문제든 해결할 수 없는 것이 아니라는 점 또한 조언한다. 다만 그 해결책이 이성적·합리적·논리적으로는 부합하나 감정적·현실적·신체적으로는 무리수에 가까울 때가 많다는 점*에 주의해야 하며, 이 과정에서 검 요소로 대변되는 체계/공식/규칙을 지키거나 상대방의 동의**를 얻어서 문제의 원인을 회피/배제한다면 갈등이 비교적 단기간에 끝나거나 전화위복으로 돌아올 수 있다는 점을 상기시킨다.

어떤 결정에 따라 행동할 때 과도기와 불안정한 상태는 필연적이며, 희생과 상실 없이 목적을 달성할 수 없다는 점을 3s는 강조한다. 현실에서는 누구도 원치 않는 슬픔이겠지만, 어쩔 수 없이 받아들여야 하는 진실이기 때문이다.

자세히 언급할 예정이다.

* 신체 괴사를 막으려고 빠르게 해당 부위를 절단하는 것도 치료의 일환이며, 어떤 단체나 집단을 보존·유지하려고 내부 자원을 정리하는 것도 합법적으로 진행된다면 해당 조직의 건전성을 강화한다.

** 수많은 사업체의 정관/약관과 의료 과정에서 동의서를 얻는 행위도 이에 해당한다.

연금술 긴 교착 상태는 필연적으로 안팎의 반발과 불만을 들끓게 하며, 끝내 이를 다스리지 못하거나 상대방의 취약점을 공략하려 강제적 수단을 끌어들인 응용된 영/검 요소는 어떻게든 더 많은 세력과 지지자를 거느리려 분쟁을 일으킨다.

다른 방식과 규칙을 토대로 형성된 응용된 영/검 요소들은 각자의 약점을 꼬리 물듯 쥐고 있으며, 서로 주장을 철회하지 않고 모두에게 강요하기에 이른다. 이 과정에서 다른 이들도 서서히 지치고 힘들어하다가 끝내 이 싸움에서 이탈하기 시작한다.

그러나 이는 모두의 모순점만 드러내는 꼴이 되기 십상이다. 이로 인해 발생한 모든 갈등과 그로 인한 슬픔이 무겁고 씁쓸하더라도 응용된 영/검 요소는 그것이 참이고 진리인 이상 강행하며, 그것이 자신이 만들어진 이유이자 승리에 다가갈 유일한 방법이라고 여긴다.

그 때문에 자신을 따르거나 자신이 몸담았던 분야의 모순이 발견돼 외면당해도 묵묵히 개선하고 더 뛰어난 결실을 얻어내려 몸을 던지며, 수많은 아픔을 감내해야 하더라도 상황 안정에 전력을 쏟는다.

그러나 슬프게도 상대방 또한 자신과 같은 태도로 패자에게 예정된 운명을 피하고자 나섰다는 점을 인지하지 못한 채 상황은 변함없이 계속된다.

이는 곧 3s의 핵심 의미인 갈등, (심적) 고통, (의심으로 인한) 슬픔으로 이어진다.

이윽고 끝까지 버텨낼 의지가 있거나 다른 요소들보다 논리적·합리적 요소만 남았다면 안정을 찾겠지만, 이로 인해 쫓기듯 물러난 요소들도 슬픔과 분노를 품은 채 권토중래를 노리며 침잠한다는 것을 그다음 카드를 통해 보여준다.

카발라 3s는 제3계의 비나에 대응된다.

하위 세피라를 잉태하고 '이해'를 주관한다는 점에서 이토록 부정적 의미가 부여된 것이 이해되지 않을 수 있으나, 응용된 영/검 요소가 근본적으로 무엇을 위해 만들어졌는지 고려해야 하며, 형성계가 천사의 주둔지라는 점을 상기한다면 '(위대한 신의) 의지를 구현하고 이에 어긋나는 것을 격퇴'하는 데 초점을 맞추고 있다는 것을 알 수 있다.

32경로 중 '신성하게 하는 지성'에 대한 의미를 연계해 이해해보면, 응용된 영의 강제력을 이용해 다른 사람들이나 적대 요소/세력을 어떻게 신성하게 만들어 흡수/갱생하느냐가 두드러지며, 또한 (주변과 다른 요소들에 대한) 피해를 무릅쓰더라도 이루는 과정에서 발생하는 상황/모습이 무엇인지를 핵심 의미로 설명하고 있다.

첫 번째 트리아드(케텔As-호크마2s-비나3s)를 완성하나, 각 카드의 묘사가 다르다는 점에 주목할 필요가 있다. 절대적인 지식/법칙을 통해 일방적인 승리/패배를 극단적으로 보여주는 As와 반대로, 상반되는 것을 발견하고 경계하는 데 주력하는 2s의 두 기질이 양립하다가 끝내 응용된 영/검 요소의 특징과 문제점인 '모든 것을 해결할 수 있다고 여기는 수단'에 집착해 안팎의 갈등을 불러일으키는 모습을 3s를 통해 드러낸다. 곧, 이들만으로 조화를 이룬다는 것은 결국 끝없는 분쟁/모순 위에 서 있는 것과 다르지 않다는 점을 강조한다. 이는 나아가 검 카드들의 본질과 성장 조건이 무엇인지 제시하고 있다.

또한, 이성이 발전함으로써 생기는 외부 현상에 대한 의구심이 신성을 침해하거나 그에 준하는 행위로 인해 몰라도 될 것을 알아버리거나 자신의 의심을 다른 요소/분야들에게 검증/간증하길 강요하다가 자신을 (비롯한 모두를) 슬픔에 빠뜨릴 수 있다는 점을 부각한다.

그러나 3s는 첫 트리아드가 올바로 구성된다면 갈등 요소를 단번에 혁파해 문제를 조기 해결하고 안정을 취할 수 있다는 점을 강조하며, 이 검 요소들을 형성하는 데 영향을 끼친 의지들로 인해 (비록 그것이 자신을 죽이는 길이라도) 점진적으로 외부와 투쟁을 계속해 영향력을 넓혀나간다는 것을 그림에서 설명하고 있다.

성자 성심Cor Jesu

예수 성심/성자 성심은 대개 빛을 발하며 불타거나, 창에 꿰뚫려 있거나, 가시관을 쓰거나, 십자가에 매달려 피를 흘리는 심장으로 묘사한다. 프랑스의 성녀 마르가리타 마리아 알라코크St. Margaret Mary Alacoque가 목격한 환시에서 예수의 전언을 바탕으로 형성된 상징이다.

성체 성혈 대축일에서 일주일이 지난 뒤의 금요일을 예수 성심을 공경하는 축일로 정하고, 이때 영성체는 물론 제대 위에 성체를 현시해 예수 성심이 받은 불경을 배상하고자 엄숙히 보속할 것을 명한 일화에서 비롯했다.

"보라! 사람들을 이렇듯 사랑하였고, 그들에게 이렇듯 많은 은혜를 베풀었건만, 이 무한한 사랑에 대해 오직 배은망덕만 당하는 이 성심을! 내 성심은 망각과 무관심과 무례를 견디고 때로는 특별한 사랑의 유대로써 내 성심과 밀접히 결합한 이들에게 이 모든 능욕을 당한다."

성모 성심Cor Mariae

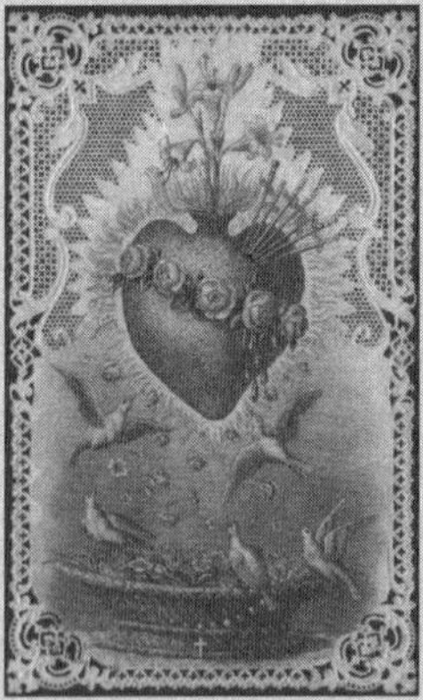

성모 성심은 성자 성심과 관련해 성모의 슬픔을 기리는 기독교 용어다. 17세기경 성 요한 에우데스St. Joannes Eudes가 시작해 1804년 교황 비오 7세가 축일을 허용함으로써 지금까지 이어진다.

성모의 7가지 슬픔과 고통은 이집트 피난, 시메온의 예언(「누가 복음서」 2장 35절), 성전에서 예수를 잃음, 십자가를 진 예수와 만남, 예수의 죽음(「요한 복음서」 19장 30절), 죽은 예수를 안음, 예수를 장사 지냄으로 구성돼 있다.

이 둘의 의미를 참고한 3s는 지식의 조화가 가져오는 비통·비애와 이에 따른 아픔이 어떻게 찾아올 수 있는지 보여주는 장치다.

4 *of* SWORDS.

휴식, 휴가, (과거의) 업적, 도전 과제

Retreat, Brief respite, Interwar

갈등을 어떻게든 봉합하고 서로 상처 입은 몸을 치유하는 과정에서도 다음 전쟁/갈등/분쟁에서 승리하려 노력과 연구를 게을리하지 않아야 한다. 어떤 논리/기술/체제/무력이라 하더라도 모두 자신의 우위를 증명하고 절대적 영향력을 손에 넣고자 한다. 이런 경향은 전간기戰間期, Interwar*를 통해 실증됐고, 경쟁할 수밖에 없는 구조에서 발생하는 공식적 휴식/휴전/방학/휴가라 할 수 있다.

그렇기에 모든 응용된 영/검 요소는 각자의 역량을 갈고닦으며 장점을 극대화할 시기를 기다리면서 와신상담할 것을 권한다.

* 제1차 세계대전 종료와 제2차 세계대전 발발 사이 20여 년의 기간을 일컫는다. 잠시 전쟁을 멈춘 기간 동안 기술 발전은 급격히 촉진됐고 전차, 비행기, 항공모함 등 무기 개발도 가속화됐다.

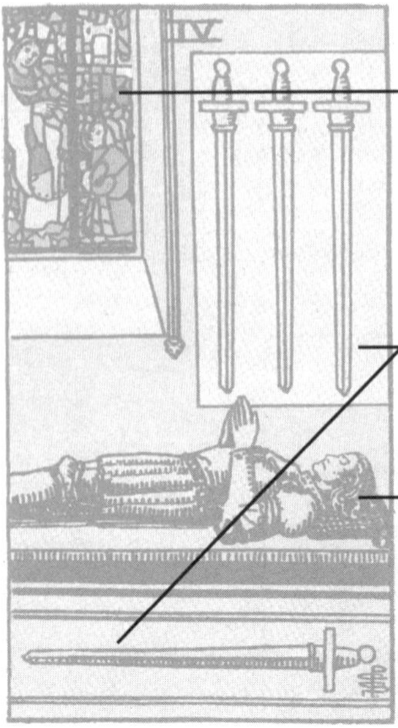

스테인드글라스 스테인드글라스는 13세기경 고딕양식에 쓰인 뒤 19세기 아르누보 열풍을 주도한 작가들의 손에 부활했다. 이는 당대 교회를 주축으로 신의 영광이 현실계에 퍼져가는 것을 상징하는 장치다.

그림 속 스테인드글라스에는 자비를 베푸는 여인과 자비를 받는 여인이 있고, 특히 자비를 베푸는 여인의 등 뒤의 후광에는 평화(라틴어 PAX)가 쓰여 있다. 이는 성모 마리아에 준하는 신성 또는 그보다 우위의 존재로 이해할 수 있으며, 관에 누운 이의 영면이 침해당할 수 없다는 것을 보여준다.

또한, 스테인드글라스는 연금술과도 연결된다. 이는 스테인드글라스 제작에 연금술의 구성 요소가 다수 포진해 있기 때문이다(예: 안티몬-황색, 구리-진홍색, 철-초록색 등). 이런 연금술 요소들이 상징하는 바를 통해 평화와 그에 따른 자비를 뭘 위해 어떻게 간절히 구한 것인지 추론할 여지를 준다.

검의 구도(3:1) 벽면의 세 자루 검은 아래와 같은 두 가지 의미를 지닌다.

1. 과거의 업적과 수훈에 대한 기록

이는 현대의 약장略章* 제도와 비슷하다. 해당 인물이 생전에 달성한 기록이나 업적을 전시한 것으로 이해할 수 있으며, 이는 중세 장례와 관련한 전통을 그림에 담아 핵심 의미를 드러낸 것으로 보인다.

2. 3s와 연관성

서로 갈등이 사라지거나 각각의 방향(평행선)으로 나아가기 시작했기에 휴식할 수 있게 됐다는 점을 강조한다. 이렇게 주어진 시간/여유로 어떤 수단/방법을 (조화롭게) 강구하려 한다는 것을 드러낸다.

관 아래의 검 한 자루는 해당 인물이 추구하려는 의지 또는 암중으로 새로운 방법/규칙들을 고안하는 과정으로 이해할 수 있으며, 이를 후대나 다른 자신의 영역/분야 속의 요소, 인물들을 통해 계승·발전시키려는 의도를 보여주려는 장치다.

관과 시체 갑주를 갖추고 두 손을 모아둔 채 안치된 시신은 이 인물이 기사/전사 계급 또는 그에 준하는 역할/업적을 수행하고 허락된 안식(스테인드글라스)을 얻는 데 성공했다는 것을 보여준다.

* 참전이나 훈장/포장/표창을 받았을 때 이를 기념하고자 옷(국군은 상의 우측 가슴 부분)에 착용하는 표식이다.

4 *of* SWORDS.(이하 4s)는 휴식, 휴가, (과거의) 업적, 도전 과제 등을 의미하며, 부정적인 영향을 받으면 절약, 탐욕, 유지/유언 등을 의미하는데 핵심 의미가 어떻게 적용되느냐가 중요할 뿐 긍정/부정에 따른 의미 변용이 적은 카드다.

그림은 전형적인 기사 가문의 묘지를 묘사한다. 이는 중세의 장례 전통에 영감을 얻은 듯하다. 이는 비교적 현재까지도 지켜진다(교황 선종 후의 장례 과정에서 유해를 봉안하는 모습이 이와 매우 비슷하다).

나아가 중세에는 각 성의 지하에 망자가 생전에 쓰던 물품과 업적을 기록·묘사했고, 후계자/자녀는 경의를 표하며 선조의 공과 업적들을 본받거나 이루지 못했던 것을 이루기로 다짐하는 등의 다양한 전승이 있다.*

그렇기에 핵심 의미나 덱 제작자가 언급한 의미 모두 '끝내 이루려던 것'을 달성한 뒤에 휴식하거나, 달성하지 못해 뒷날을 기약하거나, 자신과 같은 의지 또는 검 요소의 추종자(또는 후손)가 계승·발전할 수 있도록 안배함으로써 승리를 돕는 행위와 닿아 있다.

나아가 4s의 의미는 이 과업을 물려받은 측도 더 정밀하고 체계적인 논리/합리성을 갖추도록 노력하는 상황에서 취해지는 행동들을 모두 적용할 수 있되, 어디까지나 이런 행위가 갈등 후 승패가 결착된 뒤(또는 평화/정전 협상을 이룬 뒤) 각각의 검 요소를 추종하는 승자/패자에게 벌어지는 상황에 국한된다.

덱 제작자는 그림을 통해 이런 안정 속에서의 단련·절치부심은 자신이 유리한 상황이거나 상대방의 취약함이 드러날 때 전면에 나섬으로써 끝나며, 더 확실한 우위나 승리를 얻으려 외부 갈등을 다시 조장하는 것이 응용된 영/검 요소의 숙명과도 같다는 점을 묘사한다.

* 필리페 브로샤르·파트리스 펠르랭, 『컬러 일러스트레이션 세계 생활사 12, 중세의 성과 기사』, 동아출판사, 1987, 39쪽.
흑태자 에드워드의 무덤도 참고할 만하다.

연금술 승리 후의 안정이든 패배 후의 안식이든, 응용된 영Spirit/검 요소는 자신을 추스르는 데 힘을 기울이며, 곧 다가올 분쟁과 혼란의 시기를 대비하고 과거의 갈등/분쟁에서 승리/패배하거나 다른 요소들의 지지/반대를 어떻게 얻었는지를 기록·분석해 이를 더 긍정적·발전적으로 개선하려는 노력을 (암중으로) 계속한다.

오로지 승리와 이에 따른 절대적인 입지를 얻어내려 노력하기에 쉬는 것도 쉬는 것이 아니며, 그 과정에서조차 자신에 대한 반성과 발전을 지향한다.

이는 총력전Total War*의 양상처럼 맹목적으로 진행되며, 서서히 목적을 달성하기 위해 사용하는 수단이나 과정을 억지로 정당화해서라도 이기려는 상승 욕구가 점차 확고히 자리 잡기 때문이다.

그렇기에 이 과정에서 응용된 영은 내부에서 자신이 이루지 못한 것들을 어떻게든 완성하려 하며, 평온을 가장한 채 이를 숨긴다.

이런 위태로운 안정은 결코 영원할 수 없고, 대립을 반복하는 응용된 영/검 요소들은 자신의 우월함을 증명하려 다시 혼란을 조장한다. 물론 이 혼란을 불러일으키고 마주하기 전까지 모두는 제 나름대로 준비를 마쳤다고 생각하기에 자신감에 넘치며, 이 만용과 자만을 앞세워 즐거이 웃으며 혼란을 돌파하려 할 것이다.

오로지 절대적이고 최상의 존재로 자리 잡지 못하는 한, 안식과 영광을 얻을 수 없다는 것을 스스로 알기 때문이다.

* 제1차 세계대전에서 독일의 동부전선 사령관이었던 에리히 프리드리히 빌헬름 루덴도르프Erich Friedrich Wilhelm Ludendorff가 주창한 총력전은 군사 영역으로 제한된 전쟁이 아니라 국가가 보유한 모든 것(민간인이더라도)을 총동원해서 전쟁을 치르고 승리를 얻어내야 한다는 사상이다. 이 사상은 실제로 미국 남북전쟁, 제1차·제2차 세계대전에서 실행됐다.

카발라 4s는 제3계의 헤세드에 대응된다.

신의 자비는 현실에 구현된 응용된 영/검 요소들에게 각 요소가 충분히 당위성을 갖춰 자존自存할 수 있도록 해주는 것임을 그림으로 여실히 보여주고 있다.

이는 32경로 중 '수용하고 담아내는 지성'의 의미와 상통하며, 나아가 이곳에서 케텔(As)의 내용이 이전보다 정밀한 형태를 갖추도록 만들어간다. 이는 의지의 완성이나 이상론을 구현하는 순수한 영/완드 요소인 4w와 달리, 실체를 갖추고 현실에 적용할 시간이 필요한 검 요소인 4s에게 필요한 것이 무엇인지를 핵심 의미로 표현하고 있다. 그러나 응용된 영/검 요소가 이런 자비 속에서 모두 당당히 공존할 수 없다는 점은 그만큼 4s의 한계를 지적하며 외부와 소통의 필요성을 강조하지만, 그 실행 방식에서 필연적으로 다른 요소들과 충돌할 수밖에 없다는 점을 다음 카드를 통해 보여준다.

흑태자 에드워드

영국의 에드워드 3세의 아들인 흑태자 에드워드는 백년전쟁에서 활약했으며, 가터 기사단의 창단 멤버다. 훌륭하고 강력한 기사로 꼽히며 넓은 아량과 강자에 굴하지 않는 용기, 긍지를 소중히 여기고 남을 배려하는 마음은 기사들에게 깊은 감명을 주어 사후에도 기사의 귀감이 됐다.

그러나 아버지보다 먼저 질병으로 사망했고 그 뒤 그의 형제와 조카들 사이에 내전(장미전쟁)이 발생했으며 아들까지 폐위되는 혼란에 빠졌다.

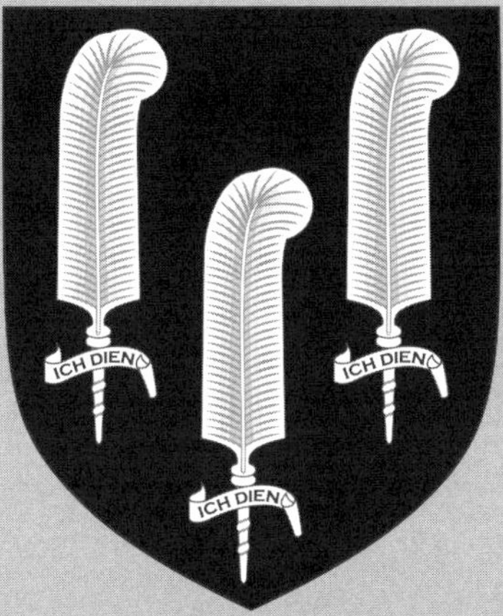

흑태자 에드워드의 문장

4s의 그림은 켄터베리 대성당에 있는 그의 관과 매우 흡사한 양식으로 꾸며져 있다. 흑태자의 신조 '나는 봉사한다Ich Dien'와 연결한다면, 자신이 속한 영역·분야·국가에서(이 책 218쪽 참고) 명예와 기반을 지켜내는 것이 강조된다는 점을 알 수 있다.

5 *of* SWORDS.

비열한 승리/패배, 배신

Victory through dishonorable methods; defeat

어떻게든 승리하기만 하면 모든 일이 원하는 대로 흘러갈까? 상대방을 피폐하게 만들고 재기 불가능한 타격을 줄 수 있다면 그나마 다행이며, 대부분은 이런 부정적 방식을 혐오해 등을 돌리거나, 명분을 줬기 때문에 자신이 자행한 것보다 더 심한 방식으로 돌려받는다.

그러나 이런 방식으로 얻은 잠깐의 우세를 유지하고 궁극적 승리로 이끌 수 있다면 매우 효율적이라는 점을 부정할 수 없다. 제2차 세계대전 당시에 일제의 방식과 그 말로가 어떠했으며,* 명분과 절차를 무시했던 패자霸者들의 흥망이 어떠했는지 돌아보고,** 최소한의 절도節度를 갖춘 채로 싸우면서 자신의 탁월성을 바탕으로 승리할 필요가 있다는 점을 명심해야 한다.

* 일제는 미국에 선전포고하지 않고 진주만 공습을 자행해 국민적인 분노와 참전 의지를 불러일으켰다. 비열한 방식을 쓴 업보는 핵폭탄으로 돌아왔다.

** 서초 패왕 항우는 자신이 옹립한 초회왕을 무력으로 겁박해 황제로 추대한 뒤 벽지로 내쫓고 제후들을 멋대로 분봉해 기껏 얻은 정당성을 스스로 저버림으로써 지지층을 잃고 패망한다.

제4차 십자군은 성지를 탈환하려 결성했으나 자금난에 시달린 나머지 베네치아의 사주를 받아 동로마제국을 약탈했고, 그 뒤 라틴 제국을 세워 자신의 정당성을 무너뜨렸다. 이때 타격받은 동로마제국이 쇠락해 오스만의 발흥을 막지 못하고 끝내 멸망하면서 에게해의 패권이 오스만제국에게 넘어가 비단길 교역이 막혔다.

구름 Ns에서도 묘사된 구름이며, 코트 상징편에서 언급한 의미와 같이 그림 속 상황이 매우 급하거나 빠르게 이루어지고 있다는 것을 의미한다.

검 세 자루를 들고 있는 승자 여유롭게 여분의 검을 들고 패자들을 응시하는 사람은 어떤 충돌/분쟁에서 이미 유리한 고지를 선점한 상태로 투쟁에 임해 승리했다는 것을 드러내며, 검의 구도와 맞물려 자신이 구성/성립한 조화로움(3)을 통해 분열/분산된 다른 경쟁자들을 역량/위력으로 패배시켰다는 것을 보여준다.

패배한 이들/떨어진 검 바닥에 떨어진 검의 주인으로 보이는 둘은 충돌/분쟁에서 패배했다는 것을 보여준다. 이는 검의 구도(3:2(1:1))와 맞물려 각자의 의지/성과가 부정당해 투쟁의 원동력·기반을 상실하거나 항복했다는 것을 암시한다.

바다/물 바다의 상징으로 이해하기에는 제한된 의미가 적용된다.

이는 검 요소들을 지지하는/필요로 하는 이들이 그림에서 묘사하는 상황을 지원/응원하고 있다는 것을 의미하며, 그렇지 않더라도 이 충돌의 결과를 주시해 자신들의 행동/결정에 반영하려 하고 있다는 것을 암시한다.

또한, 검 요소가 지닌 무의식(바다)이 이러한 투쟁/분쟁/충돌에 기반하며, 이런 비열하고 수단을 가리지 않는 방식을 지지하는 이가 다수 있거나 이런 과정을 거쳐 배포된 검 요소가 대중적으로 퍼져나갔다는 것을 드러낸다.

단단한 땅 이 투쟁의 배경이 험난하거나 어떤 특수한 상황과 거리가 있다는 점을 드러내며, 등장인물들이 속한 분야/기반이 굳건하거나 일정 이상의 지지층이 확고한 상태에서 이에 대한 주도권/권위를 얻고자 투쟁했다는 점을 설명하는 장치다.

5 *of* SWORDS.(이하 5s)는 긍정적인 영향을 받더라도 비열한 승리/패배와 배신을 의미하며, 반대의 경우라 해도 어떤 부정적/비열한/편법을 이용해 문제가 해결/악화된다는 핵심 의미가 그대로 유지되는 카드다.

그림 속 묘사는 마치 검투사들의 싸움처럼 보이는데, 이는 단순한 대결이 아니라 요소마다 다양한 약점/제한이 있는 상황을 배려하지 않고 의도적으로 강제/조장해 전투를 벌이는 모습으로도 비쳐진다.*

배경의 바다는 그림 속에서 일어나는 어떤 배신이나 비열한 행위라도 지지자/대중이나 다른 요소들이 이를 용납/제지하지 않거나 제지할 기준이 없다는 점을 이용해 이처럼 비열한 수단들을 조장하는 분위기가 형성됐거나, 누구나 이런 허점을 이용해 자신의 전력을 확충하고 남의 약점을 공략할 수 있게 됐다는 것을 강조한다.

5w와 5s 비교

* 고대 로마의 투기장은 단순한 결투뿐 아니라 다양한 전투를 선보였다. 인간 사이의 대결도 일대일 구도뿐 아니라 일대다/다대다의 난전(이런 난전은 기사들의 결투와 토너먼트 이후 현재는 프로레슬링에서 자주 연출된다)도 있었고, 인간 대 맹수 또는 맹수 대 맹수의 싸움, 모의 해상 전투, 역사적 전투의 재현 등을 시도했다. 이후에 기독교 탄압 시기에도 기독교 신자와 맹수의 전투를 통해 우회적 사형을 집행하는 등 광범위하고 다양한 '오락'을 선보였고, 이런 자극적인 행사에 당대 군중은 열광했다.

분쟁이 있을 때 의지와 의지 사이의 투쟁으로 여기고 서로 견주며 인정하거나 상호 교류가 일어나는 5w의 의미와 달리, 이를 응용해 태동한 5s는 규정을 벗어난 편법을 이용/악용해 승리를 거두는 데 실질적 의미를 둔다. 이 점에서 최소한 응용된 영/검 요소는 자신의 의지와 그 의지의 승리 또는 우월성 증명이 다른 사람의 감정적 공감보다 우선한다는 점을 강조한다.

이러한 5s의 의미는 응용된 영/검 요소가 적극 권장되고 반드시 승리해야 하는 분야에서 더 다양한 방식으로 구현된다. 전쟁에서는 상대방을 의도적으로 기만하거나 자신의 무장 상태를 속이는 행위, 외교전에서는 국력을 내세워 상대를 겁박하거나 불평등조약을 강요하되 국제법을 준수하는 방식*을 예로 들 수 있다. 수단이 이미 정당화됐고 그 밖의 조치들은 이른바 상호 합의, 상호 호혜적 관계라는 점을 이용해 진행할 수 있기 때문이다.

이처럼 5s는 그림을 통해 어떤 요소라도 자신의 생존을 위해 수단을 다각화해야 한다는 것을 강조하나, 다른 한편으로는 이러한 편법이 남용/폭로될 때 따라오는 명예/인기의 실추를 주의해야 한다는 점을 강변한다.

* 『손자병법』을 쓴 손무의 손자인 손빈은 전쟁 중에 밥 짓는 솥을 의도적으로 줄여 적에게 자신의 군세를 속이고 방심하게 만들어 적장인 방연을 죽이는 공을 세웠으며, 전한의 장수 우허는 손빈의 계책를 역이용해 솥을 일부러 늘려 적을 기만하는 데 성공한다.

제국주의 시기 식민지에 대한 불평등조약도 대표적 사례다. 제2차 세계대전 이후 이 방식에 대한 비판이 일어나자 서로 경제를 종속/의존시키는 방식(가마우지 경제 등)으로 응용/악용하는 상황도 예로 들 수 있다.

연금술 이윽고 휴식을 마친 응용된 영/검 요소들은 자신이 유리해지고 우위에 선 순간을 놓치지 않고 상대방의 등 뒤를 찌른다. 이 과정에서 생기는 혼란이나 배신을 통해 승리를 거머쥔 이들에게 이는 매우 당연한 행위이며, 패자에게는 비열하고도 억울한 통한의 일격이 된다.

그러나 부정적인 행위로 얻은 결과는 사라지지 않고, 불의의 일격을 받아 패배했다는 것도 핑계일 뿐, 어쨌거나 진 것이다.

이렇게 자신의 우위를 확신하고 분쟁을 촉발한 응용된 영/검 요소의 기세는 거칠 것이 없다. 상상하지 못한 방법이든 압도적인 전력 차이든 그저 수단일 뿐이며, 다른 부족해 보이는 것들을 쳐내고 승자만 얻을 수 있는 영예를 거머쥐려 나아갈 뿐이다.

정점에 올라 패배자들에게 조소를 보내며, 불필요한 것들을 일소하는 데 성공한 응용된 영/검 요소는 비로소 자신을 창조한 순수한 영/완드 요소의 의지를 거리낌 없이 주변에 강요하며, 그 과정에서 벌어질 일에 대해 어떤 배려도 하지 않는다. 그것이 승자의 당연한 권리이기 때문이다.* 비극을 피하려 노력하지 않은 패배자들의 책임이자 숙명이라는 잔혹한 말만 되뇔 뿐이다.

이에 따른 부작용과 폐해도 떠안아야 한다는 점을 모른 채, 승자는 승리를 계속 만끽하며, 패자는 등 돌려 사라지거나 복수를 다짐한다. 같은 곳에 있던 이들의 이탈과 분열은 더욱 빨라져 서서히 균열을 일으키고, 승자는 자신이 밟고 올라선 자리를 황폐하게 만든다.

이런 묘사는 카드의 핵심 의미인 비열한 승리/패배, 배신으로 이어진다.

* 전쟁의 승자는 생살여탈권과 약탈할 권리를 당연히 얻었으며, 다만 명예로운 항복은 예외적으로 약탈 금지를 명문화할 때가 많았다. 이런 병폐는 제2차 세계대전 이후에도 이어졌고, 민족(보스니아 내전)/종교 갈등(ISIS)에서 더욱 심해지고 있다.

카발라 5s는 제3계의 게부라에 대응된다.

신의 심판, 힘, 형벌을 상징하는 세피라이기에 4s에서 주어진 자비로 살찌워진 검 요소들을 심판하고, 형벌을 아낌없이 내림으로써 균형을 잡는 모습을 그림의 묘사로 적나라하게 보여준다.

또한, 32경로의 의미인 '본질적인 지성이자 지성의 근원'으로 검 요소가 응당 갖춰야 할 미덕이 무엇인지를 강조하며, 이는 곧 '우위에 서고자 (수단과 방법을 떠나) 노력하고 발전을 꾀할 것'이라는 내용을 통해 5s의 핵심 의미가 왜 비열한 승리/패배가 되는지 설명한다.

나아가 게부라에 대한 설명 중 호크마(2s)의 심연(2s의 바다)에서 방출된 지성이 비나(3s)와 하나가 됨으로써 합일에 다가선다는 표현이 그림에서도 어느 정도 묘사됐다고 이해할 수 있으며, 이에 어긋나 방만해진 검 요소들을 적극적으로 잊거나 배제(심판/힘/형벌을 통해 삭제/소멸시킴)할 수 있다는 점을 패배자들을 그려 강조하고 있다.

6 *of* SWORDS.

더 나은 방향으로 이전, 도피

Escape, Journey for development, Immigration

승패는 병가지상사兵家之常事라는 말처럼, 누구나 늘 승자일 수 없고 영원히 패자의 굴레를 지고 가지도 않는다는 것을 모두 알고 있다. 그렇기에 각자 힘을 키우고 언젠가 다가올 위기/결전을 대비해 새로운 것들을 찾아 흡수하려 애쓴다.*

이에 성공한 이들은 금의환향**하고, 실패한 이들은 새로운 곳으로 나아가 정착하고 뿌리를 내려 자신만의 터전을 마련해 재기한다.***

물론 실패하면 절망적인 상황이 닥칠 수 있지만, 이를 고려할 처지가 되지 못하는 이들에게는 수단을 가릴 겨를이 없을 것이다.

성공한 이들도 자신의 성공에 따른 효과/성과를 더 효율적으로 누리고자 다른 요소/외부와 접촉하며, 자신의 가치를 더 높이고 더 효율적인 방식들을 통해 발전하려 노력할 때****가 왔다는 것을 보여준다.

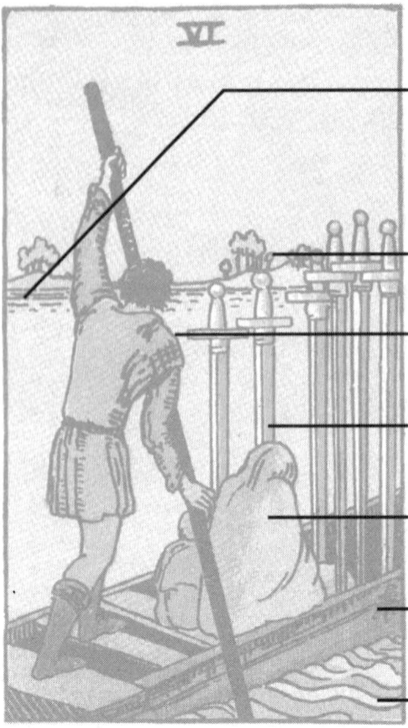

* 대항해시대를 이끈 두 나라는 포르투갈과 스페인이었다. 포르투갈은 척박한 농지밖에 없었기 때문에 상업이 득세했는데, 오스만제국의 확장으로 비단길/지중해를 통한 교역이 불가능해지자 이 상황을 타개하려 바다를 통한 대외무역의 확장을 모색할 수밖에 없었다. 스페인은 아라곤 왕조 때부터 지중해의 패권을 확보하려 했으나 오스만제국의 확장으로 이 시도가 좌절됐기 때문에 다른 무역로를 확보해야 했고, 그래서 과감한 전환을 시도해 성공한 것이다.

아일랜드 대기근 때의 미국 이민자도 이러한 예로 들 수 있다. 100만 명을 넘는 이민자들이 200여 년 뒤인 2018년에는 미국 통계 기준으로 아일랜드 본토 인구(450만 명)를 훨씬 넘는 3080만 명으로 증가했다. 대안을 찾아 정착하는 데 성공한 사례라 할 수 있다.

** 스페인의 신대륙 진출과 이에 적극적으로 나섰던 콘키스타도르를 예로 들 수 있다.

*** 뉴질랜드와 호주가 본래 영국의 유형지流刑地에서 출발했다는 점에 주목할 필요가 있다.

**** 마이크로소프트의 OS인 Windows 95는 애플의 매킨토시 OS에 영향을 받고, 사용자 친화적 UI를 제공함으로써 극적 성장을 이룬다. 또한, 부정적인 방법이지만 조세를 회피하려 법인세율이 낮거나 없는 국가로 본사를 옮겨서 수익을 늘리는 방법을 들 수 있다.

물결 잔잔한 물결은 안팎으로 갈등이 벌어지지 않거나 진정된 상황을 맞이/만끽하는 다른 요소들의 지지층을 의미한다. 반대로 거친 물결은 다음과 같은 의미를 지닌다.

1. 등장인물이 과거에 겪었던 충돌, 갈등 및 문제를 벗어나려 한다.
2. 등장인물이 새로 진출하며 파문을 일으킨다.

1은 그림의 다른 묘사들과 결합해 새로운 영역/대안을 찾거나 과거에 맞이했던 충돌, 갈등 때문에 기존 기반에서 (반강제로) 축출되는 등의 곤란한 상황을 피하려는 모습을 표현한다.

2는 등장인물이 새로운 영역에 발을 들이며 벌어지는 역경이나 촌극을 의미하며, 이 과정에서 상호 (원치 않는) 교류가 일어난다는 점을 강조한다.

바다/강 너머의 숲 숲은 기본적으로 영Spirit을 암시하며, 회색 나무들과 결부해 응용된 영/검 요소의 특성들을 공유할 수 있는 다른 의지/영 들이 있다는 것을 암시한다. 이는 곧 자신의 결과물이나 구현된 의지들을 새로 펼칠 장소/분야가 있다는 것을 의미한다.

뱃사공 노를 젓고 새로운 곳으로 배를 인도하는 사공은 새로운 영역으로 나아가려 (고된/희망찬) 여정을 이끄는 주체를 의미한다.

검의 구도(4:2) 노력해 달성할 수 있는 완전함(6)이 어떻게 창출되거나 이 완전함을 유지할 수 있는지를 묘사한다.

이는 안정(4) 속에서도 다시 분열(2)을 꾀해 경쟁력을 끌어올려야 한다는 점을 강조하며, 홀로 존재하려 할 때 오히려 자신의 역량이나 수준이 답보 또는 퇴보할 수 있다는 것을 암시한다.

고개 숙인 사람과 아이 후드를 뒤집어쓰고 고개를 숙여 자신을 최대한 감춘 사람은 불명예스러움을 의미하거나 슬픔에 잠긴 모습을 표현한다. 곁에 있는 아이는 고개 숙인 사람의 결과물을 의미하며, 자신의 결실/성과를 인정받지 못해 다른 분야/영역으로 진출/도피하는 상황을 의미한다.

배 작은 쪽배는 이 등장인물들의 미약한 역량을 묘사하며, 자신의 능력만을 믿고 나아갈 수밖에 없는 처지를 강조한다.

6 *of* SWORDS.(이하 6s)는 더 나은 방향으로 이전 또는 어려운 상황에서 도피하는 것을 의미하며, 부정적인 영향을 받더라도 의미 변화가 없는 카드다.

그림을 통해 이들의 노력과 이를 통해 얻어낼 수 있는 완전성을 어떻게 획득/유지할 수 있는지 쉽게 알 수 있다.

자신이 차지한 우위를 더 공고히 하려 새로운 방법을 시도/개발해 다른 요소들보다 앞서갈 수 있도록 애쓰는 상황을 강조하며, 반대로 불리할 때는 새로운 대안/영역을 탐구/탐색하거나 그동안 자신이 창출해낸 노력의 결과물(아이)을 필요로 하는 곳으로 나아가서 재기의 발판을 마련할 수 있다는 점을 언급하고 있다.

그림은 이미 패배/불리한 상황에서 취할 수 있는 대안을 묘사한 것으로 보인다. 이는 배에 탄 모습이나 배의 규모로 쉽게 알아챌 수 있다.

이런 불리한 상황에서 동원하는 자구책·타개책 들은 사실상 도박처럼 비치거나 현실적이지 않은 것처럼 보이지만, 대부분은 별다른 방법이 없기에 시도하는 것이다.

작게는 전쟁을 피해 보려는 피난/이민부터, 크게는 대항해시대의 시작이나 신기술이 기존 방식에 적용할 수 없어 더 나은 방법을 탐구하거나 새로운 소재를 찾아 나서는 것* 또한 6s의 의미에 부합할 수 있다. 그 밖에 더 가벼운 의미로는 수학여행이나 소풍도 제한적으로 6s로 생각할 수 있다. 이 또한 '(비록 명분일 뿐이지만) 밖으로 나가 뭔가를 배우거나 보충하는' 목적이 있기 때문이다.

그러나 이런 시도들은 자주 할 수 있는 것이 아니며, 더 효율적이거나 확실한 방법을 선호하는 검 요소들의 특성은 대부분 이런 시도에 만족하지 못한다. 특히 응용된 영/검 요소는 수치로 증명할 수 없는 것에 배타적인 태도를 보인다. 따라서 6s가 무언가 새로운 것들을

* 각 기업/산업이 한정된 자원을 활용하거나 저작권/특허를 위배하지 않고 더 효율적으로 이윤을 극대화하고자 애쓴다. 6s를 예로 든다면 내연기관의 한계(석유 수급)를 극복하고자 바이오 에탄올/전기/수소 엔진 개발을 진행해 석유 자원 고갈을 대비하고 자동차 산업의 수명을 늘리려는 것을 들 수 있다.

도입해 더 빠르고 편리한 방식을 찾으려 할 경우, 응용된 영/검 요소가 처음 생성될 때부터 존재했던 의지/요소/구성원 들을 속이거나, 응용된 영/검 요소의 본질/정체성을 흐리게 만들어 어려운 상황을 벗어나려 하기 시작한다.

그 순간만큼은 모두 합당한 이유와 근거를 댈 수 있기에, 과용하거나 초심을 잃지 않는다면 6s는 해결책을 반드시 찾을 수 있고 밖에서 대안을 찾을 수 있을 수 있다는 점을 강조하는 카드라 할 수 있다.

연금술 어떻게든 우위에 선 사람과 억울한 패배자 모두 최고의 자리에 대한 미련과 욕망이 끊이지 않는다. 늘 승자의 위치에서 옥좌를 유지하는 것보다 복수와 분노를 삼킨 이들이 더 열정적으로 대안을 찾아 나서고, 각자 자신이 틀리지 않았다는 것을 증명하고자 밖으로 시선을 돌리기 시작한다.

끝없는 항해에서 바라마지 않던 육지에 도착할 수 있다면, 그것만으로도 새로 시작할 수 있거나 수많은 도전을 맞이할 것이다.

이런 시도와 도전을 거치며 응용된 영/검 요소는 자신과 다르면서도 한없이 정상적으로 구동되는 다른 영들을 보며 기시감과 위화감이 커지겠지만, 자신이 틀리지는 않았으며 각자가 바라는 모습을 하고 있을 뿐이라 생각하고 스스로 지닌 능력과 기반에 기대 자신의 우위를 지키려 애쓰기 시작한다.

이는 곧 카드의 핵심 의미인 더 나은 방향으로의 이전, 도피 등의 의미와 연계된다.

그러나 이미 '애쓴다'라는 표현을 한 시점부터 자신이 절대적 권위나 수준에 도달하지 못했다는 것을 인정한 것이나 다름없는데도, 응용된 영/검 요소는 이 사실을 모른 채 서서히 힘을 잃어간다.

카발라 6s는 형성계의 티페레트에 대응한다.

신의 아름다움을 주관하는 세피라이며, 그렇기에 신의 형벌(게부라)을 통과해낸 응용된 영/검 요소가 어떻게 가장 아름다운(또는 옳은) 모습을 갖추는지 보여준다.

또한, 32경로 중 '중재하는 작용의 지성'의 의미를 살려 패배하거나 열세에 몰린 상황이더라도 6s의 핵심 의미를 통해 난국을 극복하고 역전할 수 있다는 것을 보여준다.

그러나 이런 가능성을 확인하거나 자신이 추종하려는 바를 확신하고 바로 내달리는 Ns와 달리, 6s는 속도가 느리거나 다른 존재/개념/분야에 의해 이루어진다는 핍 카드/단일 세피라의 한계점을 드러낸다. 이렇게 두 번째 트리아드가 완성된다.

숨죽여 자신의 역량을 높이고(4s), 충돌해 자웅을 겨루며, 그 과정에서 억울한 점이 있더라도(5s) 승패와 무관하게 발전을 향해 나아가는 모습(6s)이 응용된 영/검 요소가 아름다워질 수 있는 길이라는 것을 강조한다.

〈왓슨과 상어Watson and the Shark〉

이 그림은 그림의 주인공이자 화가의 친구인 브룩 왓슨Brook Watson의 요청으로 존 싱글턴 코플리John Singleton Copley가 1778년에 그린 작품이며, 그가 죽은 뒤 유언에 따라 런던의 왕립 그리스도 병원에 기증됐다.

그는 1741년 고아가 되어 이모와 삼촌과 함께 살고자 미국 보스턴으로 보내졌다. 어린 시절부터 바다에 관심이 많았기에 서인도제도에서 거래하던 삼촌의 상단 승무원으로 처음 활동하기 시작했다. 이 그림은 1749년에 쿠바의 하바나항에서 있었던 상어 습격 사건을 그렸으며, 이때의 사고로 브룩은 오른쪽 다리를 잃었다. 삼촌은 파산했으며, 코플리는 좋지 않은 몸을 이끌고 입대한 군대에서 재기에 성공해 로이드 보험사Corporation of Lloyds of London 회장으로 재임했으며, 정치적으로도 성공을 거둬 런던 시장, 영국 총독, 영국 은행 이사를 역임했다.

이 그림은 1778년 왕립 아카데미에 발표돼 파란을 일으켰고, 코플리는 자신이 겪은 어려운 상황과 이를 극복하는 과정을 통해 성공에 닿을 수 있다는 교훈을 남기고자 했다.*

이와 6s의 묘사를 연계해서 이해한다면, 그림은 어려운 상황을 묘사하나 이 과정에서 굴하지 않고 자신의 완전성을 갖춰감으로써 극복할 것을 조언하며, 앞으로 닥칠 시련을 정면으로 마주하라는 메시지를 강조하고 있다는 점을 알 수 있다.

* 이 그림의 액자에는 '젊은이들에게 매우 유용한 교훈을 주게 될 것이다'라는 문구가 새겨져 있다.

7 *of* SWORDS.

도둑질, 꼼수, 누수

a Thief, Slander, Betray

완벽히 새로운 발전의 방법이란 찾아내기가 무척 어려운 일이기에, 대부분의 기술/체제/무기는 다른 요소들의 장점을 취합해 흡수하거나 아예 다른 것처럼 행세하며 자신의 유리함을 유지/쟁취하려 한다.

수많은 산업 스파이*나 로비스트**도 이런 행위를 서슴지 않으며 자신의 소속사가 더 발전하거나 우위를 차지하도록 노력한다.

들통나지 않으면 되고 범법을 저지르지 않으면 자신의 위세를 유지할 수 있겠으나, 결국 한계를 드러낼 뿐이다. 패치워크Patchwork***가 오리지널에 비할 수 있을까.

이런 편법을 남용하면 다른 모든 요소에게 비난받을 수 있다는 점을 자각하고, 그에 따른 사용법과 규칙 또한 정비해야 하나, 혼란한 분야/세상에서는 그마저도 이뤄지지 못해 스스로 격을 낮추곤 한다.

* 1960년대부터 일본은 관광객을 빙자해 서양의 다양한 제품 정보를 무단 복제했으며, 이런 과정 끝에 산업 육성에 성공했다. 이 방식은 다른 개발도상국(한국과 중국)이 답습하며 전 세계적으로 논란을 일으켰다.

** 대관對官 업무로 요약할 수 있다. 로비스트가 고용인의 이익 수호/확보를 하려다 보면 결국 부정적인 방식(뇌물)이나 법의 취약점을 악용하는 유혹에 빠지기 쉽다.

*** 패치워크는 서로 다른 직물을 꿰매 붙여 만드는 기법을 의미하기도 하나, 자신의 독자성을 상실하고 외부 요소들을 무작위로 기워 붙여 만든 것을 지칭할 때도 쓰는 표현이다.

모자Fez 제1·제2차 세계대전 이전까지 오스만튀르크·터키의 이슬람교도를 대표하는 상징이었으며, 나아가 정식 군대의 장비(전투모)였다. 이는 모자 장식과 같은 묘사를 한 장화를 통해 등장인물이 군인이거나 군인으로 변장/위장해 모종의 목적을 달성하려 한다는 것을 부각한다.*

검을 훔치는 사람 이 인물이 자신이 원하는 바/승리를 얻어내고자 위장해 적 내부의 기밀을 훔치거나, 적을 앞에 두고 자신의 생존을 위해 도주하는 상황**이라는 것을 드러낸다.

검의 구도(5:2) (신의 선택으로) 완성(7)된 것을 다시 분열(5)시키고, 이에 더해 남은 이들에게 분열/불화(2)를 남기는 것을 검의 구도를 통해 보여준다. 나아가 등장인물이 취하는 행위를 묘사함으로써 이런 부정적 영향/갈등이 더 강화되리라는 것을 암시한다.

천막Military Tent 배경의 천막은 군막이다. 이는 제1·제2차 세계대전 이전의 화려함을 중시하던 중세 특유의 문화다.*** 나아가 (임시로나마 자리 잡은) 근거지/기반을 의미하며, 어떤 요소들이 외부와 충돌/분쟁/대치 중이라는 것을 드러내는 장치다.

* www.hatsandcaps.co.uk/history-of-the-fez-athe_fez/

** 전시의 적전 도주 행위는 대부분 국가에서 사형 등의 중형을 받는다.

*** 이런 방식은 각 귀족이 각자의 문장을 수놓거나 눈에 띄는 색상을 대비시키는 방법 등으로 이루어졌으며, 전쟁터에서 아군을 식별하거나 각자의 전공을 확인하는 데 쓰였다.

피에르 미켈·피에르 프로브스트, 『컬러 일러스트레이션 세계 생활사 11, 중세의 도시 생활』, 동아출판사, 1987, 49쪽.

필리페 브로샤르·파트리스 펠르랭, 『컬러 일러스트레이션 세계 생활사 12, 중세의 성과 기사』, 동아출판사, 1987, 45쪽.

특히 그림 속 군막은 등장인물이 쓴 모자와 함께 터키-오스만튀르크의 군막으로 보인다. 이는 군막의 달과 모스크 형태의 묘사로 유추할 수 있다. 둘 다 오스만제국 해체 전까지 쓰인 이슬람 상징이기 때문이다.

Hans Wehr, *Dictionary of Modern written Arabic*, 1961.

억측일 수 있으나 덱 제작연도인 1909년 기준으로 최근의 전쟁인 그리스-터키전쟁(1897)의 한 장면을 묘사해 자신들이 하려던 이야기를 전달한 것이라 가정할 수도 있다.

모여 있는 사람들 배경 뒤에서 (먼지) 구름이 일어나는 곳에 모여 있는 사람들은 정확히 무엇을 하는지 알 수 없다. 그림의 배경을 참고하면 전투 중이거나 전투 전후의 정비/휴식/식사 시간이라 추측할 수 있다.

그러나 전투/비전투 상황과 무관하게 등장인물을 감시할 여유가 없거나 소홀해질 수밖에 없는 상황이라는 점을 드러내며, 자신들이 전념해야 할 일 때문에 역량이 유출되거나 내부의 적을 막아내지 못하는 상황을 드러낸다.

땅 전장과 등장인물 방향의 지형은 거친/고른 땅으로 구분해 묘사했다. 이는 등장인물이 험난한 방식/과정을 회피하고 더 확실하거나 안정적인 방식을 선택했다는 것을 의미한다. 그러나 검의 구도(5:2)를 통해 그에 따른 대가나 부작용이 반드시 나타나리라는 것을 경고한다.

7 *of* SWORDS.(이하 7s)는 도둑질, 꼼수, 누수를 의미하며, 부정적인 영향을 받을 때는 비방, 별 의미 없는 이야기, 충고, 교육 등 긍정/부정의 양면으로 복잡한 의미가 혼재하는 카드다.

이는 덱의 제작 당시에도 의미가 정립되지 못한 듯하다. 덱 제작자 또한 7s의 핵심 의미들을 설명하면서 카드 그림과 의미가 일치하지 않는다고 언급했기 때문이다.*

그러나 이는 그림을 그린 패멀라 콜먼 스미스나 덱 기획에 개입했으리라 보이는 윌리엄 버틀러 예이츠William Butler Yeats의 입장이 웨이트와 달랐거나, 웨이트 자신이 7s에 왜 이러한 의미가 있는지 수긍하지 못했던 것이라 의심된다.**

그림 배경은 오스만튀르크를 비롯한 이슬람 세력을 묘사하고 있다. 이는 전형적으로 다른 체제·종교·세계를 묘사함으로써 자기 내부에 무엇을 들고 도망가는 단순한 묘사가 아니라 자신의 완전성/우위를 보강하고 유지하려 미지의/적대 상태인 외부 요소에서 자신이 필요로 하는 것을 속여 뺏는 공격적 수단의 하나로 이해할 수 있다.

그러나 이는 기본적으로 도의에 어긋나거나 편법을 동원하기에, 있는 그대로를 안팎에 공유할 수 없다는 것을 7s의 등장인물 스스로 인지하고 있으며, 이를 은폐해 제 것이라 주장하는 순간 파멸이 다가오거나 스스로 얻어냈다고 생각한 것이 모두 거품처럼 사라지는 치욕을 맞이할 수 있다는 점을 적전 도주 상황으로 풀어냈다.

이는 관점에 따라, 질문자가 어떤 처지인가에 따라 다양하게 변화한다. 그러나 (비겁한 방식 또는 본래 자신이 창출한 것이 아니라 내/외부의 것을) 훔치거나 도둑맞는 상황을 비롯해 (어떤 규칙/절차를 무시하

* A. E. Waite, *The Pictorial Key to the Tarot,* Part III: The Outer Method of the Oracles, Seven of Swords.

** 웨이트의 서술은 대개 부정적 견해를 취할 때 직접 언급하는 것을 피하거나 기존 학설에 반대될 때 단순한 부정만 언급하고 대안에 관한 언급을 회피 또는 의도적으로 하지 않는 방식으로 이루어진다. 명확한 부정을 취할 때는 확답하는 편이나 7s처럼 의혹과 부정 속에서 의문을 그대로 표현한 것은 『타로의 그림열쇠』 78장 전체 서술에서 7s와 7p뿐이다(이에 대해서 후일 별도로 언급하고자 한다).

고 자신의 달성을 위해) 꼼수를 부리며/들통나며, (자신을 드러내지 않거나 악의로 다른 요소의 체계/규칙에) 누수를 일으키는/당하는 핵심 의미에서 크게 벗어나지 않는다는 점에 주의할 필요가 있다.

응용된 영/검 요소의 특성을 생각해보면, 이런 불완전하고 비겁한 행위로 완전함을 표현할 수밖에 없는 상황을 이해하기 쉬울 것이다.

자신의 생존이 곧 다른 사람의 파멸로 이어지는 승자 독식의 세계에서 이런 행위들은 선택 가능한 수단 중 하나일 뿐이라는 것을 고려해야 하며,* 더 나아가 응용된 영/검 요소들이 더 체계화되고 수준이 높아질수록 7s 같은 행위는 권장되기까지 할 때도 있다.**

그러나 이를 악용하거나 선의로라도 옳지 못한 방식이 적발돼서 지탄받을 때 7s는 부정적일 수밖에 없으며, 그때는 다른 이들도 아무렇지 않게 자행했더라도 홀로 희생양이 되어 추락할 수 있다는 점에 주의해야 한다.***

7s에 이런 필요악적인 측면이 분명히 있지만, 결과적으로는 처음 만들어질 때 스스로 내세우고 구현하려던 것과 점점 거리가 멀어지고 있는 상황을 적나라하게 드러낸다. 응용된 영/검 요소가 자신의 존재 이유를 스스로 왜곡할 수밖에 없다는 점을 지적한다는 것만 잊지 않는다면 (극독도 필요할 때 써서 수명을 늘릴 수 있는 것처럼) 카드의 의미를 긍정적으로 활용할 수 있다.

* 전쟁에서 상대방을 속이는 것은 당연하고 승리하려는 방편일 뿐이며, 어떤 기술이 수준을 높이려 다른 분야의 장점을 도입하거나 약점을 공격해 자신만의 영역을 확보하는 것도 이런 사례로 들 수 있다.

** 논문과 책에서 남의 지식이나 다른 분야의 성과로 자신의 주장을 보강하는 것을 예로 들 수 있다. 이때 출처를 올바로 밝히지 않으면 도용·표절로 간주한다. 그러나 출처를 명기하는 규칙과 방식을 준수하고 인용하면 별다른 제재 대상이 아니거나 경고에 그칠 때가 많다. 이는 어떤 학술 분야에서도 똑같이 적용되고, 이에 따른 신상필벌이 이루어지지 않는 분야는 금방 영향력을 상실하거나 역량을 정상적으로 평가받지 못한다.

*** 법령 미비를 악용해서 이익을 얻거나 공권력 부재를 틈타 음지에서 활동하는 이들이 주로 이런 말로를 겪을 때가 많다. 그러나 국가 행정 체계가 정상 가동하는 한 이들이 일정 이상의 문제를 저지르거나 규모를 키우려 하면 국가는 이들을 가차 없이 정리/처분하는 데 나선다.

연금술 발전할 방법들을 새로 찾아 나서는 것은 매우 어려운 일이다. 특히 응용된 영/검 요소들은 그 본류가 되는 순수한 영/완드 요소의 존재로 인해 더욱 이를 다각화하기 어렵다.

그럼에도 자신의 우위를 지키려 애쓰는 응용된 영/검 요소는 쉽게 결실을 얻으려 하며, 이런 방편으로 자신이 부족하다고 여겼던 것을 채울 수 있다고 여긴다. 나아가 이 방식들이 그리 큰 문제가 되지 않으며 승리를 얻어내는 방식이기에 옳다고 여길 뿐, 그 방법의 본질적 문제들에 대한 관찰과 의심을 하지 않기에 다른 요소/영 들의 장점을 취합해 적용한다.

그러나 본래 자신의 것이 아닌 것들을 붙여 연명한 것이 얼마나 길게 유지될 수 있을지 알지 못하며, 더 나은 것과 더 좋은 것을 통해 우위를 지키려 점차 자신의 본질을 해치게 된다는 점을 인지하지 못한다.

누더기처럼 기워져 원래 의도와 처음 선보였던 모습이 사라진 응용된 영/검 요소의 모습은 이윽고 그를 따르고 공감하며 공유하려던 이들의 실망과 회의감을 키우며, 추종자들은 서서히 그에게서 떠나가기 시작한다.

이런 내용은 카드의 핵심 의미인 도둑질, 꼼수, 누수 등으로 연결된다.

카발라 7s는 제3계의 네자흐에 대응된다. 신의 승리/인내를 의미하는 이 세피라와 7s의 핵심 의미는 쉽게 연결되지 않는데, 이를 굳이 이해하려 한다면 악마/타락 천사 또한 신의 피조물이며 이에 따른 신의 의지가 어떻게든 세상에 구현되고 있다는 것에 대한 강변으로 받아들여야 할 것이다. 그러나 이른바 '악의 문제'*는 해결되지 않으며, 신의 논리성과 절대성을 훼손한다는 점에서 주장의 근거가 매우 빈약해진다. 굳이 이를 비약한다면 신은 자비의 기둥을 완성하고자 자신이 폄하/부정되는 것도 감내한다고 이야기할 수 있을 것이다.

오히려 32경로 중 '감춰진/오컬트적 지성'의 의미가 7s에 묘사된 부정적인 면모의 이유를 설명한다고 볼 수 있다. '지성과 신앙적인 관조 등의 영적 체험'과 같은 '개인의 특정적 체험/이야기' 들은 모두에게 적용할 만큼 체계를 구축할 수 없고, 이는 곧 방편이자 꼼수로 비치기 때문이다. 결국, 7s가 내포하는 행위들은 그들 내부에서조차 비판받기 쉬운 것**이라는 데 주목해야 한다.

또한, 호크마(2s), 헤세드(4s)에 이어 자비의 기둥을 완성하며, 이를 통해 신의 자비가 응용된 영/검 요소에 어떻게 드러나는지 이해할 수 있다. 이는 더 신중히(2s) 자신의 역량을 키워(4s) 이루려는 바를 (인정하지 않거나 비겁한 방식이라도) 달성하는 과정(7s)에서 더 쉬운 방법들을 (신이) 제공함으로써 이루어진다는 것을 강조한다.***

이로써 응용된 영/검 요소가 우위를 점하려 외부 요소/금기시된 방식을 활용하는 모습을 그림으로 풀어낸 것이라 볼 수 있다.****

* 이른바 '신이 전능하다면 왜 악이 존재하는가?'에 대한 논의를 통칭한다. 이를 다루는 책과 연구는 고대 그리스부터 있었을 정도로 유래가 깊다. 다양한 신학·철학·과학서로 균형 잡힌 시각을 갖추길 당부한다.

** 호가호위狐假虎威를 직접 실행할 때 겪는 부작용과 같은 의미로 이해할 수 있다.

*** 7s의 이런 내용은 「여호수아기」 6장의 예리코 전투 관련 이야기로도 이해할 수 있다.

**** 응용된 영/검 요소는 체계와 규칙 등을 통해 제도화·규격화돼 모두 같은 노력으로 습득할 때 합리적으로 실행/영유할 수 있지 않으면 불신과 비판적 시각을 내세우는 성향을 지닌다.

8 *of* SWORDS.

자승자박, 행동할 수 없음

Crisis, Censure, Decrease in competency

발전하고자 다른 개념/기술을 이용한 결과 현대 기술은 대부분 한 분야로는 절대적 영역을 확보할 수 없는 수준에 도달했다. 이는 자동차, 정유, 비료, 전기 등 필수적인 산업에서 빼놓을 수 없는 기술일수록 두드러지는 현상이며, 현대에 들어서는 법조차 이런 문제에 시달리고 있다.*

어떤 문제를 해결하거나 더 나은 삶 또는 뛰어난 문명을 제공한다는 핑계로 지지나 신뢰를 얻었던 것들은 오히려 그 효율성과 편리함 때문에 중요성이 잊히고,** 서서히 자신을 옥죄어 대중의 지지를 잃는다.***

문제는 이런 상황을 인지하더라도 개선하기 어렵다는 점이다. 이는 해당 분야를 조율/운영하는 이들도 인정하는 문제이며, 발 빠르게 대응하고 싶어도 여의치 않다. 마치 변화에 따른 효율성을 점검하다가 새로운 변화가 계속 밀려와 대처하지 못하는 상황이 벌어진다.

물론 이 과정을 모르는(알 필요 없는) 이들은 계속 불편함을 호소하고 지지를 철회하는 악순환이 반복된다.

이렇게 자신의 장점이 오히려 자신의 발목을 붙들고 만다.

* 자동차 산업은 그 국가의 자체 회사가 국가의 공업 기술력을 진단하는 척도로 작용한다. 엔진 등 자동차의 모든 부품과 그 조립 공정이 병기/철강 제조술 수준에 크게 영향받기 때문이다.

비료에 쓰이는 암모니아를 이용해 각종 화약과 생화학무기를 만들 수 있으며, 전력 생산량과 원자력발전 기술은 사회 인프라 및 핵무기의 생산력 또는 잠재적 보유 능력을 증명하는 것이다.

과거 기준으로 책정된 형량·벌금이 범죄를 방지하거나 제대로 된 형벌로 작용하지 못하게 되면서 사법기관을 신뢰하지 못하는 사례를 들 수 있다.

** 기술의 보급은 기술의 가치를 떨어뜨리는 역설적 효과가 있다. 일례로 과거에는 타자기를 운용하던 타자수라는 직업이 있었을 정도였으나, 현재는 워드프로세서 2, 3급 자격증 유무로 컴퓨터 활용 능력을 측정하는 경우는 드물다.

*** 현재의 무선통신 기술이 이런 문제에 시달린다. 4G 기술은 일반 사용자가 사용하기에 충분한 속도를 제공하기 때문에 굳이 비싼 5G를 사용할 이유가 없다. 2021년 1월 현재 5G는 고속 데이터 전송이라는 장점이 있지만 대중적 지지를 잃으며 획기적 도약을 하지 못하고 산업 기술 부분에 한정된 상태다.

눈가리개 2s, 11(정의)과 같은 상징이나 2s의 의미에 더 부합하고, 더 부정적인 모습으로 적용된다. 이는 곧 올바른 것을 찾지 못하거나 이성적이지 못한 사람이라는 것을 암시한다.

성 이 그림에서는 아래와 같은 관점에 따라 해석이 달라질 수 있다.

1. 자신의 지지 기반 또는 거점
2. 자신이 속한 분야, 장소, 환경에 있는 공감대/감정적 영역

1은 자신의 기반에서 축출당하거나 (자신의 검 요소를 강화하고자 해왔던) 모종의 행동으로 반발이 일어나거나 고립당한 상황을 암시한다.

2는 자신의 역량과 수준을 끌어올리는 데 집중한 나머지 대중과 따로 떨어지게 되거나 감정적 공감을 얻어내기 힘든 지경에 다다랐다는 것을 의미하며, 그림 속의 다른 상징들을 통해 이런 상황을 자각하지 못하고 있거나 자신에게 어떤 문제점이 있는지 모르는 상황을 의미한다. 그러나 이런 관점 차이에도 두 관점 모두 이런 상황으로 내몰린 것이 자신의 선택 때문이라는 점을 강조한다.

포박 어떤 행위로 행동이 제약되는 것을 의미한다. 고대 그리스 비극 작가인 아이스킬로스Aischylos가 썼다고 알려진 『결박된 프로메테우스』의 알레고리를 차용한 듯하다. 이에 더해 검의 구도를 통해 스스로 묶이거나 (포위당해) 난처한 상황에 빠지는 등 고립 상황을 의미한다. 이는 곧 등장인물이 자신의 검 요소를 구현하는 과정에서 책임을 지거나 다른 요소/인물들에게 지탄받는 것을 의미한다.

신학적으로 접근할 때, 이는 곧 신의 완전함과 언약을 완성하고자 예수(예수의 상징 수는 888이다)가 현실 사회/체제에서 겪어야 했던 고난과 연계되며, (당장 곤궁하고 어렵더라도) 고난을 감내해야 다음 단계로 넘어설 수 있다는 점을 암시한다.

검의 구도(3:5) 검의 구도는 조화(3)를 이루기 위한 재분열(5) 또는 재분열(5)된 것을 조화(3)롭게 하려는 모습으로 이해할 수 있다. 이런 표현은 완벽(8)을 위해 응용된 영/검 요소가 할 수 있는 것이 거의 없다는 점을 적나라하게 드러내는 장치다.

이에 더해 검은 바닥에 박혀 마치 울타리나 경계선을 형성한 것처럼 묘사했는데, 이는 자신이 소유하거나 내세웠던 응용된 영/검 요소나 지지층의

이탈이 일어나 위태로운 상황이라는 것을 암시한다. 그러나 검들은 등장인물을 완전히 에워싸지 않고 있는데, 이는 느슨한 상태로 포박된 모습과 함께 난국의 타개책이 있다는 것을 암시한다. 그러나 자신의 원류로 돌아가거나 과거로 회귀하는 것으로는 해결할 수 없다는 점을 경고한다.

나아가 응용된 영/검 요소에서 완벽(8)은 불가능하며, 이를 가능한 것처럼 보이게 만들려면 내재한 모순이나 부조리 등 자신에게 당연한 공식이라 여긴 것들과 반드시 결별/충돌해야 하기에, 고난이 계속되듯 재분열을 거듭할 수밖에 없다는 것을 암시한다.

8 *of* SWORDS.(이하 8s)는 자승자박, 행동할 수 없는 상황을 의미하며, 부정적인 영향을 받는다면 불안함, 반대, 예측하지 못한 재능 등의 좋지 못한 의미를 담는 카드다.

그림의 묘사로도 곤란함을 넘어 위태로워 보이는 상황이 강조되며, 도움을 얻기는커녕 추방당하는 모습으로 보이기에 비교적 핵심 의미를 파악하는 데 아주 어렵지 않은 카드다.

다만 8s의 묘사는 핵심 의미가 비슷한 2s와 상징(눈가리개)을 공유하지만, 의미 적용에는 차이가 있다는 점을 주의해야 한다.

8s와 2s 비교

2s에서 눈가리개는 자신의 판단이 불러일으킬 변화를 겪지 못했으나 심상찮은 기류를 이미 인지하고 있기에 자신의 주관을 드러내지 않고 선택하지 '않는' 모습으로 묘사된다. 자신과 비슷한 처지인 사람이 많거나 갈등의 전조를 인지하고 수면 아래에 가라앉아 있는 사람이 다수(바다)라는 것을 보여준다.

그러나 8s는 스스로 선택했거나 어떤 이유(대개 자신의 응용된 영/검 요소를 강화하려다가 생긴 모순/부조리를 방치 또는 막아내지 못한 상황) 때문에 무엇이 잘못됐는지도 모른 채 내부 반발로 밀려난 모습을 묘사한다.*

* 기존 개념이 익숙하다는 핑계로 새로운 개념을 받아들이지 못하거나, 기존 방식을 고집해 비효율적으로 대응하다가 대세를 빼앗기는 상황과 비슷하다. 2021년 현재까지 아날로그 방식의 사무 처리를 고집하는 일본의 행정 체계를 예로 들 수 있다.

결과적으로 이런 묘사 차이로 2s는 '(움직이면 위험해지거나 자신이 감당하기 힘든 갈등이 일어날 것만 같아) 움직이지 않는' 것이며, 8s는 '자신이 택한 것들로 인해 행동이 제약되거나 내부 반발이 일어나 움직일 수 없는' 것이기에 핵심 의미의 적용이 엄연히 다르다.

디르크 판바뷔런Dirck van Baburen, 〈결박된 프로메테우스〉, 1623

또한, 포박이라는 알레고리를 통해 8s가 의미하는 부정적 상황의 극복 방법을 엿볼 수 있다. 『결박된 프로메테우스』는 결국 자신이 본래 추구하려던 것을 끝까지 추구하며 다가오는 고난에 적극적으로 임할 것을 주문한다. 예수가 박해에 어떻게 임했는지 되새겨볼 때, (쉽지 않겠지만) 고난을 극복함으로써 핍 카드의 한계를 돌파할 수 있다는 것을 알 수 있다.

이런 묘사를 통해 덱 제작자는 응용된 영/검 요소에서 어떤 규칙이나 공식도 영원할 수 없고, 치밀한 사회/법 체계도 기술과 지식의 발전을 따라잡지 못하며, 규칙의 우회 방법이 쏟아져 나오듯 완벽한 것이 없다는 점을 강조하며, 이후에 이어지는 카드에도 핵심 의미를 매우 부정적으로 설정했다.

연금술 자신의 변화를 인지하지 못한 채, 서로 다른 것을 이어붙이다가 자신의 행동을 제약할 만큼 원형이 훼손된 응용된 영/검 요소는 어떻게든 완벽해지려 하지만 자신이 해왔던 방식을 답습하는 다른 요소들로 인해 완벽에 이르지 못한다.

과거에 자신이 해왔던 과정이 정형화·공식화돼 모두가 활용하게 된 순간 과거와 다른 방식을 써야 하지만, 그마저 스스로 창출한 것이 아니기에 더 폭넓고 다양하게 사용할 수 없다.

이렇게 응용된 영/검 요소는 힘겨운 상황에도 도와줄 이 하나 없다는 것을 눈치채지 못한다. 계속 외쳐도 과거와 달리 서서히 사라진 자리가 공허하게 울릴 뿐이다.

끝내 자신의 쇠퇴를 조금이라도 지연하려 애쓰지만, 약간의 성과가 있더라도 과거처럼 우위를 점하지 못하며, 현상 유지에 그친다.

그리고 어느새 안주하는 순간, 응용된 영/검 요소는 추진력을 잃고 그에 비례해 자신에게 의지하고 공감했던 사람들이 빠져나간다. 하지만 이런 상황에 급급한 나머지 다른 문제들에 대처하지 못하고 점차 고립된다.

누가 이런 상황을 만들었는가? 오로지 우위에 서고자 자신의 원류를 잊어가고, 서서히 의도와 다른 통제와 제한들만 남게끔 만든 자신의 문제다. 그저 이제야 그 업보가 돌아온 것이다.

이런 어려운 상황에 맞닥뜨린 응용된 영/검 요소는 남은 추종자들이 모인 기반으로 틀어박혀 자신의 영역을 지키는 데 급급하다.

그렇다면, 더 상승하지 못하는 영을 영이라 할 수 있는가?

카발라 8s는 형성계의 호드에 대응된다.

신의 위엄/영광을 의미하며, 32경로 중 '완벽한/절대적인 지성'에 배정되는 세피라다. 그러나 검 요소의 단점과 핍 카드/단일 세피라라는 한계가 우선 적용돼 긍정적 의미가 퇴색한다는 점을 8s의 핵심 의미들로 알 수 있다.

이러한 묘사가 진행된 것은 비나(2s)-게부라(5s)에 이어 호드(8s)에서 (신의 의지로 인해) 완성된 정수/원천이기에 개인 감정이나 자유의지/자아가 개입할 수 없기 때문이다.*

그럼에도 앞의 과정(As~7s)을 거쳐 생성된 응용된 영/검 요소의 자유의지/자아가 실행을 주저하는 상황**이나 완성된 심판/공의의 기둥을 통해 신의 위엄과 영광이 하위 세계에서 발현될 것이라 여기나, 아직 이것이 (단일 세피라라는 한계로 인해) 발출되지 못했기 때문에 스스로 확신하지 못해 발생하는 의심이 호드의 긍정적인 본래 의미나 그림의 묘사와 이에 따른 핵심 의미에 악영향을 끼친 것으로 보인다.***

이러한 내용으로 인해 덱 제작자가 열거한 의미 중 (스스로) 속박/제약된 채 발휘할 수밖에 없는 힘이나 (정상적이지 않다는) 소문/중상모략 때문에 찾아온 나쁜 소식 등의 의미가 파생하며, 부정적 영향을 받을 때 생성되는 (본래 계획되지 않았기에) 예측하지 못한 배신, 천재지변으로 의미가 확장한다.****

* 어떠한 규칙/법령이 정해지면 예외를 둘 수 없기에 자신에게조차 그 잣대를 적용해야 하는 경우를 들 수 있다.

** 피해나 부작용이 클 수 있는데도 규정/계획상 실행할 수밖에 없는 상황에서 주저하는 경우를 예로 들 수 있다(사형 집행이나 재개발을 위한 강제 철거 집행 등).

*** 코딩 중 버그가 전혀 발견되지 않았음에도 '발견되지 않았기 때문에' 반드시 문제가 있을 것이라 여겨 더 불안해하는 프로그래머의 사례를 들 수 있다.

**** A. E. Waite, *The Pictorial Key to the Tarot*, Part III: The Outer Method of the Oracles, Eight of Swords 참고.

성 세바스티아노St. Sebastianus

미힐 판콕시Michiel van Coxie, 〈성 세바스티아노의 순교〉, 1575

성 세바스티아노는 프랑스 나르본 출생으로, 283년경 로마에서 군인이 됐다. 당시 황제 디오클레티아누스 아래에서 친위대 대장까지 올랐으나, 기독교 박해 시기 그가 기독교인이라는 사실이 발각됐다.

사형이 집행되고 소나기 같은 화살비가 그의 몸을 뒤덮었기에 집행관은 당연히 죽은 줄 알고 철수했다. 하지만 가까스로 숨이 붙어 있던 그는 시체를 치우러 온 여인에게 발견돼 회복한다. 며칠 후 그는 다시 황제 앞에 나타나 정면으로 기독교 탄압을 비판했고, 황제는 그를 몽둥이로 때려죽인 뒤 로마의 하수구에 내던졌다.

그를 묘사할 때, 모든 그림에서 8s와 달리 눈가리개는 묘사되지 않는다. 이는 그의 종교적 신념과 순교에 굴하지 않는 의지를 표현하려는 의도 때문이다. 그와 달리 8s는 눈가리개를 함으로써 자신이 왜 이 지경에 몰렸는지를 이성적으로 판단하지 못하고 있다는 것을 강조한다.

9 *of* SWORDS.

(미지의 것에 대한) 공포, 슬픔, 두려움
Sorrow, Miscarriage, Despair

더는 어떤 변화도 이룰 수 없고 이루더라도 새로 등장하는 존재들을 막지 못하는 기술, 체제, 무기는 어떤 상황에 놓이는가?

아무리 활을 개조해도 총을 이길 수 없듯 서서히 사멸하며, 관련 종사자나 추종자의 이탈을 막지 못한 채 자신의 (이미 많은 변화가 이뤄진) 원형이라 생각하는 것을 애처롭게 쥐고 살아남으려 몸부림치기 마련이다.*

어느덧 누구에게나 보편적인 것이 되거나 과거의 유물로 쇠락해 자신만의 개성을 잃거나,** 아무도 찾지 않는 방식이 되어 잊히기 시작한 현실을 바라보며 종막을 가늠할 뿐이다.

* 아이폰의 등장과 함께 Wi-Fi가 대중에게 보급된 뒤에 보인 국내 통신사들의 반응과 기존 피처폰 시기의 통신이 사멸한 과정이 좋은 예라 할 수 있다.

국궁과 양궁은 귀족의 여섯 기예六藝 또는 병사 양성 과정의 하나였으나, 현재는 무예보다 스포츠/레저로 자리 잡았다.

** 주판을 이용하는 기술도 자격증이 존재했다. 1962년부터 자격시험을 시행했으나, 2001년 폐지되며 과거의 기록으로 남았다.

걸려 있는 검 잘 맞물려 문제없이 단단히 고정된 것처럼 보이는 검들은 재분열(5)을 (억지로) 안정시킨(4) 상태를 묘사한다. 이는 이 안정이나 조화가 무너지면 회복할 수 없는 지경에 이를 수 있다는 것을 암시하며, 첨예한 상호견제로 이 안정을 가까스로 유지하고 있다는 것을 드러내는 장치다.

슬퍼하는 사람 두 손으로 얼굴을 감싸며 괴로워하는 모습은 좌절, 두려움, 슬픔을 표현하는 전형적인 묘사다. 그림 속 다른 상징이 의미하는 것을 결합하면 왜 이런 상태에 이르렀는지 알 수 있다.

이불의 황도 12궁과 장미 이불은 이 속에서 안락함과 따스함을 느끼는 것을 의미한다. 수놓은 황도 12궁은 등장인물이 활동/활약하는 작은 분야/세계이거나, 자신의 관점/관념이 향하는 대상을 드러낸다.

이 카드에 묘사된 장미는 정념情念*과 유혹을 의미한다.** 이는 5(교황)에 쓰인 체스판의 내용을 차용해 이해한다면 등장인물이 속하거나 관심 있는 분야에서 일어나는 다양한 감정과 군상을 암시한다.

나아가 잠을 설친/(악몽으로) 깬 묘사를 통해 위에 언급한 요소에서 (강제로) 벗어났으며, 자신을 비롯한 이 분야 모두의 문제로 슬픔, 두려움, 절망을 느끼는 것을 드러내는 장치로 쓰였다. 그러나 이는 어디까지나 협소한 수준에 국한(일개인의 이불에 불과)하기에 이런 부정적인 내용을 확정적으로 적용할 수 없다는 점을 지적한다.

이는 곧 객관적인 관점을 엿보거나 (자신이 초래/선택한 행위로) 제3자의 개입이 시작될 때 찾아올 패배(부조)를 이 인물이 두려워하고 있다는 것을 보여준다.

침대 밑의 부조 부조에 인물과 나무가 각각 둘씩 새겨져 있다. 나무는 순수한 영Spirit/Wand으로 이해할 수 있으며 두 인물은 이 순수한 영을 응용해 만들어낸 것이 전투/결투를 통해 승부를 겨룬 모습을 묘사한 것이다. 이로써 등장인물이 슬퍼하는 이유가 자신(이 내세우려던 응용된 영/검 요소)의 패배를 두려워하기 때문이라는 것을 설명한다.

* 철학사전편찬위원회, 『철학사전』, 중원문화, 2009.
https://terms.naver.com/entry.nhn?docId=388621&cid=41978&categoryId=41985

** 진 쿠퍼, 『그림으로 보는 세계 문화 상징 사전』, 까치, 1994, 294-296쪽.

9 *of* SWORDS.(이하 9s)는 (미지의 것에 대한) 공포, 슬픔, 두려움을 의미하며, 부정적인 영향을 받더라도 감금, 의심, 부끄러움 등 그 핵심 의미가 변하지 않는 카드다. 8s에서도 언급했듯 이런 응용된 영/검 요소들의 부정적 면모가 더 강화된다는 것을 알 수 있다.

또한, 9s는 3s와 다른 슬픔을 묘사한다. 3s는 모순으로 발생하는 검 요소에 속한 모든 이의 슬픔(구름/비)이라면, 9s는 이 슬픔을 오로지 홀로 감당해야 하기에 생기는 절망(등장인물)에 더 가깝다는 차이가 있다.

9s의 구도나 묘사는 악몽을 꾸다가 깨서 슬퍼하는 모습처럼 보이며, 이에 대한 자세한 설명은 다른 상징들로 쉽게 표현하고 있다. 이는 헨리 푸젤리Henry Fuseli의 〈악몽The Nightmare〉(1781), 자크루이 다비드Jacques-Louis David의 〈마라의 죽음La Mort de Marat〉(1793)과 비슷한 면모를 보인다. 다만 두 그림과 다른 점은 9s의 등장인물이 곧 다가올 파멸을 이미 인지하고 두려워한다는 것이다.

헨리 푸젤리, 〈악몽〉, 1781

그렇다면 그저 악몽일 뿐인 위협이 실제 찾아오리라는 근거는 그림의 어디에서 확인할 수 있을까? 이는 헨리 푸젤리의 악몽에 묘사된 것과 9s의 묘사를 비교해보면 더 명확해진다. 악몽이 실체를 갖춰 위협을 가하는 묘사처럼, 9s의 검 또한 지지대 없이 언제라도 무너지기 쉬운 모습으로 등장인물에게 압박을 가하고 있기 때문이다.

이는 곧 응용된 영/검 요소로 대변되는 것들이 완성 또는 극단에 치달아 갈 때 만류하거나 부정하는 (냉정하거나 인간성을 포기하지 않은) 이들에게까지 자신의 칼날(벽면의 검)을 들이밀고, 돌이킬 수 없는 상처를 서로에게 남기게 될 것을 경고한다.

비교적 최근(1990년대 이후)에 9s의 의미를 마냥 부정적으로만 해석하면 안 된다는 견해가 자리 잡았다. 그 주장의 근거로 벽면의 검이 실제로 등장인물을 찌르고 있지 않다는 점을 들고 있으나, 이는 정설로 인정하기엔 문제가 있다고 본다.*

이성적 판단을 내리는 사람이나 검 요소로 대변되는 것이 모두 하나의 결론/조치/판단에 치우칠 때 이에 반대하거나 '만에 하나'라는 것을 내세워 극단적 처방을 반대할 때(심지어 이 반대가 옳고 각 검 요소의 입장에 부합하는데도) 반대자에게도 여지없이 칼날을 향하거나, 반대를 묵살하고 자신들이 옳다고 여기는 것을 실행하는 경우가 대부분이기 때문이다.

9s는 이런 상황이 결코 긍정적이지 못한 결과를 낳음에도 검 요소의 완성은 자기 파괴의 결과로 이어지는 것을 묘사하며, 모든 문제를 검 요소만의 방식으로 처리하기에는 너무 다양한 문제가 생기기에 이를 고려할 것을 주문한다.

* 그러나 연구자 대부분이 9s에 대해 조언하며 아직 벌어지지 않은 일에 대한 고민을 멈추거나 과도한 절망/슬픔에 휘둘리지 말 것을 권하는 수준에 그치지, 질문자가 묻는 심각한 문제나 좋지 못한 상황이 전혀 벌어지지 않으리라 확언하지 않는다는 점을 명확히 해두고자 한다.

연금술 순수한 영의 의지를 구현하는 데 성공한 응용된 영/검 요소는 이제 자신이 있을 곳이 사라져가는 것을 자각한다.

널리 퍼지고 그 방식이 옳다고 모두가 인식하는 순간 특색과 개성이 점차 사라지며, 누구에게나 보편적으로 익숙해지며 정체성을 잃는 것이다.

이렇게 외부로 (끌려나가듯) 나아갈 수밖에 없는 응용된 영/검 요소는 자신의 의도, 계획, 공식, 규칙대로 일이 성사되지 않거나 성사되더라도 언젠가 닥칠 문제들 때문에 좋지 못한 결말이 다가오는 것을 두려워하기에 이른다.

비록 서서히 자신의 (정해진) 소멸을 받아들여야 하기에 파국을 막으려 하거나 자신이 더 특출하다는 것을 어떻게든 피력해 피해 보려 하지만, 이 지경에 이르면 누구도 받아들이려 하지 않고 모두에게 버림받은 채 쓸쓸히 마지막을 향한다.

끝내 함께하던 이들조차 모두 떠나고 홀로 남아 자신에게 다가올 패배를 두려워하며 슬픔에 잠긴 채 다가올 상황을 걱정하다가 자신을 갉아먹는 수준으로 내몰린다.

이런 묘사는 곧 카드의 핵심 의미인 (미지의 것에 대한) 공포, 슬픔, 두려움으로 연결되며, 이는 모든 응용된 영/검 요소의 숙명이자 누구도 피할 수 없는 일이다.

카발라 9s는 제3계의 이소드에 대응된다.

기초를 의미하는 세피라이자 세 번째 트리아드를 완성시키며, 작은 얼굴의 마지막 요소를 구성하는 곳임에도 9s의 묘사는 한없이 어둡고 부정적이다.

이는 상극인 것을 안정시키는 이소드의 특징이 응용된 영/검 요소에서는 거의 발현할 수 없거나 발현을 시도하면 자신의 존재 의미가 사라질 수 있다는 것을 강조한다.

네자흐, 호드와 함께 세 번째 트리아드를 구성하며, 이로써 검 요소 형성 과정에서 쉽고 빠른 방편(7s)을 추구하나, 검 요소를 행사하는 이에게 부자유(8s)가 생길 수 있다는 점을 암시하고 후유증/부작용이 발생할 때 되돌릴 수 없다는 것(9s)을 경고한다.

또한, 어떤 형태/운명을 완성한 상황에서 이것이 잘못되더라도 수정될 수 없으며, 서로 다른 것들이 분해/파괴당하지 않게 만들기에 응용된 영/검 요소에게 어떤 수단/공식/방법이 일방적으로 확고한 우위를 점하더라도 소멸에 이르지 못하며, 오히려 일방적일수록 반작용이 심해져 응용된 영/검 요소의 수명/세력/입지를 더 축소할 뿐이라는 것을 암시한다.

이런 입장은 32경로 중 '정화하는/순수한 지성'에 대한 서술로도 확인할 수 있다. 방출된 것들을 정화하고 바로잡는 과정에서 불일치를 용납하지 않기에, 이에 부적합하다 판단되는 응용된 영/검 요소 속에 내재했던 개성이 소멸될 것에 대한 슬픔이 핵심 의미에 반영된 것으로 이해할 수 있다.

그렇기에 9s는 역설적으로 다가올 슬픔을 극복하고자 체념에 가까운 수용과 그에 따른 책임/대처 완수를 조언한다.

〈마라의 죽음〉과 〈샤를로트 코르데〉

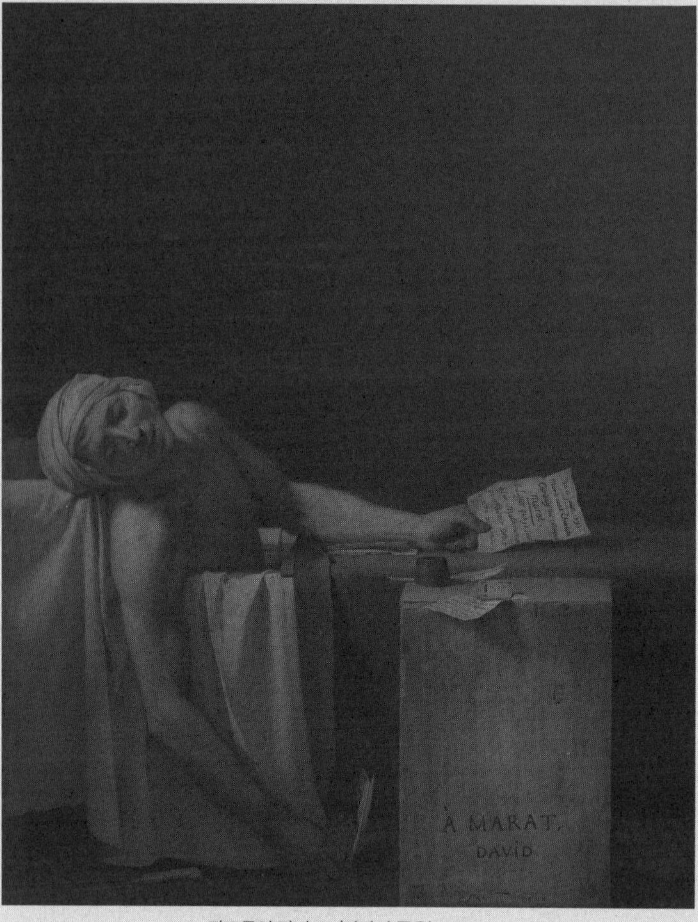

자크루이 다비드, 〈마라의 죽음〉, 1793

프랑스혁명의 강경파였던 장폴 마라Jean-Paul Marat의 암살범인 온건파 샤를로트 코르데Charlotte Corday는 그를 죽인 이유에 대해 '10만 명의 목숨을 살리고자 한 명의 목숨을 없앤 것'이라 말했다. 그러나 이 말은 그해 1월 루이 16세를 처형한 다른 강경파인 로베스피에르의 말과 같은 것이었다.

이런 혼란상은 암살 사건을 바라보는 예술가들에게도 그대로 투영됐고, 폴 자크 에메 보드리Paul Jacques Aimé Baudry의 〈샤를로트 코르데〉(1860)는 이렇게 다른 관점을 지닌 예술가의 시점을 담은 작품이다.

폴 자크 에메 보드리, 〈샤를로트 코르데〉, 1860

이런 내부 갈등 및 이상과 현실의 합치를 이루지 못하고 방황한 프랑스혁명은 결국 반동(테르미도르)을 맞이해야 했으며, 내전과도 같은 혼란 끝에 프랑스 제1공화국이 1799년 나폴레옹의 쿠데타로 무너지며 끝났다.

9s의 묘사는 이런 극단적 혼란을 검 요소를 비롯한 이성, 규칙, 무력 등의 방식으로 온전히 구원할 수 없다는 점을 통렬하게 지적하며, 서로 가진 것을 압도할 만한 수준 차이(신 또는 핍 카드와 메이저 아르카나의 격차)가 나지 않는 한 불가능하다는 점을 시사하고 있다.

10 *of* SWORDS.

부정적인 생각, 파멸, 종료

Ruin, be Annihilated, Fresh start

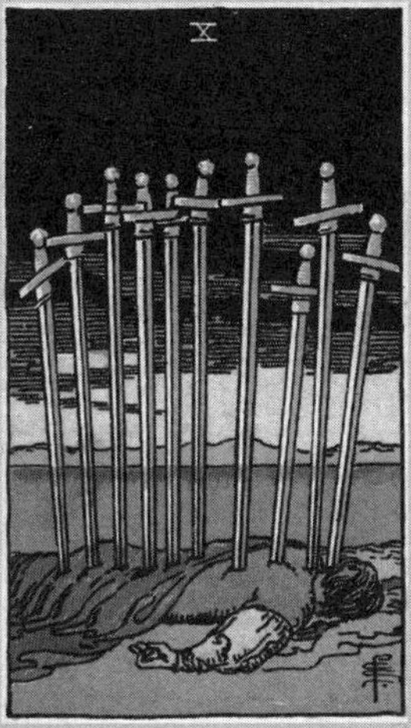

극한으로 치달아 모두가 공멸할 것이라는 두려움을 끌어내는 데 성공한 핵무기는 무기의 의미를 퇴색시켰고, 적폐가 누적돼 누구도 권위를 인정하지 않는 체제는 추종자들에게조차 버림받고 폐기된다.

드높았던 영향력은 간데없고 누구도 추모조차 하지 않은 채 이것은 기술/체제/규칙/무기가 아니라는 평가가 이어지며, 명맥을 잇고자 자신의 정체성을 버려야 하는 처지로 내몰린다.*

이 과정에서 세상은 그를 기억하지 않으며, 그저 한때 유용하게 쓰였던 것이라 기록할 뿐이다. 나아가 개인의 삶에서 자신의 역량을 아득히 초월하는 문제를 맞았을 때 억지로 해결하려는 것보다 깔끔히 포기한 뒤 완전히 다시 시작하는 편이 더 나은 결과를 가져다줄 수 있다는 것을 이 카드는 매우 쓰디쓴 표현으로 충고한다.

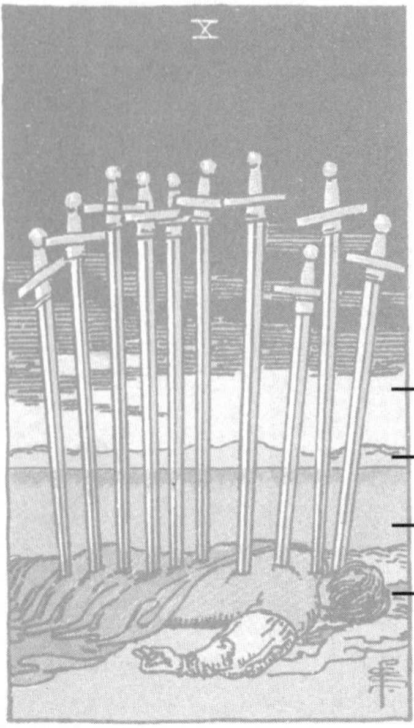

* 과거의 세금 제도(정전법井田法, 공납 등)는 과거 상황에 맞을 뿐이기에 부활 운동이 없듯, 더 좋은 기술을 두고 과거의 기술을 억지로 다시 쓰자는 주장도 없으며 있더라도 문화 보존 개념에 머무른다(예: 공예 기술의 무형문화재 등록). 사문화한 법을 실제로 적용하지 않는 것도 예로 들 수 있다.

어둠과 여명 여명이 밝아오며 어둠을 서서히 몰아내는 묘사로써 암울하고 답답한 상황이 끝나가고 있다는 것을 상징한다.

건너편의 산맥/대륙 순수한 영/완드 요소로 대변되는 의지들은 큰 영향을 받지 않고 보존되는 것 또는 새로운 의지들이 자리 잡는 것을 뜻한다. 나아가 이처럼 새롭게 태동한 검 요소는 As에 걸맞은 존재로 추천/인정받는다는 것을 고요한 물과 색채를 같게 묘사해 표현했다.

고요한 물 2s, 5s에서도 쓴 표현이지만, 의미 적용은 조금 다르다. 파멸/파탄 지경인데도 이에 대해 감정적 공감/공유가 일어나지 않는 상황을 암시한다. 더욱 극단적으로 표현한다면 존재하는지조차 기억하지 않거나 죽어 마땅한 상태 또는 죽을 만하니 죽었다고 여기는 수준이라는 점을 강조한다.

무수히 검이 꽂힌 시체 다른 응용된 영/검 요소들로 인해 파괴되는 모습을 보여준다. 모두에게 버려지거나 인정받지 못하고 외부 요소/제3자들에게 잊히거나 버림받는 상황을 암시한다.

10 *of* SWORDS.(이하 10s)는 부정적인 생각, 파멸, 종료를 의미한다. 부정적인 영향을 받으면 성공/이익을 의미하나, 기본적으로 이 모든 것이 절대 오래갈 수 없다는 뜻을 가진다.*

그림 속 처참한 광경과 달리 배경은 동이 트고 있으며, 자연스럽고 평온한 모습으로 대비를 이룬다.

다른 모든 요소가 평화롭거나 각자의 처지/역할에 따라 움직이는 데 비해, 10s는 결말이 완전한 용도 폐기 또는 정체성 소멸/파멸로 표현된다. 이는 응용된 영/검 요소가 깊게 개입돼 있는 모든 분야에 공통으로 적용된다.

끝에 닿아 잠재력을 모두 소진하고 성장이 멈춘 응용된 영/검 요소는 과거의 영광에 취해 더는 새로움을 주지 못하고 서로 제압/억압해 우위를 점하려는 의도가 격화돼 모두 공멸할 수밖에 없는 모습으로 변질하거나, 시대에 걸맞지 않은 규칙과 체제가 결국 사문화/교체되는 과정에서 과거와의 결별 또는 과거의 부정이 잔혹하게 일어난 끝에 본의조차 왜곡되는 모습을 보인다.**

그렇다면 10s의 긍정적인 의미는 전혀 없는 것일까?

문제 원인이 자신에게도 있다는 것을 지적/암시하는 8s, 9s와 달리, 10s는 한 가지 확실한 긍정적 의미가 있다. 이는 새로운/신선한

* A. E. Waite, *The Pictorial Key to the Tarot*, Part III: The Outer Method of the Oracles, Ten of Swords 참고.

** 칼 가는 사람과 땜장이들은 예부터 수많은 시장과 장터에 있었으며 그 일로 생계를 꾸릴 수 있었으나, 기술 발전과 대량생산으로 이들의 입지는 급속히 줄어들었다.

석기시대부터 인류는 (자신을 지키든 남을 지배하려 하든) 승리를 위해 계속 무기를 발전시켜왔고, 이런 발전은 핵무기와 생화학 무기의 등장으로 누구도 무기를 쓰지 못하는(사용하면 공멸하는) 수준에 이르렀다.

모두가 알고 실현할 수 있을 만큼 보급된 기술은 기술이라 일컫지 않는다. 이미 그것은 상식이지 기술이 아니기 때문이다. 이를 초월하는 기술은 오히려 마법과 비슷한 모습으로 인식되기 마련이다.

그렇기에 극단으로 치달은 검 요소들은 자신이 만들어진 목적을 달성하는 것과 무관하게 수명이 유한하며, 비극적인 결말을 맞을 수밖에 없다는 점을 대부분의 덱에서 강조한다.

시작으로 표현되는데, 다만 이는 그 전의 성과/결과와 무관하게 '절멸絶滅 상태'에서 새로 시작할 때에 국한해 적용할 수 있다.

이른바 문제가 발생했을 때 해결책의 실행 또는 자신/주변의 변화를 요청하는 다른 카드와 달리, 해당 국면과 관계있는 모든 요소/인물을 (물리적으로) 배제/제거해 재시작하는 경우를 말한다.

그러나 이런 의미를 현실에서 적절하게 적용하는 일은 흔치 않기에, 쉬이 선택/조언할 수 없다.

이렇게 긍정적인 의미를 강조해도 그 과정에서 부정적인 면모가 두드러지기 쉬운 이상, 10s는 유한하거나 목적이 정해진 모든 의지의 부산물이 맞이하는 결말에 대해 논하고 있으며, 이런 상황이 오지 않게 막거나 이런 상황들을 응용/이용해 발전할 방법을 찾도록 주문하는 카드다.

연금술 응용된 영/검 요소는 자신이 창조된 이유와 목적을 달성하면 소멸한다. 어떤 의지를 구현/보급하기 위해 창조된 껍데기의 효용은 거기까지다.

이를 다른 요소들이 알아차리게 될 때 적폐나 퇴물로 취급돼 배격당하고 내몰린다. 이는 누구도 변호할 수 없으며, 지지하지도 않는다. 그리하여 파멸이 완료되면, 응용된 영/검 요소를 파멸시키는 데 일조한 이들 사이에서 새로운 이가 그 아버지(순수한 영/완드 요소)의 뜻을 좇아 절대적인 자리에 오르고 새로운 세상에서 군림할 것이다.

이는 응용된 영/검 요소의 승패와 무관하게 반복되며, 승자와 패자가 구분되는 것은 잠시일 뿐 모두 모래처럼 사라질 허망한 일이다.

물론 결말이 어떤지는 이미 죽은 이들과 죽음을 눈앞에 둔 이들만 알 뿐이다.

이런 내용은 카드의 핵심 의미인 부정적인 생각, 파멸, 종료로 연결된다.

카발라 10s는 제3계의 말쿠트에 대응된다.

응용된 영/검 요소들의 왕국은 결국 각자를 창조한 의지의 영향으로 서로 반목하거나 다른 존재들의 장점들을 취합하며 자신의 정체성을 파괴/변질할 수 있다는 것을 경고하고, 그 끝에는 죽음/파멸만 있을 뿐이라는 것을 쓸쓸히 묘사한다. 그러나 이런 파괴 속에서 끊임없이 새로운 것들이 탄생하며 발전을 거듭한다는 점을 상징(어둠과 여명)으로 보여주고 있다.

32경로 중 '찬란한/눈부신 지성'의 의미 또한 순수함이 퇴색했다는 것을 확인할 수 있다. 그러나 이는 신성한 의지 구현의 달성(여명)이 중요할 뿐, 외피는 무의미하다는 점(시체)을 강조하는 것이라 볼 수 있다. 이러한 파괴가 거듭되며 생긴 발전의 찬란함을 보여주면서도 그 도구/불순물에 준하는 껍질을 소멸시키는 것이 응용된 영/검 요소의 성질과 부합하다고 여겨 이처럼 묘사한 것이다.

이는 최악의 경우 분쟁과 다툼으로 자신의 존재가 모두 소멸/죽음에 다다르게 된다는 것을 시사하며, 잔재만 남아 평범하게 쓰이거나 단순히 이를 많이 보유하는 것으로 가치를 증명하려 할 수 있다는 것을 지적한다.

자신의 유리함을 위해 기회를 엿보거나 불리/부족한 존재들을 위협함으로써 자신의 입지를 확장/유지하는 Ps와 달리, 10s는 핍 카드/단일 세피라라는 한계 탓에 검 요소로 대변되는 기술/규칙/체계/법/무력이 상호 파괴를 향해 치닫고 새로 시작되는 광명의 발출을 보지도 못한 채 사라지리라는 점을 그림으로 여실히 보여준다.

이윽고 제1, 2, 3계를 거치며 발생한 불순물들은 잔재만 남기고 사라진 검 요소들과 결합해 유형화하면서 모두 '감옥에 갇힌'* 제4계, 물질계Asiyah를 구성하며 마지막 이야기의 시작을 예고한다.

* 영지주의에서 육신과 단순히 살아가기만 하는 생명은 무의미하며, 신의 숨결이 진체眞體를 찾지 못하게 가두는 감옥이라 여겼다는 점을 상기해야 한다.

〈카이사르의 죽음La Morte di Giulio Cesare〉

빈센초 카무치니Vincenzo Camuccini, 〈카이사르의 죽음〉, 1798

로마 공화정 말기의 사회적 모순(부의 편중, 병사의 사병화, 농지법, 원로원 최종 권고 등)들과 혼란을 자기 생각과 의지와 방법 들로 해결한 카이사르는 끝내 종신독재관에 올라 개혁에 박차를 가하려 했으나, 이런 그의 행보가 왕정의 부활이라 여긴 원로원을 비롯한 기득권의 반발을 샀으며, 남은 견제 방법이 없었기에 암살이 동원됐다.

어설픈 계획과 과정에도 암살에 성공했지만, 원로원은 제 기능을 수행하기는커녕 자신들이 통치 수단으로 삼아왔던 기능조차 제대로 쓰지 못했고, 정국을 수습하지 못한 채 카이사르의 수하인 안토니우스에게 선수를 뺏겼다. 그 뒤 아우구스투스에게 제압당해 공화정은 역사의 뒤안길로 사라졌다.

자신이 만든 체제와 이를 통한 로마의 변화를 카이사르는 생전에 보지 못했고, 그 자신의 시신 또한 흔적도 없이 사라졌지만, 위업을 달성한 그의 이름은 길이 남았고 로마제국은 그가 죽은 뒤 천 년을 더 이어졌다.

이는 율리우스 카이사르라는 로마 역사상 몇 안 되는 천재(메이저 아르카나)가 자신에게 치명적인 순간을 맞았음에도 당시 로마공화정 체제의 모순을 개선/타파하는 데 성공함으로써 위업을 완성한 것이라 이해할 수 있다.

PENTACLE

오망성Pentacle은 물질, 가치, 재화로 인정받는 유·무형의 것을 주관한다.

고전 타로카드에서는 동전Coin으로 묘사한 카드였으나 이는 단지 현물, 현금, 부동산 등에 국한됐다. 하지만 가치 있는 무형의 산물/특혜에 대한 설명이 요구되는 시대 흐름과 맞물려 이를 (가치를 창출한다고 여기는 의지들을) 오망성 상징으로 바꿔 형상화한 시도가 성공한 것이다. 이 시도로 인해 타로카드는 점술로서 명맥을 이어갈 수 있었다고 평가할 만큼 중요한 변화를 맞이했다.

오망성은 모두가 공유/점유하길 원하며, 그런 가치를 지닌 것들을 서로 공인/인정함으로써 더 높은 가치로 평가받거나,* 더 넓은 영역에서 쓰이는** 것을 지향하며, 현실 생활에 필요한 직접 경험이나 물품으로 유형화된/유형화할 수 있는 것들과 관계있다. 이는 곧 응용된 혼Soul으로써 세상에 구현된 것이다.

(이하 응용된 혼/오망성 요소)

이런 응용된 혼/오망성 요소가 현실에 강하게 개입하거나 긍정적인 영향을 미치면, 실질적인 부를 일구거나 노력에 따른 대가를 정당하게 받으며 만족하거나 선망을 사게 된다.

그러나 응용된 혼/오망성 요소가 필요한데도 이를 무시하거나 부족한 점을 채우지 못하면 생존하기 어려워지거나 무의미한 시간을 보낸 채 자신과 주변을 망친다. 반대로 오남용되거나 난립하면 높은 가치만 좇다가 자신이 무엇에 현혹되는지 모른 채 모으는 데만 몰두하며, 자신을 만들어준 무형적 요소들을 무시한 끝에 존재 의의가 사라져 모두가 가치 없다고 평가하거나 외면하는 상황으로 내몰린다. 또한 서로 다른 가치를 인정하지 못한 채 단순히 수치화해 조롱의 대상으로 삼다가 자신의 격을 낮추는 부작용을 낳는다.

뒤이은 글에서는 각 오망성 카드의 발전과 쇠퇴에 따른 응용된 혼/오망성 요소들의 시작과 끝을 조명함으로써 이해를 돕고자 한다.

* 모두가 필요로 하거나 선망하고 희소한 것은 높은 가치를 지닌다.

** 화폐는 이런 공감/공유가 국가적으로 통용되기에 발행할 수 있는 것이다.

ACE *of* PENTACLES.

명예, 훈장, 원석, (신이 내린) 선물

Perfect (material) Contentment, (God's Material) Gift, (Undisturbed) Resource

금, 은, 보석, 부동산을 싫어하는 이를 찾기 어려운 이유는 모두가 이를 소유하려 하고 소유자를 선망하기 때문이다. 이는 자원 쟁탈전으로 이어지며, 소유하기만 해도 기반과 입지가 더 확고해지는 존재들로 부각된다.

또한, 어떤 공동체에서 요구하는 무형적 가치를 실현해내고 유형적 수치와 실적으로 일궈낸 이들을 기리고자 명예를 세워주며, 이를 기록·공표함으로써 굳건한 입지를 선사하곤 한다.

이것이 국가 수호, 번영, 문화, 가치관 실현*에 따라 명칭만 바뀔 뿐이다.

세상을 이롭게 한 가치 있는 것들을 만든 사람이 되어 보호받고 자신이 만든 것을 통한 수익을 보전해주는 권리**를 소유하는 것도 모든 이가 선망하는 것이다.

그러나 이를 얻고 지키려면 무엇이 필요한지 알아야 하고, 준비되지 않은 채 있으면 화를 피할 수 없다. 지킬 힘이 없으면 보물은 자신의 것이 아니기 때문이다.

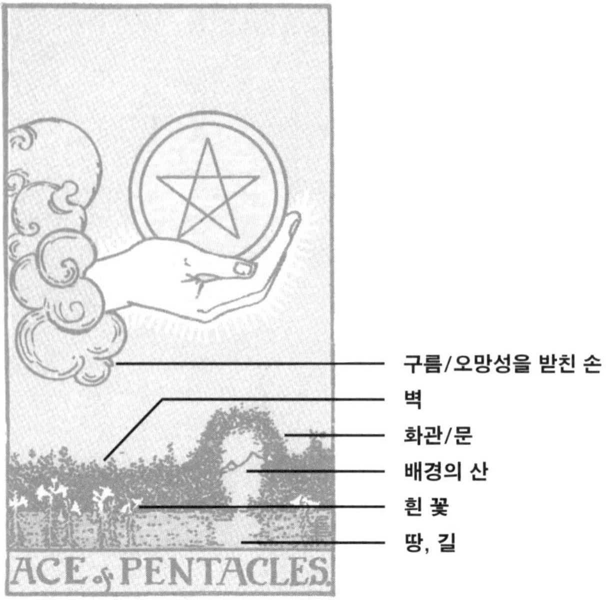

* 각각 전쟁 무공 훈장·명예 훈장, 금·은·동탑 등의 산업훈장, 금·은·동관 등의 문화훈장, 조선 시대 때 충효의 가치를 지킨 이에게 내린 효자문·충렬사를 예로 들 수 있다.

** 저작권 및 수조권收租權 등 실질적 수익/가치를 지닌 권리를 들 수 있다.

구름/오망성을 받친 손 여느 Ace와 마찬가지로 신성의 개입이 수동적/피동적으로 이루어지는 것을 의미한다. 또한, 이는 기독교적 관점에서 신이 세상을 창조할 때 쓰임과 효용을 모두 안배했다는 것을 의미한다.

벽 외부의 세속적 공간에서 내부의 성스러운 공간으로 옮겨가는 것을 의미한다. 또한, 보호와 제약을 하는 성스러운 포위의 상징이다.* 이로써 벽 안쪽이 신성한 체계, 세상, 계획 등으로 구성돼 있다는 것을 의미하며, 문밖의 외부와 격리/보호되고 있다는 것을 강조하는 장치다.

화관/문 화관처럼 꾸며진 문은 21(세계)에서 드러난 상징을 이용한 것이다. 마지막 카드**이기에 이곳에서 모든 것이 끝나지 않고 새로 시작하는 것을 드러낸다.

배경의 산 핍 카드에서 산은 순수한 영Spirit을 의미하나, 이 카드에서는 0(바보)의 배경과 이어진다. 이는 곧 시작과 끝이 같고, 영원히 반복된다는 것을 상징한다.

흰 꽃 순수를 의미하며, 물질 안에 있는 태초의 순수/신의 숨결이 있다는 것을 상징한다.

땅, 길 비옥한 초지草地는 풍요를 의미하며, 카발라주의에서는 오망성이 마지막 세계인 물질계라는 것을 드러내려는 장치다. 이는 길을 통해 더 강조된다. 타로카드 78장에서 길은 생명의 나무Sefirot 속 경로를 의미하기 때문이다. 아울러 다른 상징(화관/산)을 통해 시작과 끝이 하나이자 영원함을 강조하고자 쓰였다.

* 진 쿠퍼, 『그림으로 보는 세계 문화 상징 사전』, 까치, 1994, 393쪽.

** 『타로의 그림열쇠』에서 마이너 아르카나는 Kw부터 시작해 이 카드에서 끝나는 역순을 취한다.

ACE *of* PENTACLES.(이하 Ap)는 명예, 훈장, 원석, (신이 내린) 선물을 의미하며, 부정적인 영향을 받을 때는 이런 것들로 인해 생기는 흉사凶事를 뜻하는 카드다.

덱 제작자들은 78장 중 마지막 카드라 여겼기에 다분히 의도적으로 배치(화관/산)했다는 점을 제외한다면, 다른 Ace와 비슷한 의미를 담고 있다.

신의 선물과 같은 Ap는 말 그대로 능히 수용해낸다면 소원을 달성하는 것 이상의 성취를 얻게 되나, 그렇지 못하면 손에 쥔 것을 활용하지 못해 화를 불러오거나 귀한 줄도 모르고 지나치는 결과를 낳는다는 점을 강조한다.

또한, 78장의 마지막에 놓인 것을 고려하면 신의 의지가 모두 구현되고 원형原形을 감싸던 것만 남아, 새로 자신의 설계 목적에 부합한 여정을 떠남으로써 세상에 순환이 이루어지는 것을 표현한다. 이는 연금술의 내용과 어느 정도 들어맞는다.*

이는 As처럼 절대적 입지를 차지하는 것과 다르다. As는 더 특출하고 효율적인 방향으로 자신을 내세우지만, Ap는 자신이 의도하지 않았더라도 모두 이를 소유/공유하고 싶어 하다 보니 절대적 요소로 추앙받게 된다는 차이가 있다.

이는 각자가 의미하는 영/혼의 성격에서 비롯한 차이이다.

그렇기에 Ap는 모두가 소유하고 싶어 하는 물질인 자원, 재화로 의미를 확장한다. 다만 얻으려는 이가 많기에 쟁탈전이 벌어질 공산이 크며,** 그 과정에서 소유할 그릇이 되지 못하거나 Ap를 활용하지

* 연금술에서 현자의 돌Elixer을 사용하면 금을 생성(금이 아닌 것을 금으로 바꾸거나 만병통치)할 수 있다고 전하며, 이렇게 사용된 현자의 돌은 단순한 질료로 돌아간다고 여겨졌다.

** 1848년 미국 캘리포니아 새크라멘토의 한 농장에서 사금이 발견됐다. 농장주였던 존 서터는 이를 감추려 애썼지만 퍼지는 소문을 막을 수 없었고, 수많은 불법 침입자 때문에 파산했으며, 광산 개발로 자연은 파괴됐다. 이 사건이 캘리포니아에서 골드러시가 시작된 계기였다.

못하면* 허무한 결과만 낳는 것을 경고해야 한다는 점에 주의를 기울여야 할 것이다.

* 현대 산업의 총아인 알루미늄은 고대부터 염색 용도로 쓰였다. 이 금속은 정제하기가 어려웠기에 금보다 비싼 가격에 거래됐고, 1856년 대량생산에 성공한 뒤에야 대중적으로 보급됐으나 여전히 고가였다. 1886년에 새로운 공정이 개발되며 가격이 급락해(1890년 킬로그램당 19프랑에서 1907년 킬로그램당 1.7프랑) 지금 같은 인지도를 쌓고 만인에게 공유가 이루어졌다. 짧은 시기에 현대 문명을 구성하는 축을 이루며 강력한 영향을 끼친 사례다.

부정적인 예로 '자원의 저주(네덜란드-천연가스, 나우루-인광석, 베네수엘라-석유)'로 일컫는 현상을 들 수 있다.

연금술 본래 모두가 가지고 싶어 하고 공유하려는 것을 실체로 갖춘 응용된 혼/오망성 요소들은 어디에나 널려 있다. 다만 신의 숨결이라고 부르는 정수/가능성을 제대로 몰라 활용하지 못하고 있는 것뿐이다. 이런 내용은 카드의 핵심 의미인 명예, 훈장, 원석, (신이 내린) 선물로 이어진다.

가공에 성공한 이는 축복에 겨워하나 모두가 이를 얻고자 하면서 근심이 생긴다. 단순히 가공만 성공한다고 해서 모든 일이 쉽게 풀리지 않는다는 점을 인지하고, 어떻게 변수에 대응할지를 고민하지 않으면 이 선물은 오히려 화를 불러일으킬 수 있다. 귀하고 손에 넣으려는 사람이 많기에 소문이 퍼져 가치가 알려지고, 이를 보고/가지고/빼앗고 싶어 하기 때문이다.

그저 겉으로 보았을 때는 한낱 돌에 불과하겠지만, 그 안에 담긴 것을 어떻게 간파할 것이며, 활용할 것이며, 지킬 것이며, 널리 공유하는 데 성공해 기반을 다질 것인가?

카발라 Ap는 제4계인 물질계(아시야Asiyah, 이하 제4계)의 케텔에 대응된다.

근원 그 자체이자 신의 계획이 모두 담긴 곳이라 여겨지는 곳답게, 그림에서도 정수가 있는 상황이라는 것을 꽃을 통해 묘사했다.

또한, 32경로 중 '놀라운/최고의 지성'의 의미에 걸맞게 물질 중 모두가 이를 얻고자 하고 정상적인 이성마저도 흔들리게 만들 수 있는 재화, 금 등으로 묘사되며, 이로써 핵심 의미인 '높은 가치를 지닌 무엇'을 설명하고 있다.

그러나 그만큼 인지하기 힘들거나 인지하더라도 어느 정도의 가치인지 모르는 상태라는 점을 통해 역설적으로 Ap의 긍정적 면모에 따른 부정적 의미들을 강조한다.

2 *of* PENTACLES.

교환, 변화, 조율
(Ex)Change, Adjust

자신이 지닌 것으로 환경의 변화에 대응하는 모습은 자연스러운 변화이자 일상적인 풍경으로 인식하며, 어떤 가치를 다른 가치 있는 것으로 바꾸는 데 익숙해지는 것도 마찬가지다.

그러나 거래에서 화폐가 대중적인 인지도를 쌓는 데 든 시간은 큰 사건들(전쟁, 물류 증가, 신용거래 가능)이 있고 난 뒤부터다.

특히 서로 가치 있다고 인정하는 것이 다를 때는 이를 비교하고 서로 만족할 결과를 얻기까지 많은 시행착오가 있을 수밖에 없었다.*

* 고대 로마는 은을 기준으로 화폐를 발행, 유통했으나 정치 체제의 불안정과 자원 고갈로 점차 인플레이션을 거듭했고, 그 뒤 동로마제국 시대를 연 콘스탄티누스 1세가 솔리두스 금화로 화폐를 개혁해 안정화했다.

중국 명나라 만력제는 재상 장거정과 함께 세금을 은으로 거두는 일조편법을 제정했다. 이는 그 뒤 청나라의 지정은제와 결합해 전 세계의 은을 중국이 흡수하는 효과를 낳았다. 이런 불균형 상태는 일방적인 무역 적자를 떠안아야 했던 영국 동인도회사가 문제를 타개하려 아편 무역을 시도하기 전까지 이어졌다.

모자 우스꽝스럽고 길쭉한 모자는 이 행위를 하는 인물이 광대와 같다는 것을 표현한다. 의복 전체의 붉은색은 순수한 영/완드 요소의 성질을 내포하고 있다는 것을 의미하며, 나아가 등장인물이 하는 저글링이 우열을 가리거나 자신이 얻고 즐기려는 바에 합치하게 하려는 의지를 품고 있다는 점을 드러낸다.

저글링/뫼비우스의 띠 저글링은 이 상황을 능숙하게 조작하는 것을 의미하며, 특히 돈으로 자신의 목적에 부합하는 (옳지 못할 수도 있는) 일을 하려는 사람의 행동으로 여겨졌다.*

이에 더해 무한을 의미하는 뫼비우스의 띠가 결합해 있는데, 이는 곧 서로 다른 가치의 비교, 조율, 조정, 활용 등이 무한하게 이루어지며, 등장인물이 원하는 바를 얻어내려 이런 행위를 하고 있다는 점을 강조한다.

물결/배 배경의 물결과 배는 세찬 파도에 시달리는 듯 보이나 침몰/좌초를 묘사하고 있지 않다. 이는 순수한 흔/컵 요소에 해당하는 사람들의 심리, 분위기, 상황이 모두 유동적이며, 이 변화로 응용된 흔/오망성 요소의 가치가 바뀔 수 있다는 것을 암시한다. 또한, 배는 그림에서 각 오망성의 추종 집단으로 이해할 수 있다(코트 상징편 21쪽, 109쪽 참고).

땅 굳건한 땅은 외부 또는 각 오망성과 관계있는 변화/변동이 심해 보이는 것과 달리 실제로는 등장인물의 행위가 벌어져도 실제 상황/국면에 별다른 문제가 없거나 이 행위 자체가 매우 당연한 모습에 가깝다는 점을 암시한다.

* Arthur Chandler, *The Journal of Popular Culture Vol. 25 #3*, 1991.

2 *of* PENTACLES.(이하 2p)는 교환, 변화, 조율을 의미하며, 부정적인 영향을 받으면 억지웃음, (영수증, 전보 등의 짧은 문서/소식에 대한) 작문 등 소소한 의미를 띠는 카드다.

10과 2p 비교

변화라는 의미가 10(운명의 수레바퀴)과 어느 정도 겹친다고 여길 수 있으나, 10의 변화는 필연적이고 운명적인 변화이기에 막으려야 막을 수 없고 대처하기 어렵다. 그러나 2p는 계절이 바뀌면서 옷을 바꿔 입거나 에어컨을 난방기로 바꾸는 등 환경에 적응하려는 변화라는 점에서 차이가 있다.

2p는 그림에서 쉽게 의미를 파악할 수 있기에 큰 논란은 없다. 그저 소소한 변화에 적응하고자 자신의 역량/기반을 사용하고 그 과정에서 현상 유지를 하는 모습에 주목한다면 이해의 폭을 넓힐 수 있을 것이다.

각자 가진 것에 대한 가치가 대립할 때 이를 교환해 비교한다는 점에서, 이 카드는 환전換錢, Exchange의 의미를 파생한다. 다만 끊이지 않고 (물질적) 가치가 바뀌는 상황에도 자신의 현 상태를 유지하는 현실적 방안들이 2p의 본뜻에 해당한다는 점에 주의하면 된다.

연금술 자신과 다른 존재를 마주한 응용된 혼/오망성 요소는 자신이 가진/가졌다고 여기는 가치가 다른 존재에게는 얼마만큼의 가치를 지니는지 알아보려 한다.

나아가 순수한 혼/컵 요소를 공유한다는 명제를 함께하기에 완벽한 통합까지는 아니더라도 같은 공간/세상에서 공존할 수 있으리라 여기기에 이를 서로 견줘 각각의 가치에 걸맞는 비율과 형태를 찾아 교환한다.

이 과정에서 대립이나 충격은 없다. 다만 각각 응용된 혼/오망성 요소를 공유하고 믿어 의심치 않는 이들이 변화하는 만큼, 가치의 폭이 잠시 출렁거리긴 하지만 이탈하지 않고 금세 제자리를 찾는다.

이런 내용은 곧 카드의 핵심 의미인 교환, 변화, 조율로 이어진다.

이렇게 공존을 시작하면 점차 확장하는 듯하지만, 각자는 상대방이 평가하는 가치가 진정 내 가치인지 의구심을 품기 시작한다. 주먹구구식으로 진행하면서 자잘한 차이라 여겼던 것이 규모가 커지다 보니 무시할 수 없는 수준으로 커지기 때문이다.

이런 문제로 응용된 혼/오망성 요소는 불안정한 상황을 조화롭게 만들 요소를 원하며, 가치를 제대로 평가할/창출할 수 있는 존재의 개입을 원하기 시작한다.

카발라 2p는 제4계의 호크마에 대응된다.

케텔의 정수를 하위 세계/세피라로 표현/분출하는 세피라지만, 제4계는 기본적으로 불순물이 많기에 이를 조율해 걸러내는 과정이 필수 불가결하다는 것을 그림으로 설명하고 있다.

32경로 중 '빛을 주는 지성'의 의미도 이런 교환/거래, 조율/정리 과정에서 2p의 그림 속에 그려진 각 Ap의 가치가 실존하며, 이를 잃지 않거나 취할 수 있을지에 대한 방법을 고려해야 한다는 것을 강조한다.

또한, Kp는 다양한 Ap의 가치를 소유/간파하고 활용하는 수준에 다다랐으나, 2p는 각 Ap에 대한 평가에 매진한 나머지 이를 미처 제대로 활용하지 못하고 있다는 것을 지적한다.

3 *of* PENTACLES.

의뢰하다/받다, 전문가

(Expert) Skilled labor, Make a Request/be Commissioned

중세-르네상스 시대 도공의 지위는 출신 성분과 무관할 정도로 드높았고, 교황과 국왕도 이들의 능력과 명성을 어느 정도 존중할 만큼 확고한 기반을 갖췄다.*

의뢰를 주고 그에 대한 변경 사항을 협의하고 자신의 의뢰자가 원하는 바와 자신의 창작 욕구 및 가격을 조율해 서로 만족스러운 결과를 내던 과거는 현재에 이르러 외주 작업에 종사하는 다양한 직종의 프리랜서로 계속 이어졌다.

그러나 이런 방식은 필연적으로 규모가 작을 수밖에 없으며, 이에 따른 결실도 과거보다 각자에게 비합리적으로 분배될 수 있다는 단점 또한 개선되지 못한 상황이라는 점에 주의해야 한다.**

* 미켈란젤로 부오나로티, 레오나르도 다빈치, 루벤스 등을 예로 들 수 있다.

** 외주 작업의 결과물과 수익 분배 문제는 현재에도 다양한 사건을 일으킨다. 국내의 사례로 2008년에 종결된 『만화로 보는 그리스 로마 신화』의 작가 교체 및 이에 따른 법정 분쟁을 들 수 있다.

외주 제작은 비용을 아끼려 진행할 때가 많고, 이에 따른 지속적인 관리가 어려워지거나 제품/서비스 품질이 떨어지는 문제가 생기기 쉽다.

오망성 셋 삼각형을 이루고 있다. 이는 세 오망성이 각자의 의지를 통합하는 데 성공한 것을 의미하며, 배경이 성당/교회라는 점을 고려하면 삼위일체와도 의미가 연결된다.

이로써 각 오망성이 조화를 이룬 끝에 신성을 담아내는 곳(교회 등)이나 이에 준하는 감정/신앙적 요소로 이뤄진 공동체 안에서 쓰이는 물질적 가치를 공유/형성하는 데 성공했다는 것을 뜻한다.

또한, 카발라주의의 케텔-호크마-비나의 형태를 물질적/현실적으로 구현한 것이라는 사실을 알 수 있다.

장미 십자가 잎이 다섯 개 달려 있고 장미 안에 십자가를 그린 문양은 위에 놓인 삼위일체와 의미를 결합해 다양한 의미를 파생한다.

장미는 정결한 사랑을 의미하며, 선악을 경험하기 전의 사랑이기에 기쁨의 성찬聖餐과 연결된다.* 나아가 가톨릭 상징에서 장미는 곧 성모 마리아를 의미하며, 이는 카발라적으로 비나와 연결된다. 장미 안의 십자가는 이런 사랑과 정결을 토대로 구축된 조화 속에서 발현되는 신성을 의미한다.

다섯 잎사귀는 배치상 역오망성으로 볼 수 없고, 이는 13(죽음)의 깃발에 새겨진 백장미와 비교해보면 명확하게 파악할 수 있다. 오히려 신심信心의 안정(4)이 가져다주는 성령(1)의 강림을 의미하며, Ac에서 등장한 비둘기와 유사한 형상으로 묘사했다는 점을 참고할 필요가 있다.

도공/석공 정을 들고 선반 위에 올라 작업하고 있는 도공/석공은 전문가를 의미하며, 위에서 언급한 상징들이 의미하는 바를 완성하려는 사람을 암시한다. 나아가 상황의 주도권이 이 도공/석공에게 있다는 점을 선반 위에서 작업 중인 그에게 의뢰 또는 의뢰 관련 문의를 접수하는 모습으로 확인할 수 있다.

의뢰인들 수사와 종자Page로 보이는 의뢰인들은 설계도를 도공에게 보이고 있다. 이는 신성과 세속의 양면이 요구하는 것(설계도)을 제시하는 상황이며, 둘의 요구를 수용하는 묘사를 통해 셋 모두 자신의 작업물/결과물의 성립, 원하는 외형/가치의 성립, 신앙/순수한 혼의 본래 의도를 제4계에 구현하려는 모습을 드러내는 장치다.

* A. E. Waite, *A New Encyclopaedia of Freemasonry*, Rider & Co, 1921.

3 *of* PENTACLES.(이하 3p)는 의뢰하다/받다, 전문가라는 의미를 지니며, 부정적인 영향을 받으면 평범함, 철없음, 유치함 등의 의미를 띠는 카드다.

덱 제작자는 3p와 8p를 비교해보도록 권하며, 이 과정에서 견습/도제가 도공으로 성장한다고 언급한다.* 이는 10→Ace 순으로 내려오는 과정을 합당하게 만들고자 취해진 변경점으로 보이며, 과거의 고전 타로카드들과 차이를 둔 것이라 보인다. 그러나 3이라는 숫자 자체의 의미만으로도 3p의 의미를 강조할 수 있기에 카발라주의를 과도히 앞세워 의미 변경을 시도한 감이 있다.

이런 변경은 라이더-웨이트 덱 이후로 고착됐으나, 프랑스와 이탈리아를 기반으로 한 고전 타로카드 체계에서는 숙련-견습의 의미가 반대로 표현돼 있다는 점에 주의해야 한다.

3p와 8p 비교

그 밖에 3p의 의미 중 전문성이 요구되고 이를 갖추는 것에는 다른 문제가 있다.

이는 규모의 문제에 속하는데, 3p는 소규모-전문적인 것을 드러내는 것과 달리 8p는 체계를 갖추어 이루어진 대규모-평범한 것을 드러낸다. 이 차이점을 인지한다면 두 카드의 차이를 이해하는 데 큰 착오를 겪지 않을 것이다.

* A. E. Waite, *The Pictorial Key to the Tarot*, Part III: The Outer Method of the Oracles, Three of Pentacles.

그렇다면 이런 소규모/전문적 협업과 교회는 어떤 관계가 있기에 배경으로 등장한 것일까? 이는 과거부터 지금까지 교회 건축에서 지켜진 전통 때문이다.

교회 건축은 신앙을 담아 하나하나 짓는 것을 중요하게 여겼기에 시간이 오래 걸렸고, 그만큼 같은 것을 믿고 공유하는 이들이 건축을 직접 돕는 과정을 통해 경건함과 신앙심을 채웠다.*

이런 과정은 곧 순수한 혼/컵 요소를 공유하는 이들이 조화를 이루는 모습을 현실에서 언제나 가능하도록 해주는 공간으로 '응용'해내는 데 성공한 곳이 교회라는 점을 드러낸다.

3p는 이렇게 세워진 성전 안에서 조화를 이루고, 나아가 통합에 준하는 번영을 누릴 수 있다는 점을 강조하는 카드라 할 수 있다.

* 성당 건축에 기여한 이들의 흔적은 벽을 이루는 석재 하나하나에 새겨지며 (성상은 제외), 스테인드글라스의 생산, 보수, 유지 또한 성직자의 계율에 있었을 정도로 그 열과 성을 다했다.

이런 상징은 현대에도 유지되고 있다. 스페인 바르셀로나의 사그라다 파밀리아 대성당은 1883년에 착공했으나 2021년 현재까지도 완공되지 않은 것으로 유명하다. 미국 뉴욕의 세인트 존 더 디바인 대성당은 1892년에 착공해 2050년 완공을 목표로 하고 있다. 한국의 천진암 대성당도 1978년에 착공해 2079년 완공을 예정으로 건축 중이다.

연금술 작은 조화를 이뤄 순환에 성공한 응용된 혼/오망성 요소의 모습은 적재적소라는 표현이 어울리는 모습으로 변화하며, 각자의 정수가 지닌 가치를 끌어올릴 존재를 찾아 조화를 이룬다.

서로 견제하지 않으며 각자 자신의 가치를 옳게 발현하기만 해도 원하는 것을 셋 모두 이룰 수 있다는 확신이 있기 때문이다.

이제야 모두는 첫 순환을 이루고 서로에게 부족했던 것들을 채우기 시작한다.

어디서나, 언제나 그렇듯 처음에는 규모가 작을 수밖에 없지만, 서로 믿고자 하는 것을 위해 역량을 모으게 될 것이다.

이는 카드의 핵심 의미인 의뢰하다/받다, 전문가로 연결된다.

그러나 이 과정을 행하는 응용된 혼/오망성 요소는 불순물이 언제나 존재하며, 변화 속에서 가치가 영원히 고정되지 못한다는 사실을 아직 모른다. 영원할 것처럼 보였던 반복된 조화도 결국 불순물, 이른바 잉여물의 축적이 이어지며 조화가 서서히 흐트러지는 문제가 발생하지만, 이들은 처음 이룬 조화를 함부로 깨는 것을 주저하며, 이윽고 불순물이 순환을 막고 경색을 일으킬 때까지 이를 앓으면서 상황을 방치하기에 이른다.

카발라 3p는 제4계의 비나에 대응된다.

천상의 어머니이자 이해를 의미하는 세피라의 성격을 성당/교회로써 드러냈으며, 그 속에서도 성모 마리아를 유추하게끔 그려진 장미를 강조해 표현했다. 이성/지식을 잉태하는 곳으로서도 교회의 삽입은 매우 절묘한데, 교회는 고대-중세 사이에 소실된 지식을 보전/발전하는 데 큰 몫을 했기 때문이다.*

또한, 32경로 중 '신성하게 하는 지성'의 의미도 그림에 구현했는데, 이는 우리가 살아가는 물질계에서 지혜의 기초/믿음도 물질적으로 기록돼야 한다는 것을 의뢰인들과 설계도로 확인할 수 있다.

그러나 자신의 가치를 끊임없이 순환시키고 굴려 더 가치 있는 것들을 창출해내거나, 가치를 얻고자 하는 이들이 찾아오게끔 만드는 Qp와 달리, 3p는 어디까지나 이런 행위들이 이루어지는 상황/공간에 국한되도록 표현함으로써 단독 세피라/핍 카드의 한계를 분명히 밝히고 있다.

이로써 첫 번째 트리아드(케텔-호크마-비나)가 완성되며, (모두가 믿고 소유하려는) 가치가 어떻게 창출될 수 있는지에 대한 기본적인 원론을 설명한다. 이는 모두가 얻으려는 것(Ap)이 무엇인지 각자의 기준/가치관을 비교하고(2p), 이를 기반으로 삼아 서로 원하는 것을 조화롭게 분담/분배(3p)하는 과정을 통해 물질적인 가치가 창출된다는 점을 강조한다.

* 크리스토퍼 도슨, 『유럽의 형성』, 한길사, 2011
피에르 미켈·피에르 프로브스트, 『컬러 일러스트레이션 세계 생활사 11, 중세의 도시 생활』, 동아출판사, 1987.

4 *of* PENTACLES.

집착, 변동 없음, 긴축

(Material) obsession with matter, Narrow/close-minded, Isolationism, Insist

구두쇠의 미덕은 불필요한 지출이라 생각하는 모든 가능성과 요소를 틀어막고, 들어오는 재화를 오로지 자신의 역량으로만 가둬두는 데 가치와 비중을 둔다는 점에 있다.

물론 이렇게 부를 쌓는 것이 비효율적이지는 않지만, 이로 인한 부의 편중에 대해 이들은 일말의 도덕적 책임 의식이 없다.

개인을 넘어 특정 계층 또는 일정 수준 이상의 역량을 지닌 이들이 자신의 가치 있는 재화를 계속 움켜쥐고만 있으면 경제는 경색되고 결과적으로 더 좋은 평판이나 더 많은 가치를 얻을 기회를 스스로 없애버린다.

물론 이런 현상이 굳이 경제나 재화에만 국한되는지는 스스로 반문해야 할 것이다.

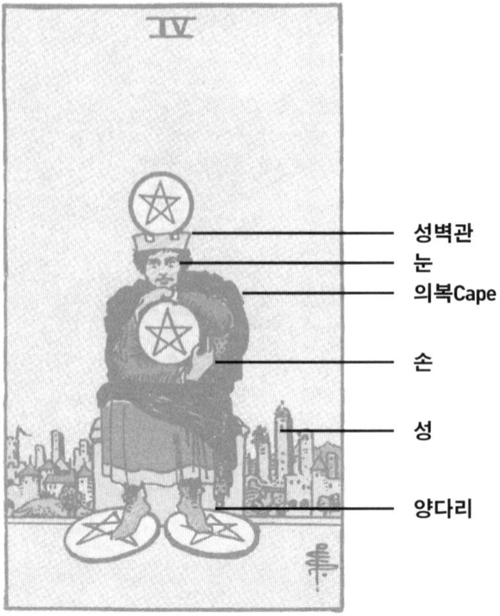
IV
성벽관
눈
의복Cape
손
성
양다리

성벽관 11(정의)에서 등장한 상징이지만, 보석을 제외해서 등장인물이 고귀하지 못하거나 이념/사상이 부재하다는 것을 드러낸다.

이 카드에서는 머리 위에 오망성을 둠으로써 등장인물이 세속적이거나 현실/물질에 치우쳐 있다는 것을 드러냈고, 이러한 가치들을 수호하려는 사람이라는 점을 강조했다.

눈 정면을 바라보는 눈은 다른 카드와 달리 그림의 다른 표현으로 인해 확신이 아니라 등장인물이 붙들려는 것에 대한 집착/고집을 드러낸다.

의복Cape 검은색 의복을 잔뜩 구겨 움츠리고 있다. 성벽관과 함께 등장인물이 성의 지배/관리자라는 것을 드러낸다.

검은색을 연금술의 흑화黑化, Nigredo로 이해한다면 세속적인 면모가 더 강화되며, 이에 더해 내부(땅속)에서 보호받거나 유폐·고립돼 있다는 것을 암시한다.

손 양팔로 오망성을 끌어안은 모습을 통해 등장인물이 오망성에 집착해 놔주지 않으려는 것을 표현했다.

성 건물들이 화려하게 들어선 성안을 묘사함으로써 등장인물을 비롯한 세력/집단이 번영을 누리는 상황을 드러내는 장치다.

양다리 오망성을 밟고 있으며, 이를 양보하지 않으려 한다는 점을 강조한다.

4 *of* PENTACLES.(이하 4p)는 집착, 변동 없음, 긴축 등을 의미하는 카드이며, 부정적인 영향을 받으면 미확정, 지체 등을 의미한다고 알려진 카드다.* 그림에서도 의미를 탐색하기 쉽기에 이해하는 데 큰 어려움이 없는 편이다.

4p는 특히 숫자 4의 의미(안정, 견고)를 부정적으로 강화해 조명했다고 할 수 있다. 이는 어떤 물질/재화를 홀로 보유하거나 공유하지 않는 방식을 표현함으로써 자신의 역량을 안정적으로 유지하려는 성향/상황이 응용된 혼/오망성 요소에 긍정적이기 힘들다는 것을 강조한다.

이른바 가치 있는 것들을 소중히 한다는 점**은 긍정적으로 볼 수 있겠으나, 이는 반대로 생각하면 재화를 독점하거나 보유량을 자신이 통제해 가치를 바꾸지 않거나 홀로 누리려는 편협함으로*** 비칠 수 있다는 점을 경고하는 것이기도 하다.

이는 단순히 개인의 시도로 멈추지 않고 시야를 넓힐 때 문제가 더 심각해진다.**** 그림 속 오망성의 구도 또한 이런 부정적인 면을 강조한다. 자신의 의지/의도(1)를 강요/강화하려 조화(3)를 분열(2:2)로 이끄는 모습이기 때문이다.

* A. E. Waite, *The Pictorial Key to the Tarot*, Part III: The Outer Method of the Oracles, Four of Pentacles 참고.

** 일례로 자신이 가치 있다고 여기는 것들을 수집하거나 외부에서 (본연의 가치보다 더 큰 대가를 치르더라도) 구매하는 경우를 들 수 있다.

*** 자본주의의 극을 달리는 미국에서조차 반독점법(1890)을 제정할 정도로 트러스트(카네기〔철강〕, 밴더빌트〔철도〕, 록펠러〔석유〕, J. P. 모건〔금융〕)들의 문제는 심각했다는 점을 상기할 필요가 있다.

이는 계급 사회나 기득권을 놓지 않으려는 이들 때문에 생기는 사회구조의 적체 현상과 매우 밀접한 관계가 있다.

**** 기간산업 독점/민영화의 폐해는 말로 다 설명할 수 없으며, 생존에 필수적인 분야에 기득권이 생기면 이들은 본능적으로 '작은 사회'를 형성해 외부 유입을 차단한다.

또한, 은/금본위제 시기 각국은 지급 능력을 유지하고자 일정 이상의 자원을 현물로 보유해야 했고, 이 제도가 사라진 지금도 기축통화 보유량이 국가 신용도에 영향을 끼치는 것으로 재현되고 있다.

이런 모습은 결국 외부 간섭을 불러올 수밖에 없다. 응용된 혼/오망성 요소가 누구나 손에 넣으려는 것들이기 때문이다. 이는 결국 내부 분열을 초래하며, 전력 이탈/누수가 생길 수밖에 없어 악순환을 일으킬 수 있다는 것을 경고한다.

결과적으로 4p의 의도와 무관하게 방어, 긴축, 집착 등의 부작용으로 나타나는 것을 지적하며,* 피조물이 한곳에 머무르는 모습을 통렬히 비판하는 카드라는 점에 주목할 필요가 있다.

* 현대에 보호무역이 비판받는 이유도 4p의 부정적인 면에서 엿볼 수 있다. 이는 뒤에 이어지는 6p에서 안정(4)보다 더 나은 완전(6)이 무엇으로 이루어질 수 있는지 조명함으로써 더욱 대비를 이룬다.

연금술 조화를 이룬 것도 잠시, 처음으로 안정을 얻은 응용된 혼/오망성 요소는 자신의 지지자에게만 자신의 역량을 공유하며, 이 과정에서 극도로 배타적인 모습을 보인다. 이는 자신의 부족함을 모른 채 자신(과 추종자들)의 영역이 완전/안전하다고 믿기에 취할 수 있는 만용이다.

이렇게 더 많이 가지려는 탐욕이 모두에게 자라나기 시작한다.

응용된 혼/오망성 요소의 가치를 공유하는 이들이 적은 초기에는 단순한 선점 또는 자신에게 없어서 생기는 불편함의 해소에 치중하나, 이 가치를 인지한 이가 늘어나기 시작하며 제한된 것들을 통제/점유하고 이로써 자신의 위치를 유지하려는 탐욕이 번지는 것이다.

서서히 모두가 혈안이 되어 쟁탈을 시작하고, 스스로 곳간을 걸어 잠근 채 자신들만 이를 영원히 품으려 하지만, 고인 것은 결국 썩기 마련이며 내부가 배타적일수록 외부자들은 소외감/불만을 품고 분열을 획책·실행하기에 이른다. 그 과정에서 자신들이 지닌 요소들이 소진될 수 있다는 것조차 잊은 채 상황은 악화한다.

이런 내용은 곧 카드의 핵심 의미인 집착, 변동 없음, 긴축 등으로 연결된다.

어느새 이런 분쟁으로 서로 피폐해지거나, 이 응용된 혼/오망성 요소에 대체 그 정도의 가치가 있기는 한 것인지 회의감에 빠져들기 시작하며, 이탈이 가속화된다.

카발라 4p는 제4계의 헤세드에 대응된다.

신의 자비와 사랑으로 표현되는 세피라의 의도와 달리, 4p의 핵심 의미는 부정적으로 표현됐다는 것을 알 수 있다. 기본적으로 (신의 숨결을 지니고 있다고 여기는) 물질들에 대한 각자의 탐욕Greed으로 해석되기 때문이다.

32경로 중 '수용하고 담아내는 지성'의 의미도 약해진다. 제4계 특유의 불순물들이 관여돼 있고, 케텔이 발출한 것을 더 정밀히 갖춰 다시 발출해야 하는 본래 의도와 달리, 각자 자신의 가치를 높이려 이를 보유하려는 모습만 강화되는 것을 볼 수 있다.

헤세드 본연의 자비는 계속돼 각각의 욕망을 계속 채워주나, 물질은 엄연히 한계가 있기에 실체 없는 욕망과 집착만 부추겨질 수 있다는 것을 강조하며, 이렇게 평가상으로만 부풀려지기 시작한 응용된 혼/오망성 요소들을 조정할 필요가 있다는 점을 다음 세피라/카드를 통해서 보여준다.

5 *of* PENTACLES.

궁핍, 결핍, 소모

(by material problems) Destitution, Poverty, Weakness

자본주의 역사에서 거품과 경제 공황은 반복됐다. 그 원인의 분석은 계속되고 있으나, 결국 자본 순환이 경색된 뒤* 부족한 것을 다른 데서 억지로 구하려다가 발생한 무리수**가 악화해 생긴 문제가 대다수다.

이는 자연재해보다 더 사람을 피폐하게 만드는 재앙이 됐으나, 사람들이 더 많은 부와 번영을 좇는 것을 막을 수는 없는 노릇이다. 문제는 이 과정에서 탈락하거나 실패한 이들이 빈곤에 시달리게 된다는 점이다.***

이런 빈곤이 단순히 개인의 나태에서 비롯한다고 여기는 이는 없을 것이다. 이와 같은 불균형은 마땅히 이루어져야 할 부의 분배가 제대로 기능하지 못했기 때문이며, 이를 방치하면 유산계급, 부유층에게도 부정적인 효과로 돌아온다는 사실을 이제는 모두 이해/공감하기 때문이다.****

그러나 과거에는 가난을 하늘에서 내린 형벌이라 여겼으며, 통치자도 이를 구제할 수 없다는 인식이 주류였다. 인류는 심지어 이를 신분 차별의 수단으로 활용하려 했지만,***** 혼란만 가중될 뿐이었다.

유한한 물질로 무한한 탐욕을 모두 만족시키는 것은 불가능하기에, 이 악순환은 누군가의 일상을 언제고(또는 이미/현재 진행형으로) 잠식할 것이다.

* 에도 시대에 일어났던 텐메이天明 대기근은 (소빙하기의 영향도 있으나) 1700년대 중반부터 개간할 땅이 없어 정부가 투자를 꺼리고, 오랜 평화로 출산율 증가와 사망률 저하로 인구가 계속 늘어난 데 원인이 있었다. 이 때문에 거상들은 투자를 기피하며 사치 풍조가 만연했고, 식량/농업 생산에 소홀해졌다.

** 1920년대 초반에 미국은 감세 정책을 펼치면서 유동자금이 대폭 증가하며 호황을 누렸다. 그러나 이에 따른 시장 과열의 대비책을 마련하지 않고 경기 부양/유지에 필요한 조치(실업자 구제 등)를 하지 않았다. 이 때문에 대공황이 찾아오며 세계적 파국으로 치달았다.

*** 대공황의 여파로 파시스트·나치 등 극단주의 세력이 득세하기 시작했고, 이들은 세력/식민지 확장, 자원 확보 문제를 해결할 수단이 전쟁이라고 여겨 침공을 시작했다.

**** 이런 불만에 대한 선제 조치로 시행된 독일 사회보장제도는 전쟁을 거듭하며 점차 확대됐고, 제2차 세계대전 이후 본격적으로 확산된다.

***** 과거에 선거권을 특정 계급 이상에게만 주거나 재산 수준에 따라 배정한 것을 예로 들 수 있다. 현대에 이르러서야 1인 1표 원칙 준수가 상식으로 자리 잡았다.

교회 순수한 혼의 집합소이자 안식을 취할 수 있는 곳을 의미한다. 그러나 어두운 교회의 벽면을 강조해 이 안식이 외부로 공유되지 못하거나 의도적으로 공유하지 않는 상황이라는 것을 보여주고 있다.

스테인드글라스 실내에 불이 켜져 있는 상황을 묘사한다. 기본적으로 4s와 같은 의미를 취해 신의 영광을 뜻하지만, 밖의 스산한 풍경과 대비를 구성해 이 상징의 긍정적인 의미를 의도적으로 변질시켰다. 이로써 신의 영광은 교회 안에서만 공유되며, 밖을 향해 발현되지 않고 있다는 점을 강조한다. 더 나아가 등장인물들의 어려운 처지가 교회의 이런 폐쇄성 탓에 더 가속/심화한 것을 암시한다.

오망성의 구도(1:4) 네 오망성 위에 놓인 오망성 하나는 보편적으로 세상(4) 위에 있는 절대적 요소(1)를 의미하나, 이 카드에서는 절대적 존재(1)를 부정한다. 신성의 개입이 이루어지면 교회 밖 풍경을 설명할 수 없기 때문이다. (그들이 악행을 저질렀다는 묘사가 없기에) 반대로 지상에 있는(4) 것 외의 것(1)*을 추구하는 모습을 강조하며, 카발라주의의 생명의 나무Sefirot 도안을 빌려 해당 과정(게부라)의 단계에서 벌어질/벌어져야 하는 일이 배경의 모습으로 드러난 것을 암시하는 장치다.

밤 칠흑같이 어두운 밤은 축복(빛)이 닿지 못하는 고통/시련의 시기를 의미한다. 중세 시대에는 늦은 밤에 통행을 금지했으니, 등장인물들이 걸어 다니는 것은 특정 상황**이 일어난 것을 암시한다.

두 빈자貧者 양쪽으로 목발을 짚고 있는 자와 그 앞을 걷고 있는 두 가난한 이들은 교회에 들어서지 못한 이들의 곤궁함을 드러냄과 동시에 교회가 이들을 들이지 않고 있는 이유에 대한 의문을 던지는 존재다.

* 연금술의 제5원소는 에테르AEther이며, 이는 물질계에 존재하지 않는다. 이 덱의 제작 연도는 1909년이며, 에테르의 부재를 공식화한 마이컬슨-몰리 실험이 1887년에 이루어졌다는 사실을 고려하면, 존재하지 않는 무형적인 것들(에테르/신앙 등)을 좇다가 자신이 지닌 존재하는 것(물질/재화)을 탕진할 수 있다는 냉소적 표현으로 이해할 수 있다.

** 대부분의 나라에서 심야 행동은 금기시됐다. 올드 잉글리시Old English 시기(특히 12-14세기)도 그러했으나 예외가 있었는데, 빈곤한 사람이 죽었을 때 철야/심야 시간에 음식을 제공하는 경우다.
피터 하몬드, 『서양 중세의 음식과 축제』, 개신, 2003.

이 중 먼저 걷고 있는 자는 다양한 낡은 옷(또는 넝마)을 둘둘 말아 추위를 견디려는 모습으로 묘사됐는데, 이는 가혹한 환경에 놓인 상황에도 스스로 궁리해 어떻게든 난국을 견뎌내려 하고 있다는 것을 상징하며, 비교적 긍정적인 평가(그 스스로 원치 않았음에도 이를 수용/인내했다는 점에 기인해)를 통해 구제받을 수 있는 존재라는 점을 암시한다.

반대로 뒤에서 두 목발을 짚으며 나아가는 빈자는 목에 종을 차고 있으며, 머리에는 붕대를 감고 지친 기색이 역력히 드러나도록 표현했다. 이는 다각적으로 빈자들에 대한 부정적인 면모를 강조한다.

목에 걸려 있는 종은 전염병 또는 나병(한센병) 환자들이 자신의 행차를 알리기 위해 사용하는 도구였다. 붕대 역시 9w의 의지 관철과 달리 정상적 판단을 하지 못할 수준의 병폐를 앓고 있는 모습을 표현하고자 그려졌으며, 지친 채 하늘을 바라보고 있는 모습은 이 모든 상황을 해결하고자 초월적인 존재들에 갈구하는 행동들을 의미한다. 이는 결국 소극적/수동적으로 자신의 운명을 내던진 이들을 묘사한다.*

눈Snow 겨울을 상징하며 차가움, 냉혹함을 의미한다.** 그림에서 교회가 의미하는 것에 속할 수 없거나 속하지 못한 이들에게 가혹한 환경이 주어지는 것을 상징하는 장치다.

* 이는 나병 환자에 대한 낙인의 표상Emblem이다.

중세 유럽에서 나병 환자는 자신의 존재를 알리기 위해 이동할 때마다 종Leper's Bell을 울리게 했다. 나병이 부도덕(매독 등)으로 발생한다고 여겼기 때문이다.

피에르 미켈·피에르 프로브스트, 『컬러 일러스트레이션 세계 생활사 11, 중세의 도시 생활』, 동아출판사, 1987.

https://web.stanford.edu/class/humbio103/ParaSites2005/Leprosy/history.htm

** 진 쿠퍼, 『그림으로 보는 세계 문화 상징 사전』, 까치, 1994, 322쪽.

5 *of* PENTACLES.(이하 5p)는 궁핍, 결핍, 소모를 의미하며, 부정적 영향을 받을 때도 혼돈, 파산, 방탕을 뜻하는 카드다.

고전 타로카드에서는 5p에 사랑, 연인 등 화합 관계라는 설명이 있으나, 덱 제작자는 이에 대해 부정적 견해를 제기하며 5p의 의미를 크게 바꿨다.*

그러나 이런 일방적 견해를 수용하는 것은 문제가 있다. (조강지처**로 이야기되는) 역경에서 싹트는 감정에 대해 일방적으로 폄하하는 것과 다름없기 때문이다. 이는 필시 덱 제작자의 카발라주의에 대한 견해가 기존 카드의 의미를 변경하는 데 강한 영향을 준 것이라 보인다. 다만 이 시기가 정서상 가난한 이들에 대해 자비를 베풀거나 구원의 손길을 건네기 힘든 상황이었다는 점을 연구가 대부분이 주목하지 않고 있다.***

이는 곧 이 카드의 의미가 긍휼한 자들의 구제에 있지 않고, 가난·궁핍 등의 어려운 상황이 온 데는 원인(신의 뜻**** 또는 태만, 나태)이 있다는 점을 더 강조하기 때문이다.

그렇기에 이 상황을 받아들이거나 주어진 환경을 떨치고 일어날 의지가 중요하다는 점을 역설하는 카드이며, 라이더-웨이트 덱 제작 시기의 한계도 여실히 드러낸다.

* A. E. Waite, *The Pictorial Key to the Tarot,* Part III: The Outer Method of the Oracles, Five of Pentacles 참고.

** 전한 무제 대 송홍의 '가난할 때 친했던 친구를 잊으면 안 되고貧賤之交 不可忘, 지게미와 쌀겨를 먹으며 고생한 아내는 집에서 내보내지(쫓아내지) 않는다糟糠之妻 不可堂'라는 말에서 나온 고사성어다.

*** 산업혁명 시기 노동자의 생활은 비참했다. 몸을 누일 공간은 하루 4페니짜리 '숙소'였으나 관처럼 비좁았고, 그마저 없는 이들은 1페니짜리 로프에 기대자야 했다. 그러나 이 시기 노동자에 대한 자본가-중산층의 시선은 냉소적이었으며, 빈곤함은 스스로의 나태함으로 인해 벌어진 것이라 여겨 자력구제를 주장했다. 이런 관점은 아일랜드 대기근 사태를 불러온다.
https://www.geriwalton.com/victorian-four-penny-coffins-penny-beds-homelessness/

**** 간헐적 (이유 모를) 경제 공황, 천재지변으로 막심한 물질적 손해를 보는 상황을 들 수 있다.

그렇기에 5p는 응당 이러한 어려움에 부닥칠 이유가 있다는 점을 강조하며, 안식(교회)을 취하려면 그에 맞는 노력이나 개선을 취할 것을 조언한다.

다만 그 과정에 대한 공감이나 동정을 주지 않는다는 점을 그림(밤/눈)에서 드러내며, 이에 걸맞은 자격/절차를 통과해야 한다는 것을 강변한다.

특히 4:1, 4+1 구도로 장식된 스테인드글라스는 더욱 통렬한 이야기를 강조한다. 앞에서도 언급했듯 '존재하는 것으로 존재하지 않는 것을 좇는' 것에 대한 문제를 조명하기 때문이다. 허황한(에테르) 것을 좇으며, 진정 가치 있는 무형적인 것(명예 등)을 형성할 수 있는 것인지 궁리하지 않고 나아가면 이런 어려운 상황에 놓일 수 있다는 것을 지적한다. 또한, 이러한 형성에 성공해야 안식을 취할 수 있다는 것을 강조한다.

그러나 그 기준이 마냥 높지는 않다. 5p는 이를 극복하고자 같은 가치를 공유하는 이들에게 자신이 어떻게 노력해왔는지를 증명하면 되지만, 과거와 달리 현대에 이르러 이 방법은 비교적 쉽게 바뀌었기 때문이다. 이 변화로 인해 5p의 고난은 비교적 조언과 해답을 찾기 쉽다. 자신이 속한 곳에서 요청할 수 있는 것들을 확인해 어려움을 호소하거나 신고하면 쉽게 난국을 극복할 수 있다.*

이처럼 5p는 비록 처참한 상황이지만 밤이 깊을수록 새벽이 다가온다는 점을 잊지 말 것을 당부하며, 이 과정에 다다르기까지 자신이 곤경에 빠진 원인이 무엇인지 생각할 것을 권하는 카드다.

* 기준에 부합하는 것을 확인해 공공 기관에 도움을 요청하는 등의 행위가 5p의 조언 중 하나다. 이는 특히 현대사회의 보편 복지 확대로 더 수월해졌다.

연금술 안정에 집착하던 응용된 혼/오망성 요소들은 자신의 탐욕을 이겨내지 못하며, 이렇게 부풀어 오른 욕망은 결국 그 가치에 걸맞은 효용을 지니지 못하면서도 억지로 높이 평가받거나 다른 이들에게 나누려 하지 않다가 자신의 존재 의미를 빼앗긴다.

이렇게 양보하지 않고 집착을 이어나간 응용된 혼/오망성 요소는 다시 분열하기에 이른다. 모두가 더 많은 것을 쥐고 놓지 않으려는 탐욕 때문에, 자신의 몫을 정당히 받아야 할 사람들의 것이 사라지기 때문이다.

결국, 이렇게 집착의 해악이 자신(과 자신이 속한 곳/기반)을 향하는 데도 끝내 이를 내주지 않아 모두를 곤궁함에 빠트린다.

이는 곧 5p의 핵심 의미인 궁핍, 결핍, 소모로 이어진다.

본래 순수한 혼/컵 요소가 나누려던 의도는 온데간데없고, 응용된 혼/오망성 요소를 갖지 못해 고통을 겪는 이들만 분연히 일어나기를 반복하나, 책임지는 자 없이 탐욕만 반복될 뿐이다.

고귀한 가치와 이상이 빛나더라도 이를 손에 쥐지 못하는 이들에게는 그림의 떡일 뿐이고, 허상이 꺼진 뒤에야 자신에게 놓인 참혹한 실체를 바라보며 슬퍼할 수밖에 없을 것이다.

이런 혼란 속에서 모두를 구원하고 완전에 도달하려면 어떻게 해야 하는가? 응당 순수한 혼/컵 요소가 의도한 대로 다시 공유를 진행해 순환하게 하는 수밖에 없다.

카발라 5p는 제4계의 게부라에 대응된다.

신의 심판/힘을 의미하며, 이로써 이루어지는 '형벌'이라는 의미에 걸맞게 물질계에 산재한 물질 자체를 통제하고 회수한 결과가 어떻게 드러나는지 카드의 묘사로 알 수 있다.

헤세드(4p)에서 내려준 자비의 결과/집착을 강제로 박탈하며, 얻고자 하면 반드시 잃게 된다는 것을 강조해 균형을 맞춘다.

32경로 중 '본질적인 지성/지성의 근원'의 의미로도 이런 부정적 면모를 설명할 수 있다. 이는 케텔의 의지(신성)를 따르고자 그 밖의 것들(물질)을 적극적으로 잊거나 배제한 끝에 겪는 고난으로 이해할 수 있다. 반대로 자신의 목적을 더 명확히 하고자 필연적으로 겪어야 하는 시련이 있다는 점을 강조하기도 한다.

이런 팽창과 수축을 반복하며, 중용을 갖춤으로써 근본적인 아름다움에 도달할 수 있다는 것을 다음 세피라/카드를 통해 확인할 수 있다.

나병 환자의 종Leper's Bell

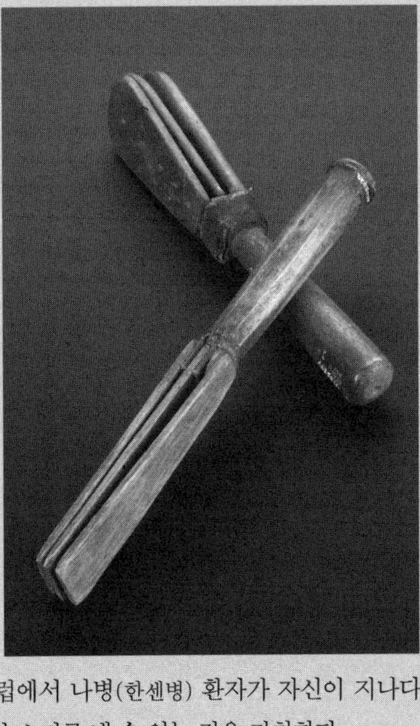

근대 이전의 유럽에서 나병(한센병) 환자가 자신이 지나다닐 때 울렸던 종 또는 그와 비슷한 소리를 낼 수 있는 것을 지칭한다.

6 *of* PENTACLES.

분배, 자선, 구걸

Charity or Distribution, (Public) Welfare

돈은 돈다고 돈이라는 말이 있듯, 어떤 재화가 진정한 가치를 지니려면 순환해야 한다. 그러나 조건 없이 베푸는 것은 불가능하며 오히려 부작용만 낳는다는 것을 많은 사람이 알고 있다.

대가 없는 공짜는 없듯, 자신의 부를 나누는 이든 이를 받는 사람이든 각각 다른 생각을 품고 있기 마련이다.

미국의 풀브라이트 장학제도* 또는 대기업의 장학금 지원 등의 사회 기부활동부터 선거운동**까지도 이에 기반해 이루어진 것이다. 이렇게 서로 원하는 바를 달성하려 각자의 관점과 기준을 토대로 부를 분배하고 영향력을 확장함으로써 더 지속적이고 완전한 가치를 확보한다.

물론 공정해야 하는 국가 시책도 정책의 입안과 계획에 따라 달라지는데, 사유재산을 완벽히 공정하게 분배할 수는 없는 노릇이기에 나누는 방식과 규모 및 분배 기준이 제각각일 수밖에 없다는 점은 고려해야 할 것이다.

* 제2차 세계대전 직후 1946년 풀브라이트 상원의원의 발의로 생긴 장학금 프로그램. 미국 바깥의 재능 있는 이들을 미국으로 유학하도록 유도하고 계속 지원함으로써 외교적 우위나 인재의 호의를 얻고, 이로써 인적 자원의 종속/연계를 꾀하는 데 성공한 정책이다.

** 과거 선거운동에 금품과 향응 제공이 빠지지 않았던 이유도 자신의 재화로 남의 선택권이나 권리를 사들인다는 개념에서 벗어나지 못했기 때문이다. 역사를 통틀어 현대에 비교적 공정한 선거 문화가 정착한 것은 채 50년도 되지 않았다.

오망성의 구도(3:1:2) 분배에 따른 반응이나 분배 기준이 명료하다는 점을 강조하는 장치다. 완전(6)에 이르고자 분배 의지/기준(1-상인)이 명확하다는 것(천칭)을 강조하며, 이를 수용하거나 기준에 자신을 맞춰 조화를 선택한 이들(세 개의 오망성 아래에 있는 걸인)에게 나누리라는 것을 의미한다. 기준에 맞지 않거나 다른 의도를 품은 이들(두 개의 오망성 아래에 있는 걸인)에게는 나누지 않는다는 점을 표현하는 장치다.

상인 분배하는 상인은 천칭을 손에 들고, 청/백 줄무늬 옷을 입었다. 이는 적색 겉옷과 결합해 세속적 부/성공을 쌓는 과정에서 옳은 방식을 택해온 사람(청부青富)이라는 것을 드러낸다.

손이 든 천칭은 11(정의)과 같은 상징이지만 의미가 달리 적용된다. 상인에게 자신만의 기준이 있고, 이 기준에 해당하지 않는 이들에게 자신의 부를 나누지 않는다는 점을 강조하는 장치다.

세 개의 오망성 아래 있는 걸인乞人 모자를 쓰고 상인이 나눠주는 재화를 받아들이는 이는 자신의 능력이 있으나 어떤(그것이 재난이든 자신의 잘못이든) 연유로 처지가 불우해진 사람이라는 것을 강조한다. 나아가 자신이 가진 바를 물질적으로 구현하거나 조화(3)를 이루기 위한 최소한의 결과물이 있는 등, 같은 응용된 혼/오망성 요소를 공유할 수 있는 사람이라는 점을 옷 색깔(오망성과 비슷한 색)로 드러낸다.

배경의 성/숲 상인의 거점(성)을 묘사하며, 상인이 자신의 응용된 혼/오망성 요소를 공유하고자 성에서 나와 숲으로 향해 분배를 진행하는 것처럼 그려졌다.

이는 상인이 취하는 모종의 행위(분배)를 통해, 당장은 응용된 혼/오망성 요소를 갖지 못했으나 상인이 자신과 같은 순수한 혼/컵 요소를 공유할 수 있다고 판단한 영Spirit들을 육성/지원하는 모습을 표현한다.

두 개의 오망성 아래에 있는 걸인 청색 옷을 입고 구걸하는 사람은 주머니에 붉은색 표를 담고 있다. 이는 표리부동함을 의미하며, 분배하는 이와 달리 엉뚱한 자신의 의도를 실현하려 한다는 것을 암시한다. 상인이 이를 외면하는 것은 이런 속내를 간파했거나 기준(천칭)에 미치지 못한 사람이라고 판단한 것으로 이해할 수 있다.

6 *of* PENTACLES.(이하 6p)는 분배, 자선, 구걸을 의미하며, 부정적 영향을 받을 때는 욕구, 탐욕, 시샘 등을 의미한다. 분배하는/받는 상황으로 각기 변용해 이해해야 하지만, 6p의 묘사가 매우 직관적으로 이루어져 있기에 어렵지 않다고 생각하는 이들이 많은 카드이기도 하다.

그림에서는 11(정의)의 천칭이 다시 등장하기에 '기준을 통한 판단'이 개입돼 있다는 것을 알 수 있다.

6p와 11 비교

11의 천칭이 (절대적인 이성을 통한) '공정한 판단'을 전제로 한다면, 6p는 상인의 자의적 판단이거나 상인의 배경인 성Soul의 기준이 전제된다는 차이점이 있다.

이는 곧 6p의 분배 기준이 쉽게 편향될 수 있으며, 역설적으로 역량/기반이 부족한 영들을 흡수하는 과정으로 비칠 수 있다는 것을 지적하면서, 이러한 행위가 이루어지는 모습(마케팅, 선거운동 등)들이 6p의 의미로 파생될 수 있다는 것을 시사한다.

분배가 핵심 의미이기에 당연히 '복지' 또한 6p의 의미로 파생된다고 알려졌으나, 이때는 보편 복지보다 선별적인 복지에 더 가깝다. 이는 덱 제작자들이 몸담았던 영국이라는 나라와 산업혁명이라는 시대상이 결합되기 때문이다.*

6p는 그럼에도 응용된 혼/오망성 요소가 구성원의 욕망 때문에 적체/고립돼 문제가 생겼을 때 이를 해결하거나 더 높은 단계로 나아가려면 무엇이 필요한지를 보여주는 카드라 할 것이다.

나아가 자신이 부족하거나 곤궁할 때 도움을 얻으려면 필요한 조건이나 미덕이 무엇인지를 밝혀야 난국을 타개할 수 있다는 것을 강조한다.

* 이에 대해 '스핀햄랜드'로 대변되는 과거 영국의 복지제도를 참고하면 이해에 도움이 될 것이다.
〈'스핀햄랜드'의 경험에 대한 성찰〉, 《프레시안》, 2019년 8월 19일 자.
https://www.pressian.com/pages/articles/253575
현대 영미권에도 아직 이런 기조는 짙게 남아 있어 의지를 관철하거나 자신의 비전Vision을 드러내 후원받는 방식을 선호하며, 보편 복지에 대해서는 부정적 견해를 보이는 이가 아직 많다.

연금술 고난을 겪은 응용된 혼/오망성 요소는 과거와 같은 일을 겪지 않으려 자신이 가진 것을 외부 요소들에게 공유해 영향력을 넓힌다. 이 과정에서 자신을 구성하는 것과 비슷한 것을 추구하는 이들에게 자신의 가치를 공유하도록 제안하고, 서서히 녹여 상처 입은 몸을 회복한다.

나아가 예전의 모습을 회복하려는 이들도 자신이 원하는 가치를 얻고, 모두의 건전성을 회복하기 위해서라도 역경을 이겨낼 것이다.

이런 내용은 곧 카드의 핵심 의미인 분배, 자선, 구걸로 이어진다.

이렇게 같은 어려움을 겪는 응용된 혼/오망성 요소들이 뭉쳐 그 영역을 넓히는 데 성공하면, 이들은 더 큰 것을 바라기 시작한다.

신의 의지를 떠나, 인간이 인간 스스로 완전해져 모두가 바라는 바에 닿을 수 있도록 애쓰는 순간이 온다면 고난의 끝을 앞당길 수 있으며, 분열이 가져다준 상처들도 치유될 수 있다.

카발라 6p는 제4계의 티페레트에 대응된다.

아름다움을 주관하는 곳답게 가치를 지닌 물질이 어떤 과정에서 아름다워질 수 있는지 그림을 통해 노골적으로 드러냈다.

32경로 중 '중재하는 작용의 지성'의 의미 또한 네자흐(4p), 게부라(5p)에서 이루어진 극단적 조치들에 대한 절충을 보여주는 것이라 이해할 수 있다.

그러나 이를 실제로 행하고 자신이 지닌 것들을 유지·보수해 그 가치를 빛내는 Np와 달리, 가진 것을 분배하는 데 치우쳐 내실을 다지지 못하거나 자신을 버려가며 남의 아름다움을 찬미(구걸 등)해야 할 수 있는 6p는 명백한 한계를 드러낸다.

아울러 네자흐-게부라를 뒤이어 두 번째 트리아드를 완성하며, 세상의 모든 가치 있는 것이 한곳에 머물러서는 안 된다는 점과 함께 이를 (강제적으로라도) 널리 순환시켜야 한다는 것을 표현한다.

선거운동

고대 그리스-로마 시대의 선거운동은 각종 이권/금품을 나눠 각자 지지층을 확보하는 장이었다. 그리스에서는 광장(아고라)에서 연설, 토론과 함께 군대/시민층에 대한 투자/기부를 내세웠으며, 이런 상황이 과열돼 직접민주주의에 대한 회의懷疑를 거쳐 철인哲人 독재 정치나 중우정치로 변질해 세력 약화와 멸망으로 이어졌다.

로마 시대의 선거운동은 다양한 직위, 그중에서도 특히 '명예로운 경력Cursus Honorum'에 속하는 직위에 오르려면 선거운동이 필수였다. 카이사르도 당선하려 많은 빚을 졌으며, 어떤 이는 낙선을 반복해 막대한 빚을 지고 자살하거나 파탄에 이르기도(예: 카틸리나 역모 사건) 할 정도로 사회 문제가 됐다.

이는 선거제도가 있는 모든 사회체제에 만연했다. 신성로마제국의 막시밀리안 1세나 제국의 전성기를 연 카를 5세도 상인으로 크게 성공했던 푸거 가문의 막대한 금력*을 빌려 즉위할 수 있었고, 교황 선출 제도인 콘클라베가 제도화되지 못한 시기에는 교황직을 돈으로 샀을 만큼 과열 양상이 극에 달했다.** 이런 문제들은 지금까지도 이어지며 민주주의 체제의 그림자로 남아 있다.

* 이 둘을 후원했던 푸거 가문은 티롤 지역의 광산 채굴권을 손에 넣어 막대한 금, 은, 구리 광산을 획득했다.

** 1045년 교황 베네딕토 9세는 은 1000-2000파운드를 받고 실베스테르 3세에게 교황직을 매매했다.

7 *of* PENTACLES.

욕심, 기회를 엿보다, 그림의 떡
to be on the Lookout for an Opportunity

어느 정도 기반을 다지는 데 성공한 이들은 영향력을 확장하고 재화를 자신의 소유로 둘 기회를 엿본다. 대부분 이런 구상·기획으로 사업이 시작되며, 다른 사람/분야의 재화나 가치를 어떻게 더 효율적으로 얻어낼지 고민한다.

그러나 사업 대부분은 다양한 이유로 초기에 무너지며,* 자신의 관점만 투영한 탓에 공상에 가까운 구상을 억지로 실행하려다가 좌초하거나 구상에 맞는 규모를 갖추지 못해 다른 경쟁자들의 개입을 용납하고 실패하고 만다.

이런 과정에서 (신이 내려준) 기회를 포착하고 활용할 능력이 생성되며, 끝내 성공의 자양분이 되어 결실을 얻을 수 있다는 것을 잊지 않아야 한다.

* 스타트업 기업의 성공 확률은 1퍼센트가 채 되지 않는다.

VII
농부
괭이
산
오망성의 구도(6:1)

농부 지팡이/괭이에 양손을 얹어 기댄 농부는 오망성들을 바라보고 있다. 이는 오망성의 구도와 맞물려 다음과 같이 해석할 수 있다.

1. 바라보는 오망성은 자신의 것이 아니다.
2. 자신의 것이지만 이를 관리/소화할 수 없는 상황이다.

1에서 농부는 과욕을 부리고 있으며, 자신의 역량으로 이룰 수 없는 요행을 바라는 것으로 해석된다.

2에서 자신이 소유한 것이 팽창하고 있으며, 이에 따른 폐해나 예상 밖의 상황에 어떻게 대응할지 고심하고 있는 것을 의미한다.

괭이* 자신의 역량을 통해 수월한 방식으로 의도를 달성하는 도구를 의미한다.

산 그림의 농부와 비슷한 경쟁자들이 있다는 것을 암시하며, 각자의 의지대로 그림에 표현된 고민을 하는 상황을 의미한다. 이에 더해 체계적이지 못하거나 독자적인 방식으로 문제를 해결하려 하는 상황을 강조한다.

오망성의 구도(6:1) 이는 다음과 같은 관점으로 이해할 수 있다.

1. 덩굴 속 오망성들은 농부가 노력 끝에 이룬 완전(6)을 의미하며, 여기에서 덩굴을 타고 파생한 오망성 하나는 농부의 계획/예상과 다르게 창출된 의지(1)이자 잉여생산물이다. 이로 인해 계산했던 것과 달리 찾아온 새로운 변화/잉여생산물을 의미하며, 농부 스스로 이것들을 이용할 능력이 있는지 모르거나 궁리 중이라는 점을 강조하고자 하나의 오망성을 농부의 시선 및 괭이 밖으로 배치해 강조했다.

2. 덩굴 속의 오망성들은 다른 사람/외부 요소의 완전함(6)을 강조하며, 자신이 이미 수확한 완전은 볼품없이 작으나(1) 자신의 기반으로 삼을 수 있는 수준이다. 그럼에도 자신이 가진 것을 보지 않고 남의 것에 시선을 두는 묘사를 통해 욕망과 선망을 드러낸다.

* 덱 제작자는 이를 Staff라고 했으나, 그림 형태는 괭이의 손잡이 부분이다.

7 *of* PENTACLES.(이하 7p)는 욕심, 기회를 엿보다, 그림의 떡을 의미한다. 부정적인 영향을 받으면 (어떤 재화를 얻을 수 있을지에 대한) 의심, 불안, 초조함을 의미한다.

덱 제작자조차 7p의 의미가 모순적이라 말할 정도며,* 이에 따라 해석의 방향도 난립해 있기에 상징 풀이에 최대한 다각적으로 접근했다는 점을 미리 밝힌다.

이런 문제는 왜 발생하는가? 오망성 요소들을 다루며 각자의 이해득실이 달라진다는 점에 더해, 자신이 생각한/구축한 완전(6)이 가져다준 것(1)이 무엇인지 선뜻 확인할 수 없기 때문이다.

나아가 다른 요소의 완전성을 얻으려고 하는 것이 자신의 그릇을 오판하고 욕심을 내는 모습으로 비칠 수 있다는 점에 주의해야 한다.

이렇게 중구난방으로 열거된 의미 때문에 이해하기 어렵지만, 덱 제작자는 거꾸로 이를 해결할 방법도 언급했다.

덱 제작자는 7p의 의미에 사업, 물물교환/말다툼, 소요/순수, 천진난만, 정결淨潔의 의미가 난립해 있다고 설명하는데, 이 문제는 그림과 함께 이해할 때 더 본질적인 의미에 가까이 갈 수 있다.

자신이 일군 것이든 남의 것이든, 어떤 기회를 얻은 농부는 과거의 행보(Ap~6p 또는 10p~8p**)를 통해 그것이 무작정 주어지는 것이 아니고 의도가 숨어 있다는 점을 짐작하고 있다. 그러나 정확한 의도는 모르기에 확신하지도 못하는 상황이다.

이때 현명하거나 능력 있는 사람이라면 문제를 해결할 수 있으나, 배우지 못한 탓에 순수/순박한 농부는 순간의 탐욕에 휘둘릴 수 있으며, 새로 등장한 오망성의 주인을 가리면서 다른 요소들과 왈가왈부할 수 있다는 점을 고려한다면 카드의 모순적 의미들이 통합된다.

* A. E. Waite, *The Pictorial Key to the Tarot,* Part III: The Outer Method of the Oracles, Seven of Pentacles.

** 덱 제작자의 의도대로라면 10p, 9p, 8p 순서를 진행하며 겪은 자신의 경험 또는 오망성 요소들의 정수Essense에 대한 관점이 강화된다. Ap~6p 동안 진행된 (재화에 대한) 다사다난했던 경험이 '세상에 공짜는 없다'라는 의심/지혜를 만들고, 이로 인해 이 상황이 벌어질 수 있다는 것을 알 수 있다.

부정적인 영향을 받을 때도 똑같이 이해할 수 있다. 자신이 받거나 얻어낼 수 있으리라 여겼던 것이 분명히 있는데도 이를 의심하거나 빨리 자신의 것으로 삼지 못해 초조해하는 모습으로 볼 수 있다.

또한, 그림의 덩굴은 호박과 매우 비슷해 보인다. 이는 호박의 생태가 완전한(6) 응용된 혼/오망성 요소가 보여주는 (예상치 못한) 새로운 가치 창출과 매우 비슷하기 때문이다.*

이는 거꾸로 농부에게 부여된 신의 시험이자 선택이라 할 수 있다. 처음의 순수함을 간직하고 헛된 욕심에 휘둘리지 않는다면 그때야 신의 선택과 함께 성공(7)할 수 있다는 것을 강조한다.

* 호박 덩굴은 제때 잘 정리하지 않으면 빠르고 난잡해 보일 정도로 자라난다.

연금술 간신히 자신을 추스르는 데 성공해 비로소 재기를 꿈꾸는 응용된 혼/오망성 요소는 다시금 확장하는 영향력을 지켜보며 과거에 겪었던 일이 다시 벌어질까 봐 걱정하지만, 비 온 뒤 땅이 굳듯 고난을 이겨내며 그에 따른 확장을 감내할 수 있는 역량이 생겼다는 것을 모르고 있다.

서서히 자신감이 생긴 응용된 혼/오망성 요소는 이윽고 다른 요소들이나 자신을 둘러싼 환경을 이용해 세력을 더 크게 확장하려 마음먹지만, 각자는 각자의 완전함이 있기에 이를 비집고 들어가기 어려우며, 온전히 더 높은 차원의 선택을 기다려야 한다.

이를 알지 못한 채 다른 이들의 모습을 바라보며 그 욕망을 점차 키워가지만, 선택받는다는 확신은 어디에도 없다. 설령 선택받더라도 이를 대체 어떻게 소화할 것인가?

이런 내용은 카드의 핵심 의미인 욕심, 기회를 엿보다, 그림의 떡으로 연결된다.

그저 스스로 일궈내는 데 성공한 사실이 주변에 알려지면, 그제야 자신과 같은 것을 공유받고자 찾아오는 일들이 잦아지면서 성공한 것을 깨닫고, 그동안 축적해둔 자신의 역량을 통해 찾아오는 이들을 하나로 모아 자신의 품 안으로 담아가기 시작한다.

그리고 그렇게 모인 모두는 하나의 기치 아래에서 수용하고, 그곳에서 각자의 일에 매진함으로써 본격적으로 성장해간다.

카발라 7p는 제4계의 네자흐에 대응된다.

신의 승리와 인내를 의미하는 세피라의 의미와 불순물들이 많아 그 기능을 원활히 할 수 없다는 점이 결합한 결과, (어쩔 수 없는) 인내로 의미가 치우쳐 있다는 것을 알 수 있다.

또한 호크마(2p), 헤세드(4p)와 함께 자비의 기둥을 완성하는데, 호크마는 혼재한 양상을 갈무리해 운용하고, 헤세드는 각 물질에 필요한 자양분을 제공해 홀로서기 전까지 역량을 축적하며, 네자흐에 이르러 축적한 역량 아래서 새로 잉태된 것들을 거둬 확장해가는 것이다.

이렇게 물질을 사용해 창조 당시의 의지를 확산하고 권장하는 방식으로 응용된 혼/오망성 요소의 발전과 그로 인한 풍요가 이루어진다는 것을 드러낸다.

32경로 중 '감춰진/오컬트적 지성'의 의미도 그림에 표현됐는데, 이런 상황/방법을 이용해 남보다 높은 단계로 나아갈 수 있다는 것을 암시하며, 다른 한편으로는 자칫 잘못하면 그에 따른 결과를 통보받거나, 외부의 경계를 살 수 있다는 것을 지적한다.

〈괭이질하는 사람〉

7p에 묘사된 그림은 프랑스 사실주의 회화의 거장인 장프랑수아 밀레Jean François Millet의 〈괭이질 하는 사람L'homme à la houe〉에서 모티프를 얻었다.

영국에서는 에드윈 마컴Edwin Markham이 이 그림에 영향을 받아 동명의 시를 지었다. 1898년 발표한 이 시는 그의 대표작으로 꼽힌다. 당대를 살아가던 곤궁한 이들을 만든 현실에 대한 항의이자, 어려움을 극복하는 농민/노동자를 향한 찬사를 담은 시다.

8 *of* PENTACLES.

견습, 노력, 초보
Apprenticeship, Effort, Novice

산업화는 체계적인 분업 체계를 갖추면서부터 현대와 같은 발전을 누릴 수 있었다.

어떤 목적을 공유하려 하거나 집단을 형성하려는 이들이 모여서 가치를 생산한 결실이 이뤄져, 과거에는 사치품에 가까웠던 것을 이제는 많은 이가 손쉽게 구할 수 있게 된 것이다.

이에 종사자들도 자신의 기량과 수준에 맞는 작업에 임하고 그에 상응하는 가치를 얻거나 공유하는 선순환이 일어나면서, 모두의 발전과 함께 공유하려던 것을 나누는 데 성공했다.

다만 이런 체계를 미처 이해하지 못하고 자신도 이 모든 과정을 구현할 수 있다고 착각하는 사람들과 자신의 역량을 발휘해 얻은 작은 것에 만족하는 사람들이 생겨나는 부작용이 발생했으나, 누구든지 자신의 역량만 있다면 이런 체계를 세울 수 있게 됐다는 사실은 인정할 수밖에 없다.

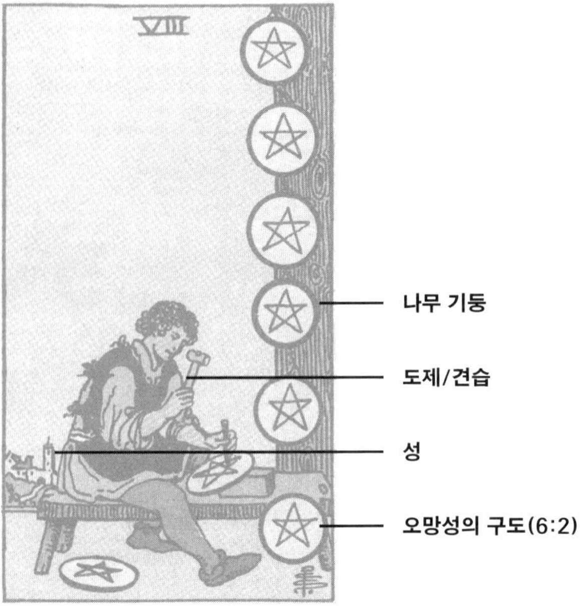
VIII
나무 기둥
도제/견습
성
오망성의 구도(6:2)

나무 기둥 벽면에 세워진 나무 기둥은 성(Soul)안에 있으며, 성안의 규칙, 공감대, 문화 등으로 가공된/길든 영을 의미하는 장치다.

도제/견습 자신의 작업물들을 나무 기둥에 전시하고 작업을 이어가고 있다. 이는 노동 자체를 의미하면서 자신의 성장 수준을 증명하려는 모습을 의미한다. 또한, 이런 행위는 도제에서 도공으로 인정받는 데 필요하며,* 이를 등장인물이 충실히 지속하고 있다는 것을 보여준다.

성 혼Soul의 상징이며, 기반 확립 또는 독립에 성공한 상황을 드러내려는 장치다.

오망성의 구도(6:2) 완전(6)한 것들은 전시돼 있고, 실패했거나 작업 중인 것은 분리(2)돼 있다. 이는 성 내부에서 도제가 일정 이상의 성장을 마칠 때 독립하리라는 것을 암시하며, 그전까지는 자신이 몸담은 공동체, 환경, 기반에 적응하고 있다는 것을 시사한다.

* 중세 시대에 도제가 도공으로 인정받으려면 해당 도시, 성, 영지에 있는 길드의 허가와 다른 도공의 추천을 받아야 했다. 더 나아가 승급하려면 자신의 실력을 증명할 수 있는 작업물/결과물이 있어야 했다.
피에르 미켈·피에르 프로브스트, 『컬러 일러스트레이션 세계 생활사 11, 중세의 도시 생활』, 동아출판사, 1987.

8 *of* PENTACLES.(이하 8p)는 견습, 노력, 초보를 뜻하며, 부정적인 영향을 받을 때는 (노동) 착취, 탐욕, 덧없는 야심을 의미한다. 그림으로도 쉽게 이해할 수 있는 내용이기에 긴 설명이 필요 없다.

지금까지 이어진 흐름을 계속 유지하려 모종의 기반/체계를 성립해 완벽(8)에 도달할 수 있다는 것을 드러낸다.

8c와 8p 비교

순수한 혼인 8c와 달리 비교적 견실해 보이는 묘사(성 내부, 작업대)가 있다. 순수하기에 나누기 힘들거나 애당초 나눌 수 없는 자연스러운 것들을 의미하는 컵 요소와 달리, 일정 수준 또는 수치를 잴 수 있는 오망성 요소의 특징 때문에 표현이 달라진 것이다.

나아가 자연스레 자신이 마음이 닿는 곳으로 나아가는 8c와 달리, 8p는 유형화돼 있어 내/외부로 이를 판단, 파악할 수 있다는 점을 강조했다.

이는 응용된 혼/오망성 요소가 완벽(8)해지려면 필연적으로 내부 분화(2)가 일어나야 하며, 이렇게 분화된 것들을 키워서 독립시킬 필요가 있다는 것을 의미한다.

이런 관점은 '분업'의 의미를 파생한다. 어떠한 공정工程의 하나로 있던 것이 수준을 높여 당당히 한 분야를 구성하는 식의 일이 반복되면, 각자의 능률이나 하려는 바에 더 부합하게 되고 이는 곧 모든 공정의 효율을 높이기 때문이다.*

부정적 의미도 쉽게 이해할 수 있다. 노력에 따른 결실을 얻기 전에 자립하려 무리수를 두거나, 자신이 활용하지도 못할 것을 보유하려 다른 사람이 세운 기반이나 경험에 기생하는 등의 수작을 부리는 모습으로 드러나기 쉽다는 점을 경고한다.**

* 산업화에서 분업의 효율성은 부정할 수 없으나, 원시시대에 수렵-채집으로 시작된 분업이 본격적으로 정립된 것은 애덤 스미스의 『국부론』(1776)부터로, 인류 역사에서 비교적 최근의 일이다.

** 이런 사례들로 중세 시대에 동전의 귀퉁이를 깎았던 테두리 깎기Clipping, 가루 털어내기Sweating를 들 수 있으며, 산업 스파이까지는 아니더라도 명인/장인의 아래로 들어가 그들의 기술을 배우고 자신의 것으로 흡수하는 걸 넘어 원조인 것처럼 행세하는 행위를 들 수 있다.

연금술 드디어 기회를 소화하는 데 성공한 응용된 혼/오망성 요소는 자신의 거성을 축조하고, 각자 하려는 바를 하도록 해 함께 내실을 다져간다.

자신에게 동의/순응/복종하기로 한 이들을 통해 기반을 확충하고, 그렇게 커진 것들을 분리해 서로 나눔으로써 더 공고히 자신의 영역을 확립하며, 같은 가치를 공유하는 이들과 협의함으로써 '네 시작은 미약하였으나 네 나중은 심히 창대'해지리라는 점을 자각할 것이고, 완벽을 향한 노력의 대가가 그를 존귀하게 만들 것이다.

이에 구성원은 역량을 뽐내고 그 안에서 성장해 자립하는 과정을 거친다.

이런 모습을 적응/실행하는 첫 단계인 도제Apprentice의 행보는 곧 8p의 핵심 의미인 견습, 노력, 초보 등의 핵심 의미로 연결된다.

그리고 유망주를 육성하며 그들의 결실을 외부로 내보내는 것을 반복해 각자 얻고자 한 결실을 서로 순환시키기에 이른다.

카발라 8p는 제4계의 호드에 대응된다.

신의 위엄과 영광을 의미하고, 비나-게부라에 이어 심판/공의의 기둥을 완성하는 세피라의 의미가 거대한 배경/기반(성)을 통해 묘사된 것을 알 수 있다.

또한, 32경로 중 '완벽한/절대적 지성'이 의미하는 물질계/오망성 요소의 근본 원리이자 본질적 내용이 모두에게 어떻게 강요/제시되는지 그림 속 도제의 모습을 통해 보여준다.

이로써 최선을 다해 자신이 잘할 수 있는 것(3p)을 궁리함으로써 어려움을 극복한 핵심 중추로 승화하고(5p) 세상을 구성하는 수많은 것 중 하나가 될 것을(8p) 실행함으로써 신의 심판/공의에 부합할 수 있다는 것을 강조했다.

9 *of* PENTACLES.

(알 만한 사람만 아는) 부의 완성과 유희, 비밀 유지
Wealth formed by Security/Secret/Prudence

자신의 기반이 얼마나 형성됐는지와 무관하게, 사람들은 본래 자신과 비슷한 이들과 연결 고리를 만들어왔고, 그 속에서 자연스럽게 가치 있는 정보를 얻음으로써 부의 세습이나 최소한의 수준 유지를 해내려 애썼다.

이런 시도를 했던 이들을 통칭하는 용어나 속어*가 있을 만큼, 이는 사람들이 모인 곳이라면 어디서나 발생한 현상이다. 이렇게 모인 이들은 자신의 기득권을 확고히 하거나 수준을 올리려 다양한 방법을 사용**하지만, 이에 속하지 못한 이들의 불만을 사거나 더 높은 단위(국가 등)의 사각에 자리 잡고 이익을 편취하는 식의 불로소득을 탐내는 모습으로 변질***하기도 했다.

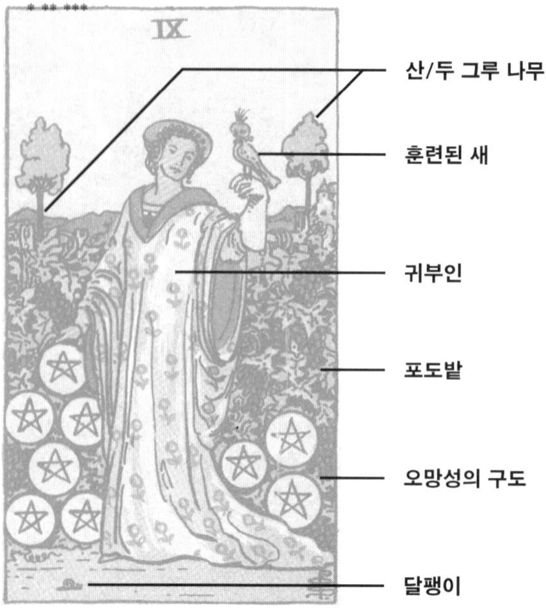

* '성안 사람'을 뜻하는 프랑스어 부르주아Bourgeois는 처음에는 신분의 의미가 없었던 말이었으나 절대왕정 시기에 귀족과 성직자를 견제하려 국왕이 이들에게 손을 내밀면서 정치적 영향력을 키웠고, 상업으로 형성한 자본의 힘으로 신흥 귀족과 같은 위세를 누렸다. 이후 이렇게 성장한 힘을 바탕으로 계몽주의, 자유주의를 퍼트리며 프랑스혁명을 일으키는 주역이 된다.

** 전문직 종사자가 직종마다 그들만의 단체나 협의체를 구성하는 것을 예로 들 수 있다. 이는 특정 주거 지역이나 아파트 단지 등의 거주자들이 그들만의 모임을 꾸리는 사례도 해당한다.

*** 님비, 핌피 현상을 주도하는 사례를 들 수 있다.

산/두 그루 나무 산은 귀부인이 있는 곳의 오망성 요소들을 제 뜻대로 하려는 이들의 존재를 암시한다. 두 그루 나무는 안팎을 구분하는 기준으로(메이저 상징편 158쪽 참고) 이들을 경계하며, 귀부인의 장원에 대한 보호/안정을 꾀하고 있다.

훈련된 새 머리를 가리고 장갑을 쓴 채 다뤄지는 새는 등장인물이 귀부인처럼 존귀한 존재라는 것을 드러내는 장치다.* 또한, 새는 훈련을 거친 것으로, 귀부인의 역량이 충분히 훈련받았거나 기량이 탁월한 사람이라는 것을 암시한다.

귀부인 등장인물을 전형적인 귀부인의 모습으로 묘사했다. 이 사람은 배경이 되는 장원莊園의 소유자이자 내부의 오망성 요소들을 관리/향유하고 있다는 것을 통해 일정 이상의 기반을 확보한 상황이라는 점을 강조한다.

포도밭 풍요와 번영을 의미하며, 등장인물이 자신의 역량으로 이러한 결실을 이루었다는 것을 보여준다.

오망성의 구도 단순히 해석해도 완전(6)함에 조화(3)가 이루어진 모습이며, 누구나 부러워할 수준의 성공을 일구었다는 의미를 담은 장치다. 또한, 중첩된 조화(3의 제곱)로도 이해할 수 있는데, 이때는 중첩된 조화로 인해 이러한 기반이 굳건히 형성됐으며 (메이저 아르카나 급의) 거대한 충격이 없다면 쉬이 흩어지지 않게 됐다는 것을 강조한다.

달팽이 땅을 기어가는 달팽이는 인내/신중/보안을 뜻하며, 귀부인이 자신의 역량/기반을 다루는 방식이나 이를 이용한 행보가 어떻게 이루어지는지를 드러낸다. 또한, 기독교적으로 방만과 나태를 의미하며 타락하기 쉬운 존재라는 것을 암시한다.**

* 중세에 사냥은 귀족에게만 허용됐다. 그러나 밀렵꾼들은 이를 피해 사냥을 계속하곤 했다.
피에르 미켈·피에르 프로브스트, 『컬러 일러스트레이션 세계 생활사 11, 중세의 도시 생활』, 동아출판사, 1987, 15, 17쪽.

** 진 쿠퍼, 『그림으로 보는 세계 문화 상징 사전』, 까치, 1994, 322쪽.

9 *of* PENTACLES.(이하 9p)는 (알 만한 사람만 아는) 부의 완성과 유희, 비밀 유지 등을 의미하며, 부정적인 영향을 받을 때는 사기, 취소된 계획, 나쁜 신념/신앙을 의미한다.

9p의 긍정적인 부분은 여유롭게 정원에 있는 귀부인의 모습만으로도 쉽게 이해할 수 있다. 그러나 이런 긍정적인 면모에서 왜 비밀 유지나 나쁜 신앙/신념이라는 의미가 파생하는지 이해하기 어려울 수 있다. 이는 공유/확장을 위해 만들어진 응용된 혼/오망성 요소가 폐쇄성을 띤 채 갇혀 있는(장원) 모습으로 유추할 수 있다. 이 장원은 누구나 들어올 수 있는 곳이 아니기 때문이다.

거시적인 관점에서 이런 행위는 편중된 부가 가져다주는 내부 부조리로 쉽게 변질할 수 있으며, 거꾸로 자신들의 이익 수호를 위해 다른 이들의 기회를 박탈*하거나 사조직을 운영해 기득권을 유지하려는 모습으로 드러난다.**

그렇기에 9p는 자신의 역량으로 만든 기반을 지켜내려는 행위가 내부 분열로 이어지지 않도록 주의해야 한다는 것을 강조한다.

자신의 영역을 확장한 9p는 일정 수준 이상을 달성한 상태라 선순환을 계속하는데, 이를 긍정적으로 활용하려 취할 수 있는 방법들이 귀부인들의 품위 유지 방식과 유사한 것이라 이해할 수 있다. 이런 유지 방식들은 주로 적극적인 후원과 자신의 기품을 격상시키는 것들을 갖추는 행동들이다.***

9p는 이런 폐쇄적인 과정에 멈추지 않고 자신의 완성을 향해 나아가면 범접할 수 없는 기반을 쌓고 상속해가며 자신의 영향력을 모두

* 이는 업계를 선도하는 이들이 새로운 경쟁자의 유입을 막으려 담합을 주도하거나 자신의 업적/기술 들을 공유하지 않아 사멸하게 만드는 등의 부작용을 낳는다.

** 어떤 집단이 형성된 본래의 목적과 맞지 않는 내부 소모임을 만들어 여론을 이끌거나 자신들의 유대감을 내부에 자랑하거나 다수를 소외시키는 것도 9p의 부정적인 면모와 관련 있다.

*** 중세 귀부인들의 미덕은 내부 화합과 기부를 통한 육성이었으며, 이 과정에서 필연적으로 아름다움을 유지하기 위한 소비가 뒤따랐다. 실제 사례로 프랑스의 퐁파두르 부인을 들 수 있다.

에게로 뻗어갈 수 있다는 점을 언급하면서, 안락을 취하되 영원하지 않다는 점을 자각하고 무리하게 붙들려 하지 말 것을 당부하는 카드라 할 수 있다. 9p도 어디까지나 핍 카드에 속하며, 이 또한 쉬이 지나갈 순간일 뿐이라는 의미를 기본적으로 담고 있기 때문이다.

연금술 확연히 넓어져 자신의 내부에서 선순환을 이루는 데 성공한 응용된 혼/오망성 요소는 스스로 존귀해지며 만인의 부러움을 산다. 조화가 중첩돼 안정을 취한 이들의 모습은 이에 속하지 못한 이들의 부러움을 일으키지만, 존귀해진 요소들은 자신의 경험, 가치, 비법을 함부로 공유하지 않고 자신의 곁에서 함께한 이들에게만 내보이거나 초청해 보여준다.

그러나 자신의 수준이 불완전하다는 것을 아는 응용된 혼/오망성 요소는 역량을 더 내밀하게 다지려 하며, 자신이 지닌 가치에 부합할 수 있도록 순환을 반복하고 그 결실을 비축한다.

이는 곧 카드의 핵심 의미인 (알 만한 사람만 아는) 부의 완성과 유희, 비밀 유지, 내부 사조직 등으로 연결된다.

이 과정에서 가장 위험한 순간은 불순물의 개입, 최초에 공유하려던 것과 다른 목적/의도를 지닌 것들의 방해와 유혹이 일어나는 시점이다.

무엇 하나 쉬운 것 없고, 모든 화학적 결합이 결국 모두 그분께서 정한 것이라는 사실을 겸허히 수용하면 이윽고 위대한 완성을 향한 여정의 끝으로 나아갈 수 있을 것이다.

카발라 9p는 제4계의 이소드에 대응된다.

기초를 의미하는 세피라이자 세 번째 트리아드를 완성하는 곳이지만, 카발라주의와는 쉽게 대응되지 못할 만큼 의미가 다르다. 이는 제4계 특유의 불순물들로 인해 세피라의 본래 기능을 수행하기 어려워졌다는 것을 암시한다.

그 대신 모든 물질이 각자의 자리를 찾아 안정된 모습을 표현함으로써 모든 기능이 마냥 무력화하기만 한 것이 아니라는 점을 오망성의 구도를 통해 알 수 있다.

32경로 중 '정화하는/순수한 지성'의 의미 또한 몹시 퇴색해 마땅히 검증/제한/조정해야 할 것들이 더 협소하게 진행되고 있으며(장원), 그 대신 창조 당시의 의도대로 통일성을 부여하는 데 비중을 둘 수밖에 없는 모습을 강조함으로써 점차 본래 의도가 퇴색하는 와중에도 세피라 본연의 힘을 발현하고 있다는 점을 묘사한 것이다.

이는 곧 9p의 폐쇄적, 비밀 등의 의미에 영향을 끼치며, 비록 협소해지고 퇴색했더라도 신의 의지가 세상에 구현될 수 있도록 모종의 수단들을 동원하거나 사용을 강제하는 것을 핵심 의미들로 강조한다.

10 *of* PENTACLES.

일상(적인 부), 평범, 완성

Ordinary Wealth/Gain/Riches, Family matters

우리가 자라나며 누린 모든 것은 그 정도와 무관하게 우리보다 먼저 세상을 살아간 이들의 유산이다. '집 떠나면 고생이다'라는 말은 단순히 집을 나서지 말라는 의미가 아니라, 자신의 집과 자신만의 공간을 형성해내는 데 들어간 수고와 노력이 크기에 (부모가) 이미 만들어둔 보금자리에서 더욱 편하고 온전하게 자라나기를 바라는 속마음을 담고 있다.

일상에서 이런 유산은 정말 별 볼 일 없어 보이고, 너무나도 숨 쉬듯 당연해 평범하다고 여기기 쉽지만, 이를 자신이 구현하려 할 때 비로소 자신에게 어릴 때부터 이 모든 것을 아낌없이 베푼 이들에게 미안함과 경외심을 느낄 만큼 대단한 위업이라는 사실을 깨닫는다.

이렇게 주어진 것들을 올바로 온전히 이어받는 것과 새로 자신의 뒤를 이을 이들을 위한 교육은 필수라 여겨졌고, 이는 예부터 지금까지 일상적 부와 재화(가 될 만한 경험)의 활용법을 소소하면서도 자연스럽게 알려줌으로써 각자의 세상이 시작과 끝을 서로 반복하며 계속 발전할 수 있는 토대를 형성하게 했다.

반대로 이를 지속하지 못한다면, 결국 길가의 돌처럼 누구도 봐주지 않은 채 도태/소외되거나 잊히며, 남의 의지 실현이나 탐욕의 도구가 되어 부초처럼 떠돌게 될 것이다.

탑이 그려진 태피스트리 벽면에 걸린 태피스트리는 흑백 경계 안쪽의 탑을 묘사했다. 이는 5(교황), 16(탑)의 상징(메이저 상징편 49, 141쪽 참고)을 차용한 것이라 이해할 수 있다.

흑백이 교차하는 무늬는 이 기반을 쌓는 과정에서 수많은 부침이 있었다는 것을 강조하며, 탑은 이 부침 속에서 세워진 자신의 관점/관념/기준 등이 완전히 확립됐다는 것을 시사하는 장치로 쓰였다.

아치 안의 깃발 두 깃발이 아치 기둥에 걸려 있다. 위쪽의 성이 그려진 깃발은 이를 완성한 이가 아치 내부의 주인이라는 것을 강조하며, 아래쪽의 천칭이 그려진 깃발은 6p에서도 등장했듯 이 번화한 성을 세우고 유지하는 일관적 가치 평가 기준이 존재한다는 것을 의미한다.

이는 6p에서 개인의 주관적 평가 기준이었던 것과 달리 성 내부의 모두에게 적용될 수 있도록 명문화된 것을 암시하며, 이에 동의하는 이들을 성안에 수용한다는 것을 의미한다.

번화한 성 내부 오망성 요소의 완성이 가져다주는 번영을 적나라하게 드러낸다.

젊은이들 한 쌍의 남녀는 아이를 대동하고 있으며, 노인을 바라보고 있지 않다. 이는 자신이 속한 배경(성)이 주는 혜택이나 행복에 대한 의미를 전혀 인지하지 못하거나 자신의 의지로 달성했다고 여긴다는 것을 암시한다. 특히 남성은 지팡이를 쥐고 있는데, (타로카드에서 지팡이의 의미들을 참고한다면) 자립에 성공했거나 제 뜻대로 응당 누려야 할 것을 누리는 것이라 여기는 태도를 지적한다.

노인Ancient Man 덱 제작자는 일반적인 표현(Old)이 아닌 방식으로 노인을 지칭했는데, 이는 2(여사제)를 묘사한 방식과 성격이 매우 비슷하다.

노인 외의 등장인물은 노인을 바라보지 않고 있다. 이는 이들이 의도적이거나 무의식적으로 노인을 '없는 존재'라 여기고 있다는 것을 암시하며, 이는 곧 2의 설명인 '존재하나 존재하지 않는' 요소로 노인을 부각한다.

노인은 포도가 그려진 옷을 입고 있으며, 이는 곧 이런 풍요를 가져다준 요소/사람이라는 것을 의미하나, 가만히 앉아 자신의 존재를 드러내지 않고 있다. 대신 두 마리의 개를 바라보고/돌보고 있는데, 이는 이 그림에서 개의 의미를 파악해야 그 정체와 이유를 추적할 수 있다.

아이 순수, 결과물을 의미하는 아이는 두 남녀가 보지 못하거나 외면하는 개의 꼬리를 매만지고 있다. 이는 아이-노인이 상징하는 요소들이 서로 소통하고 있다는 것을 암시한다.

다만 아이도 노인을 바라보고 있지는 않기에 이 접촉/소통이 직접 이루어지지는 않는다는 점 또한 강조한다.

두 마리의 개 개들은 노인을 보고 있다. 이는 옛 업적이나 지혜를 묘사하는 전형적 도상이며, 아이가 개들을 통해 노인의 지혜와 업적을 전달할 수 있는 매개체로 묘사한 것이다. 또한, 개는 연금술에서 누스Nous의 이원적 성질을 의미하기에 세상에 펼쳐진 모든 것에 숨 쉬듯 불어 넣어져 있는 것을 지칭하는 장치다.

더 나아가 노인이 완성한 이 공간에 놓인 모든 것은 노인(창조주)의 손길을 거쳐 이루어졌다는 것을 등장인물들은 모르지만, 그의 손으로 만들어진 피조물들은 자신이 어떻게 탄생한 존재인지 알고 있다는 점을 강조한다. 또한, 노인이 이 모든 상황을 당연하고 자연스레 여기게 한 사람이라는 것을 강조하면서, 계승/상속하는 이(아이)가 성장하며 노인이 남긴 것들(개)에게 영향을 받으리라는 것을 아이의 행동으로 보여주고 있다.

오망성의 구도 카발라주의에서 언급하는 생명의 나무Sefirot 형태를 그대로 묘사해 (제4계의) 완성이 이뤄져 모든 것이 갖춰진 상태라는 것을 직접 드러냈다.

다만 이는 반대로 물질적인 면에서 외부로 드러나듯 만들어졌다는 점을 강조한다. 각 핍 카드(완드, 검, 컵)와 달리 오망성 요소의 완성이 불안정/불완전하기에 어쩔 수 없이 외부로 드러내야 한다는 한계를 부각하는 장치다.

10 *of* PENTACLES.(이하 10p)는 일상(적인 부), 평범, 완성을 의미하며 부정적인 영향을 받으면 손실, 약탈, 불확실한 재능/재화 등을 의미한다.

한적한 일상 풍경을 묘사한 카드이기에 극단적 의미를 추출할 수 없지만, 10p의 핵심 의미인 평범, 일상이라는 표현이 특정 상황이나 목표를 달성해야 주어질 때는 그 부정적 면모를 엿볼 수 있다.

덱 제작자는 의도적으로 노인을 고대의 인물로 묘사했다. 이는 9(은둔자)에서 등장한 Ancient of the day 도상과 연결되며, 지상에서 창조를 실행한 존재라는 점을 은연중에(또는 의도적으로) 언급한 것이다(메이저 상징편 83-84, 90쪽 참고).

그러나 이를 인지하지 못하고 각자의 삶을 살아가는 사람들은 이 노인이 달성한 업적의 위대함을 모른다. 알려 할 필요도 없을 정도로 안락하기 때문인 것을 넘어, 자신들에게는 너무 당연한 것들이기에 본래부터 있었던 것이라 여기는 것이다.

10p의 '평범'이라는 의미의 본뜻은 이 지점에 있다. 자신 주변에 널려 있는 모든 것이 익숙하고 당연하게 보이더라도 이를 만들고 유지하는 데 기적 같은 과정이 있었다는 사실을 카드의 그림이 강조하고 있는 것이다.

그렇기에 이 카드는 아이가 개의 꼬리를 만지는 것처럼 노인의 업적을 인지한다면 또 다른 새로운 (위대한) 순환이 시작되리라는 것을 암시한다.

그렇다면 10p의 부정적인 면모는 무엇인가?

이런 평범함은 역설적으로 사용된 현자의 돌이 효력을 잃고 길가의 돌멩이처럼 변하듯, '누구도 인지하지 못하거나 매우 당연한 것'으로 인식되는 데 그 근거를 둔다. 익숙해진 나머지 '그런 걸 누가 모르나/못하나?'라는 반응으로 이어지며, 세상 전체를 뒤바꿀 수준이 아니라면 노인이라는 큰 벽을 넘어서지 못한 채 세상의 일개 구성원으로 격하될 수 있다는 것이다.

그러나 평범하기가 얼마나 어려운지는 세파를 겪은 이라면 모두들 알 것이다. 그럼에도 노인과 같은 위치에 다다르면 이룩했던 모든 가치 있는 지혜를 세상에 남겨야 한다는 점 또한 노인, 개, 아이의 구도를 통해 강조한다.

나아가 개를 통해 교육과 관련한 이야기를 삽입했다는 것을 알 수 있다. 이런 표현은 17, 18세기에 교육용으로 널리 쓰였기에 채택한 듯하다.

이는 곧 이런 혜택을 주는 환경이 어디에서 비롯했는지를 알려주고, 오망성 요소의 축적과 획득을 향해 나아갈 것을 이야기하며, 새로운 세계/시대를 열어갈 수 있도록 후대를 배려해야 한다는 교훈을 전한다.

이리하여 모든 여정이 끝났다.

기독교 신자에게는 신이 안배한 모든 것이 처음의 약속대로 이루어지고 새로운 시작이 영원히 반복되듯 이어질 것을 묘사한 (사소하고 별 볼 일 없지만 그 속에 흐르는 거대한) 이야기들이리라.

또한, 신을 믿지 않는 이들에게도 세상을 살면서 보이는 다양한 흐름과 장면을 이야기해주는 도구일 것이다.

연금술 모든 완성을 이룬 응용된 혼/오망성 요소는 지상에서 천국을 구현한다. 그러나 그 과정에서 자신이 쌓아왔던 역량을 모두 소진하기에 이른다. 그러나 성으로 남아 모두를 감싸며 양육한다. 그리하여 이 모든 일상이 어떤 노력과 공감 속에서 형성됐는지 기록하고 난 뒤에야 자신의 효용이 다했다는 것을 깨닫고 질료로 돌아가며, 그 위업의 의미도 점점 잊혀간다. 이런 발자취는 세상에 남아 있을 것이며, 그 의미와 행보가 풍화되기 전까지 희미하게나마 빛을 발할 것이다.

그렇게 세상을 관조하다가 자신에게 눈을 마주치고 더욱 높은 곳으로 나아가려는 이가 나타난다면, 응용된 혼/오망성 요소는 자신이 완성되기까지 겪어왔던 모든 이야기를 알려주고, 그 결과를 물려주어 새로이 나아가려는 이가 위업을 달성할 수 있도록 도움을 아끼지 않을 것이다. 완성은 그 자체로 끝나지 않으며, 시작과 끝은 본디 같은 부모를 둔 쌍둥이이기 때문이다.

이런 내용은 카드의 핵심 의미인 일상(적인 부), 평범, 완성으로 연결된다.

카발라 10p는 제4계의 말쿠트에 대응된다.

왕국으로 대변되는 세피라인 만큼 그림에도 모든 것이 존재하는 듯 풍요롭고 여유로운 모습을 묘사한 것을 확인할 수 있다.

32경로 중 '찬란한/눈부신 지성'의 의미 또한 실체를 갖춘 생명의 나무로 강조되며, '위와 같이 아래에서도' 위대한 의지가 구현된 것을 확인할 수 있다.

그러나 이를 유지/계승하고 상승하려는 Pp와 달리, 10p는 이 모든 것에 대해 직접적인 움직임을 취하지 못하며, 이로 인해 역량이 서서히 마모되거나 모두가 10p의 진정한 가치를 알아보지 못한 채 버림받을 수 있다는 것을 지적한다. 이는 곧 단일 세피라/핍 카드의 한계를 보여준다. 비록 물질이라는 이름의 감옥에 갇혔지만, 세상을 구성하는 모든 것은 자신의 진가를 알아본 이들로 하여 모두를 해방하고 더 높은 단계로 나아갈 여지를 내포하고 있다는 것을 암시하며, 이렇게 모든 이야기를 끝맺는다.

강아지와 아이의 도상

피터르 더호흐Pieter de Hooch, 〈안뜰(마당)에서 술 마시는 인물들〉, 1658

위 그림은 네덜란드 화가인 피터르 더호흐의 〈안뜰(마당)에서 술 마시는 인물들〉(1658)이다. 이처럼 강아지와 아이가 함께 등장하는 도상 중 강아지에 집중하거나 강아지를 돌보는 아이와 대비되는 어른들의 모습은 올바른 교육과 관련한 플루타르코스의 이론과 결부해 이해됐다.

플루타르코스는 『모랄리아』에서 선천적 재능, 후천적 학습과 함께 부단한 연습을 통해 자녀에게 온전한 성품과 덕성을 갖추도록 할 수 있으며, 이 과정에서 모든 교육의 머리이자 간판인 철학을 제일 중요하게 여겨 실천적 삶을 살아가면서 이를 얻어나갈 것을 강조했기 때문이다.*

이런 영향을 받아 당대 작가들은 아치형 현판이나 간판에 그 나름의 문장을 부각해 특정 내용으로 이런 교육을 진행할 것을 표현했다. 위 그림에서 작가는 아치형 문 위에 탐식하지 말고 절제해 원죄에서 구원받을 것을 강조하는 성 히에로니무스의 문장을 새겼다. 그는 이 문구를 무시하고 술을 마시는 어른들을 통해 문란함과 타락을 묘사하고, 강아지를 돌보는 아이의 모습을 통해 아동 교육의 중요성을 드러냈다.**

이런 구도를 10p와 결부해 이해한다면, 밖의 노인이나 개들을 보지 않는 이들은 유산과 혜택이 만들어지기까지의 과정이나 어려움을 전혀 이해하지 못한 채 이를 낭비하고 있다는 것을 지적하며, 이에 접근하거나 스스로 배우는 아이의 묘사를 통해 지금 누리는 풍요로운 일상이 어디에서 왔는지 학습하거나 스스로 이에 임해 다른 이들보다 옳고 빠른 방법으로 기반을 형성할 수 있다는 것을 아치에 장식된 성, 천칭, 탑(과 배경 속 생명의 나무)의 의미를 통해 강조한다.

* 플루타르코스, 『플루타르코스의 모랄리아 교육·윤리 편』, 서울대학교출판문화원, 2012, 418쪽.

** 이한순, 『근세 유럽의 미술사』, 서울하우스, 2010.

타로카드 그림열쇠에 대한 소론 2

이 글은 『타로카드 올바른 안내서』의 제4부 「타로카드 그림열쇠에 대한 소론」에 몇 가지 이야기를 더하고자 쓴 것이라는 점을 미리 밝힌다.

낭만주의 철학, 그중에서도 마성적 관념론의 영향은 메이저 아르카나의 변형에 깊숙이 관여돼 있다. 라이더-웨이트 덱의 제작자들은 마이너 아르카나 중 코트 카드 16장은 연금술 요소만으로도 제작자의 의도를 크게 해치지 않고 담을 수 있다고 여겼거나, 반대로 '도저히 대안이 없어서' 원형을 유지했다는 것을 상징편들의 언급을 통해 유추할 수 있다.

핍 카드 40장은 기호들의 나열에 지나지 않았던 고전 타로카드를 그림으로 묘사했다는 점에만 주목하기 쉽고, 라이더-웨이트 덱의 원형이나 다름없는 솔라-부스카 덱의 구도를 그대로 답습한 것이라고 여겨 제대로 조명받기 어려운 점은 있다. 그러나 이들이 만들어낸 결과물은 아류亞流에 머물지 않고 한 시대를 넘어 지금까지 영위하는 데 성공했다.

이른바 '일상적인 것에 고귀한 의미를, 진부한 것에 특수한 사명을, 특수한 것에 보편적 가치를'이라는 기치를 더 선명히 드러내고자 이들이 택한 방식은 자신들과 같은 시대에 회자되거나 일상적으로 여긴 풍습을 묘사함으로써 실현한 것이다.

그러나 다른 이들에게(특히 황금새벽회 안의 오컬트주의자들을 비롯해 덱 제작자인 웨이트 자신에게조차) 수긍하기 어려운 묘사도 있었으리라 보인다.* 이런 문제들은 이미 극도로 심화한 황금새벽회의 분열상과 맞물리며 더 극단적인 분리로 이어졌다.

이런 핍 카드의 구성은 일상적 면모들이나 자신들 주위의 요소들

* 이를 가장 극명하게 드러내는 것이 『타로의 그림열쇠』 7s와 7p의 설명이다. 이 부분에서의 서술 혼선은 의도적인 것으로 보기 어려우며, 자신들의 주장이나 견해를 선명하게 정리해 드러내지 못했다는 점을 통해 덱 제작자들 사이에 갈등이 있었다는 점을 추측해볼 수 있다.

로 표현됐으며, 이에 대해 덱 제작자는 그 이유를 명확하게 서술하지는 않았으나 적어도 이들에게 영감을 주거나 일상적으로 접할 수 있었던(또는 교양에 가까웠던) 시기(18-19세기)의 내용으로 채워 이른바 '보면 (동시대, 같은 문화권의 사람이라면) 누구나 이해할 수 있는' 구조를 채택함으로써 자신들이 추구하고자 했던 철학을 현실에 구현하려 했다.

이에 반발했던 오컬트주의자들은 각자의 특별함을 강조하고자 이른바 전통을 '만들어냈으며',* 이는 현대에도 영향을 미치고 있다. 나아가 계파를 나누며 자신들의 주장을 관철하는 과정에서 만들어진 복잡다단한 이야기들이 계속 파생하고 방치된 채 혼란을 거듭하는 상황이 오늘에까지 이르렀다.

예술·철학적 구조를 (그들 나름대로) 접목한 라이더-웨이트 덱은 끝내 한 시대를 대표하는 카드로 널리 알려졌다. 이로써 수많은 이가 스스로 인지하지 못한 채 일상적인 모습/이미지로 접근하고 나아가 삶을 관조하고 있다. 언뜻 보면 진부하다 못해 누구나 할 고민까지 보속補贖에 준하는 조언과 치유를 주어 특수한 사명을 내릴 수 있게 한다는 점에서, 이 덱의 제작자들은 정당하고 올바른 평가와 조언을 받을 자격이 충분히 있으리라.

* 스코틀랜드 전통 복식인 킬트를 예로 들 수 있다. 이 복식의 정립은 17세기경에 이루어졌으며, 본래는 전통 예복이라기보다 작업복의 일종이었다.

서양 오컬트 문화에 최근까지 가장 큰 영향을 남긴 사람은 황금새벽회 소속이자 헤르메스주의자이며 오컬트주의자였던 알리스터 크롤리다. 그의 언행은 현대였다면 법정 구속을 피하기 어려울 만큼 심각한 기행이었다.

맺음말

타로카드를 처음 접했을 때의 나는 너무 어렸기에, 제대로 된 이론 체계에 접근하기가 매우 어려웠다. 덱에 딸린 소책자를 윗사람에게 부탁해 겨우겨우 번역하며 읽은 것을 시작으로, 그 저변에 깔린 지식을 찾아 다양한 책을 읽으려 애썼다. 그러나 내 실력에는 한계가 있었고 양서를 판별할 눈도 없었기에, 주먹구구식으로 해석하고 틀리고 욕도 먹고 멱살도 잡히던 순탄찮은 시기를 지나왔다.

이론적 토대를 쌓아도 풀어둘 곳이 없던 시절이었다. PC 통신의 등장으로 여러 문화가 꽃피던 때에도 타로카드는 거의 부속물 취급을 받거나 다른 오컬트에 섞여 함께 다뤄졌고, 뉴에이지가 촉발한 수많은 (근거 없는) 접근법은 분별없이 흥미 위주로 오역됐으며, 무언가 이야기하고 싶어도 어린 내게는 발언이 허락되지 않는 묘한 분위기 속에서 겨우 용기 내어 말을 꺼내도 핀잔이나 듣기 일쑤였다.

〈겨울연가〉로 타로카드 열풍이 불고, 폭증한 유입자들에게 정보를 정리·취합해 제공할 새도 없이 제각각의 이야기와 근거 없는 주장이 퍼져 난립하는 시기가 찾아왔다. 큰 목적을 달성하려면 무엇을 우선해야 하는지 몰랐던 시절, 나는 그저 눈앞의 잘못을 고치거나 치우기만 반복하다가 과격해지고, 서서히 마모되는 마음을 알지 못한 채로 자신을 내던지듯 살다가 사람들에게서 잊히고 있었다.

지금이야 방황 끝에 마음을 다잡고 이 책을 쓰고 있지만, 내가 진정으로 쓰기를 원해왔던 글은 아직 시작하지도 못한 이 상황이 그저 내 게으름에서 온 업보일 것이다.

그래도 이제는 한 걸음씩 나아가고 있기에, 지금 이 지면으로 독자들에게 조금이나마 푸념을 늘어놓기라도 하는 것이리라.

마음을 전해야 할 분들과 여기까지 성원을 멈추지 않은 독자들께 다음 책에서라도 서툰 표현으로나마 감사의 마음을 더 세세히 언급하고픈 것이 개인적 욕심인지라, 다음 책으로 감사 인사를 미루게 된 결정을 이해해주시기 바란다.

앞으로 해야 할 일들이 산적해 있어 마음만 자꾸 조급해지는 와중에도, 이제는 예전보다 더 좋은 책들이 출간되고 있어서 마음의 짐을 덜고 있다. 모두가 목적이 어떻든 적어도 이 분야에 필요한 지식들을 분담해 정리해간다면, 뒤이을 이들에게 조금이나마 더 발전한 모습을 보일 수 있을 것이다.

그렇게 각자 책임지고 이끌어가는 일이 얼마나 아름답고도 고된지를 어느 정도 알기에, 더 말을 보탤 필요는 없을 듯하다.

다시금 이 책을 읽어주신 독자들께 감사를 표하며, 더 발전하기 위한 충돌을 계속하려 한다.

그것이 이 총서를 출간하도록 설득한 친구에게 내가 해줄 수 있는 작은 약속이며, 과거의 미망에 갇히지 않으려고 나 자신에게 한 다짐이다.

2021년 1월
임상훈.